朝阳花

马忆湘 著

中国青年出版社

目 录

| 第一章 |

一

一九二六年，三伏天。

湘西地区接连两个来月没有下过一滴雨。空气焦干，又闷又热；大路滚烫，脚踩下去，一步一串白烟。快要抽穗的禾苗，干瘪瘪地卷拢了焦黄的叶子，耷拉个头，像被火烤过似的。肥沃的田土变成了乌龟壳，裂缝足有两指宽。

天黑下来了。月亮高高地悬挂在深蓝色的夜空上，满天的繁星眨着眼睛。

狭窄的茅屋里点着一盏桐油灯。灯光如豆，闪着幽暗的微光。

屋外小虫唧唧，青蛙呱呱，听了真叫人烦躁。

我趴在妈妈的膝盖上，抬起头来，有气无力地问：

“妈妈，虫子和蛤蟆老是叫，它们是不是也饿了？”

妈妈低下头来望着我问：

“小兰，你饿了吧？”

“嗯。”我点头说，“妈妈，你听，我肚子咕噜咕噜叫哩！”

妈妈抚摸着我的头，爱昵地说：

“好伢伢[1]，等你爹爹回来就有饭吃了！”

六岁的顺姐伏在桌子上，歪着头睡着了，口水从嘴角里流出来。她把头又歪倒在另一边，说起梦话来：

“妈妈，我要吃饭！”

妈妈没有答理她，无精打采地蹲在冷清清的灶边，两眼望着鼎锅[2]发痴。

八岁的满哥抱着扁扁的肚子，靠在门框上，一声不响。

爹爹回来了。

一进屋，爹爹把斧头、锯子、凿子……往屋角里嘭的一丢，踉踉跄跄地走到水缸旁边，端起瓜瓢[3]，咕咚咕咚灌了一肚子冷水。

“爹爹回来了，有饭吃了！”顺姐扯着爹爹的衣衫，撒娇地说。

爹爹像吃了半斤棉花，一言不发，坐在门槛上吧嗒着旱烟杆。

“做到工夫[4]了吗？”妈妈一边收拾爹爹丢在屋角里的工具，一边问。

“唉！”爹爹长叹了一口气说，“如今天灾人祸，肚子都保不住，有几家人家还请得起木匠喽！”

“满伢，”妈妈对满哥说，“到屋檐下抱把茅柴子把糠糊糊热一热！”

---

[1] 伢：湖南人对小孩的称呼。
[2] 鼎锅：湖南煮饭用的锅子。
[3] 瓜瓢：舀水用的木瓢。
[4] 工夫：即做工。

“不要了，吃冷的，省把柴吧。”爹爹粗声粗气地说。

就这样，一家五口，吃着早晨留下来的两碗半糠糊糊。妈妈给爹爹盛了一满碗，给满哥、顺姐和我每人盛了半碗。她自己呢？一点也没得了。

“妈妈，你呢？”到底满哥懂事，睁大眼睛望着妈妈问。

“我在后背山里吃了些乌泡子[1]，不饿。满伢，你们吃吧！”

爹爹二话没有说，默默地把自己碗里的糠糊糊拨了一半到另一个碗里，放到妈妈跟前。

天天吃糠糊糊，顺姐闻到那股霉臭味，心里就烦躁死了。她扯着妈妈哼哼：

“糠糊糊不好吃，我要吃饭。”

“吃饭？”妈妈把顺姐抱在怀里，用颤抖的声音说，“往后，只怕连糠糊糊都吃不到了！”

顺姐擦了擦眼泪，无可奈何地端起了那半碗糠糊糊，慢慢地往嘴里扒。

“满伢他爹，”妈妈望着爹爹说，“如今山上的蕨根、野菜都挖光了，我们就等饿死鬼来拖吗？到外边逃荒，兴许好一点。”

爹爹连连摇头说：

“这个世道，穷苦人都是泥菩萨过江，自身难保。找财主吧，哪个财主不是狼心狗肺？何必去挨这一刀！”

妈妈听爹爹这样讲，一时也拿不定主意，末了又试探着说：

“投奔姑婆[2]家去吧！他们龙家寨镇子大，人户多，兴许能糊住嘴巴。”

[1] 乌泡子：一种野果。
[2] 姑婆：即姑奶奶。

爹爹思索了一阵，才嗯了一声，同意了。

“嘿，到姑婆家去，有饭吃，多好！”

满哥说着，笑了，我和顺姐也笑了。

第二天，太阳没有出宫，我们一家人就动身了。

爹爹担着箩筐，一头装满了破破烂烂的东西，一头坐着我。满哥和顺姐拄着竹棍，紧迈着小腿跟在爹爹身边，妈妈背着捆烂棉絮走在最后面。

肚里空，天气热，路也难走。顺姐走着走着，膝盖一软，坐在地上起不来了。

妈妈气得直骂：

“鬼伢子，不快走，把你丢到后头喂老虎去！”

话是这样说，妈妈边骂边擦着眼泪。

这时节，正是大暑前后。瓦蓝瓦蓝的天空，一丝云彩也没有。一路上，逃荒讨饭的连成串，荒原枯野，饿死的大人小孩的尸体到处都是。野狗吃死人肉吃红了眼，甚至见着活人，也会龇牙咧嘴地扑过来。

一路上，饿了，紧紧裤带；渴了，喝点泉水；困了，就倒在庙堂里或人家的屋檐下。全家怀着同一个指望：到龙家寨姑婆家就有办法了。

二

龙家寨是一个农村集镇，住着几百户人家，街上有几十家铺面，有卖油盐的，有卖粮食的，也有卖布匹、杂货的。往日逢三、六、九，镇子附近的人们提着鸡蛋、鸭蛋，担着瓜菜、柴火，抱着家禽，赶着牲畜，到这里来赶场，挤得人碰人，头顶上接钱做生意。哪知如今的龙家寨，跟我们马家沟一样，田土干旱得裂着大口，一片荒凉。土匪走了，保安队来，三天两头地搜刮、抢劫，弄得大白天家家关门闭户，街上看不见个人影子。

姑婆五十多岁，只有一个儿子，名叫李明益，我们喊他益表叔。他们没有田，只有屋背后的几块菜地。姑婆种菜，表叔在外边打零工。母子二人辛苦一年，只能勉强糊住嘴巴，家境比我们强不了多少。

我们到姑婆家的那天，表叔出去给别人做工夫去了，姑婆正害病，睡在床上。她看见我们来了，那堆满皱纹的脸，笑成了一朵老菊花。

“哎呀，来了稀客，这两年，我病痛多，越加挂牵你们，生怕看不到你们了呢，你们一家倒来了。路上累翻了吧？快坐，快坐！”姑婆一边高兴地说，一边磨磨蹭蹭地爬起来，就要下床。

妈妈连忙过去拦住姑婆说：

“你老人家体子不健旺，不要起来吧！我们一家都来了，少不了吵烦你老人家。”

好久没有露过笑脸的爹爹，也走到床边，满面堆笑地说：

“姑妈！穷找穷亲，富找富邻。我们在马家沟实在是过不下去了，寻思龙家寨好歹是个镇子，请木匠做工的兴许多些，就带着全家大小找你老人家来了。”

姑婆又伸手把我和顺姐拉到她跟前，对爹爹说：

“到我这里只是没得好招待。好在是自己人，不会嫌弃的。”

妈妈难为情地说：

“我们空脚凉手，么子[1]东西也没有给你老人家带。”

“哪里哪里！快莫这样讲。”姑婆又从床上挣扎着爬起来说，“肚子

[1] 么子，即什么。

饿了吧？我起来煮饭给你们吃。”

妈妈又拦住了姑婆，说：

“你老人家歇一歇吧，我去煮！”

妈妈说完，就烧火煮饭去了。

我们到姑婆家的头天，吃的是糙米饭，满哥、顺姐张开嘴笑。第二天吃包谷，我高兴得跑进跑出。第三天姑婆煮饭，刮了半天桶底，把那一点点米全倒进锅里去，又放了一大把菜叶子，还是清汤寡水的。吃饭的时候，顺姐不懂事，噘着嘴巴对妈妈说：“妈妈，我要吃硬饭，吃包谷！”妈妈急得用眼睛瞪她。姑婆偷偷撩起衣角，擦着眼泪说：“伢伢乖，莫哭，明天姑婆给你煮包谷。”

我们是穷得连蚊子都不愿意咬的人。姑婆家比我们家也好不了多少，哪能养得起我们一家五口？到龙家寨的第四天，爹爹在离姑婆家不远的地方，搭了个屁股大的茅棚子，把一家大小安顿下来，就背着工具箱四处去找工做。

一片乌云遮满天。马家沟没人有闲钱请木匠，龙家寨的人也大都顾得了上餐顾不了下餐，哪里还顾得上请人弄那些家家什什？一连两天，爹爹大清早背着工具箱出去；天黑了，又背着工具箱垂头丧气地走回家来。

这天，太阳当顶的时候，爹爹就回来了。他把肩上的一个大麻袋往桌子上一放，满面笑容地对妈妈说：

“你看！”

妈妈解开麻袋口的棕绳，捧出来一大把麦子。虽然麦子多半被虫蛀成了空壳壳，总能填肚子呀！妈妈双手捧着麦子，惊喜地问：

“哪里来的？”

爹爹往板凳脚上敲打着旱烟杆，答非所问地说：

“嘿，今天碰到一个好人。”

妈妈莫名其妙地望着爹爹：

“么子好人？”

爹爹正要回答，姑婆从外边走进来了。她看见桌子上摆着一大麻袋麦子，也问：

“孩子他爹，哪来这样多麦子？”

爹爹回答说：

“荫仁堂借的。”

“荫仁堂！”姑婆一惊，手里端着的茶水洒了一地。“金阴人肯借粮给你这个外地人？”

爹爹看到姑婆那个样子，把凳子往姑婆身边移了移，说：

“金阴人在茶园坡有十几亩荒山，讲好了租给我开出来。这一袋麦子是借给我做口粮的。”

姑婆连连摇头。过了好久，她才用低沉的声调说：

“你怎么找到荫仁堂去了呢？金阴人这个家伙，是个吃人都不吐骨头的狐狸精呀！”

爹爹蹙着眉头说：

“姑妈，我们一家五张嘴，要有东西填呵。磨盘压住了手指头，哪个还顾得了这许多！好在开出荒来，按老规矩头年不交租，下年的生活也有了一点指望，我就答应了。”

姑婆又愤懑地说：

“我们这里方圆百里内，哪个不晓得金阴人？这个家伙，占便宜的事，他都要插进手去。老虎吃人都吐骨头，他金阴人砸了你的骨头，还要往外榨油哇！”

爹爹思索了一阵，才说：

“借的这袋麦子，往后我手里一活动得开就还他，租子也讲好按老规矩交。他再奸再鬼，我也不会上他的当。”

从那以后，爹爹妈妈就带着我们全家大小，起五更，爬半夜，每日里扛着锄头，提一竹筒凉开水，带几个烂番薯蔸子，上茶园坡开荒种地。爹爹妈妈在前面挖土，满哥用秧锄敲打土块，我和顺姐就在后面捡小树蔸蔸。晌午，实在太热了，太累了，我们跑到树荫底下，爹爹脑壳下边垫个土块块躺下来，妈妈拿着针线缝补破烂，满哥、顺姐和我就在一边打瞌睡。好歹缓口气，我们又起身干起来。一直干到月亮上来了，全家大小才扛着锄头，提着竹水筒，气喘咻咻地回到家里。

三

日子过得真快，我们在龙家寨那个茅棚里又住了一年多。爹爹妈妈的锄头挖溶了，剩下了个铁砣砣，手上的血泡磨成了老茧。成片的荒山，在我们全家的手下，种上了包谷、番薯。看见大片大片的庄稼长得葱绿茁壮，爹爹妈妈那长年累月绷得紧紧的脸上，也绽开了一丝丝笑容。

这天，我们全家正在番薯地里翻薯藤，金阴人从城里回来，顺便进山来了。他身穿白绸衫，拄着文明棍，在地里看来看去。他的管家金四撑着把黑洋伞，紧跟在旁边给他遮太阳。金阴人看完了，就指手画脚地对爹爹说：

“俗话讲得好：人勤地不懒。这薯藤长得又厚又密，包谷苗足有一个半人高。二木匠，你真是个作田种地的好把式呀！”

爹爹高兴地答话说：

“舍得下力气，总得有个好收成！”

妈妈也感激地对金阴人说：

“多亏你老人家帮忙，又借口粮，又给地种，我们全家都感恩不浅！”

金四向金阴人谄媚地笑了笑，又转过头来对爹爹妈妈说：

“这一带谁不晓得金老爷是个大善人！”

金阴人两眼向四周扫了个圈，问爹爹：

“你看能收好多包谷番薯？”

没有等爹爹回答，金四就上前一步，望着爹爹说：

“长得这样好，收十一二石包谷子，十五六担番薯，那是十拿九稳！”

爹爹忙说：

“没有到手的东西难讲呀！”

金阴人摇了摇秃脑壳，对爹爹说：

“二木匠，收成再好，我也不会多要你一粒包谷子，你放心吧！”

说罢，他又拄着文明棍，和金四一起下山去了。

金阴人一走，妈妈满心高兴地对爹爹说：

“满伢他爹，收十来石包谷子，十五六担番薯，怕是能拿到手了！”

爹爹吸着旱烟袋，掰着手指头说：

“借金阴人的那袋麦子和半箩包谷，还他一石包谷总不算少吧。还剩下十石包谷子，十几担番薯，一年的口粮是有指望了。”

爹爹妈妈还盘算收了包谷番薯，再种上麦子，冬天买个猪崽，喂大卖了，给全家大小每人做件新衣衫。一听说有新衣衫穿，我们兄妹三个高兴得手牵手地跳起来。

这一天，我们刚从山里收工回来，金四带着一股刺鼻的鸦片烟味，大摇大摆地走进门来。他一屁股坐在板凳上，翘起个尖下巴，对爹爹说：

“二木匠，茶园坡那十几亩地，秋后我家老爷要请人栽茶子树、桐子树。如今灾年荒月也过去了，那块地就……”

妈妈紧插了一句：

“金老爷万一自己要栽茶子树、桐子树，那就栽吧，栽了树，头一两年也还可以种东西。”

金四歪着脑壳说：

“再种东西树长不好，那不行！”

“怎么，你们要提地？”爹爹大声问。

金四右脚往上一跷，撇起个乌嘴唇：

“怎么，你们还想种一辈子呀！”

爹爹站起身来，忍住气质问说：

“生荒开出来只种了一年就要提回去，这也太讲不过去吧？”

金四把跷起的脚放下，往地下一蹬说：

“多亏金老爷的接济，你们才没有饿死。为人也要晓得好歹，不要太不知足了。”

爹爹一动也不动地坐在那里，气得半天都讲不出一句话来。

沉默了好久，爹爹才喘着粗气说：

“要提地，也总要让我们收了这季包谷番薯吧？”

“包谷番薯当然归你们收。”金四奸笑起来，“只是租子捐税，今天都得算清楚。”

爹爹再也忍不住了，从板凳上冲起来说：

“金管家，当初要我给你们荫仁堂开荒，红唇白齿讲得清清楚楚，明明白白，租子按老规矩算。按规矩，生荒头年不交租，哪来的么子租？做事可要凭良心……”

金四把那双三角眼往上一翻，大声说道：

“良心？嘿嘿！老爷可没有跟你讲过不交租呀！生荒头年不交租，那是你们马家沟的规矩。如今你在龙家寨，就要依我们荫仁堂的规矩。不交租子种地，天底下哪有这样便宜的事？”

妈妈大声说：

“你们做事不能昧良心呀！”

金四脑壳一偏，掰着手指头说：

“地租四六分，一石粮食老爷得六斗，你四斗。去年，老爷替你交了土地税、门牌税，连同今年的这些捐税加在一起，就是四石五斗谷。”

爹爹气得太阳穴上的青筋都暴起来了，说：

“你们这不是吃人吗？”

金四露出一脸凶相说：

“金老爷的规矩，哪个敢不依！”

爹爹猛地在凳子上坐下来，咬着牙一字一句地说：

“好，要提地你们就提回去。地里的番薯包谷我也不收了，施给你们去抓药吃！”

金四气得两脚跳了起来，指着爹爹说：

“你敢骂老爷？老实告诉你，不还清账，你就脱不得身！”

爹爹逼近金四说：

“地里的番薯包谷，我都不要了，还欠么子账？”

金四坐下来，拿出一厚本账簿摊在桌子上，又从褡裢里取出算盘拨得乒乓直响。算了一会儿，望着爹爹说：

“去年借的那袋麦子，加上利息是三箩谷，后来借的半箩包谷和两篓番薯，加上利息也是三箩谷。两笔账加起来，你总共还欠荫仁堂三石谷。”

爹爹再也忍不住了，扑了过去，用发颤的双手从桌子上抓起算盘猛地一摇：

“虫麦子、霉包谷、烂番薯莞子也要算这样多谷，这不明明是欺压人吗？我不认账。”

妈妈是八月十五的糍粑心，平素从不轻易跟人动气的。但是，俗话讲得好，兔子急了也要咬人咧，她冲到金四跟前，愤愤地说：

“你们这些不得好死的，比土匪打抢还狠毒呀！”

金四往桌子上啪的一拳，歪咧着嘴，大声嚷起来：

“敢打赖不认账？拿不出钱来剥你们的皮！”

说罢，他夹着账簿，拿着算盘，怒气冲冲地走了。妈妈伏在桌子上放声大哭。爹爹痴痴地坐着，两只愤怒的眼睛，望着金四走去的方向。

四

山上积着雪，塘里结着冰，漫山遍野，白茫茫的一片。

过阴历年了。财主家里蒸鱼煮肉，行令猜拳，张灯结彩，鸣放鞭炮，热闹得很。我们家里呢？无声无息，冷冷清清，鼎锅里煮的，还是那黑糊糊的稀粥。

顺姐从外边回来，缠着妈妈说：

“妈妈，对门张家屋里煮肉好香呵！过年了，别人屋里都有肉吃，我也要吃肉！”

“妈妈，我也要吃肉！”我也扯着妈妈的衣角，苦苦哀求。

妈妈把我和顺姐拉到她的身边，轻轻地说：

“好伢伢，莫闹，你爹爹去买肉，就要回来了！”

“呵！爹爹买肉去了！”

我和顺姐都高兴极了，跑到门口站着，眼巴巴地等着爹爹回来。

爹爹像个醉汉一样地走回来了。没有想到提回来的不是肉，而是几根剔了肉的骨头。爹爹把那几根骨头往灶上一丢，说：

“这还花了七个铜板哩！”

妈妈把那几根光骨头洗了洗，丢进锅里煮起来，问爹爹：

“荫仁堂的账还了吗？”

“还了！”爹爹站起身，愤恨地说，“十吊钱还了个利钱，连原来打算买过年肉、过年米的一吊多钱，都被他们搜去了。幸好我在衣衫补丁里藏了几个铜板，要不，连这几根骨头都买不来了。”

妈妈手里的锅盖当的一声掉在地下。她弯腰捡起，望着爹爹问：

“怎么，十吊钱才还了个利钱？”

屋子里沉默了。我们都没有说话。

西北风在呼呼地吼叫。

腊月三十的夜里，家里照例要敬神。妈妈点了三根香，插在神龛前，又舀了三碗稀粥，上面横着筷子。一切都安排好以后，妈妈闭着眼睛弓着腰，嘴里念着观音菩萨、祖宗神灵的名字。

敬完了神，妈妈把猪骨头分给我一根，给顺姐一根。顺姐拿着骨头放进嘴里咬着咬着，啪的一声丢在地下，哭了起来：

“骨头咬不动，我要吃肉，肉……”

妈妈坐在灶边，本来心里就烦躁，看见顺姐这样不听话，打了她一下。顺姐往地下一坐，哇哇大哭起来。

爹爹看到这情景，脸上红一块，白一块，不是颜色，两手端着一碗稀粥发呆。

我忙对妈妈说：

“妈妈，我不哭！”

“不哭的是好伢儿。”妈妈夸奖我，随手把顺姐丢到门角落里的那根骨头捡起来，用刀背捶烂。骨头孔里，挤出一条酱红色的圆圆的骨髓。妈妈让我们吃骨髓，哪知道这东西好吃得很呵！

满哥拿着一根捶烂了的骨头塞到顺姐手里，像个大人似的劝她说：

“为了我们兄弟姐妹，爹爹妈妈累死累活，还背了一身账，够愁的了。好妹妹，快莫哭了！你这样大的人，要懂点事，不要再惹得爹妈生气。”

顺姐接过骨头，才不哭了。

“表哥！表嫂！过热闹年呀！”

随着这熟悉的声音，表叔左手提着一块猪肉，右手挎个腰篮子[1]走了进来。爹爹妈妈一齐站起身来，向表叔打招呼，妈妈走上去，接过他手里的东西说：

“老表，你们自己手边也不宽裕，怎么还给我们送东西来了！”

表叔笑盈盈地说：

“过年嘛，哄哄伢儿们的。没有多的，莫嫌少呀！”

“老表说到哪里去了！”妈妈一边回答，一边拿着肉和腰篮子里的米、豆腐往灶边走。

表叔在凳子上坐下来，望着紧蹙着眉头的爹爹，惊讶地问：

“怎么，表哥，心里不畅快吗？”

爹爹长叹了一口气，回答说：

[1] 腰篮子：一种竹制的提篮。

“左扯右借地凑了十吊钱，哪里晓得拿到金阴人屋里，才还了个利钱。原先打算买两升米、称几两肉过个年，准备了几个钱，也叫那家伙搜走了。”

表叔吸着旱烟袋，对爹爹说：

“这个家伙是条毒蛇，缠在身上就脱不了身。金四那家伙来讲过几回，要我到金阴人屋里去当长工，我就没有答应。打零工、当月工，我想干就干，不想干扭身就走，他也管不着我。要是在他屋里当了长工，不晓得他又会打些么子鬼主意！”

爹爹懊悔地说：

“千不该万不该，当初我不该借金阴人的粮，种金阴人的地。如今双脚就像陷在烂泥塘里，扯都扯不出来。”爹爹叹了口长气，“好在上当只能上一回。我一还清他的账，屙尿都不朝他那个方向了。”

说到这里，妈妈把菜锅子从灶上端下来，吩咐满哥说：

“满伢，去请姑婆过来，一起吃餐团年饭！”

满哥出去不久，就陪着姑婆进来了。我们全家大小跟姑婆、表叔一起围了一桌子，热热闹闹地吃起团年饭来。

五

这一年我已经八岁了。

爹爹还成天在外头帮人家做工，满哥和顺姐跟着妈妈担柴火卖，全家省吃俭用，一心想早些还清金阴人这笔阎王账。但是，这笔账就像一个无底洞，我们全家劳动的血汗不断地往里头填，总也填不满。金阴人呢，对我们越逼越紧。爹爹被逼得实在没办法，只好让我给金阴人家看牛去了。

开头，我看三头牛。往后，金阴人老给我加，一直加到看十二头牛。

每天天不亮，我就要起身到金阴人家里去牵牛上山，天断黑，才赶回来。我一个人招呼不过来，爹爹和表叔时常来帮我的忙。早晨，他们帮我牵牛出栏；晚上，他们又帮我赶牛进栏。怕牛在路上吃庄稼，表叔还用篾编了些嘴笼套，让我把它套在牛嘴巴上，到了山里才把它取下来。

我整天一个人在深山峡谷里，心里有一股说不出的孤苦味道。我多么希望有个人来做伴呵，但是，没有哪个来理我，我只好和山亲，和牛亲。我给那十二条牛起了各式各样的名字：花猫猫、黑毛团、黄大汉、恶小鬼，还有老婆婆、满妹子、细伢伢……我和牛混熟了，喊它们，骂它们，笑它们，跟它们讲话。牛也熟悉我，听我的话。就是黑毛团跟恶小鬼最顽皮，一进山，嗥两声，翘起尾巴东奔西跑，找包谷叶子和番薯藤吃，天天害得我到处去寻。

这天太阳落山的时候，黑毛团跟恶小鬼跑得无影无踪了，我到处寻也没有寻到。把牛丢了，那还了得？我偷偷把那十条牛先送进栏里，又急忙返回山里去寻黑毛团和恶小鬼。

没有月亮，也没有星星，四周黑漆漆的。我刚走到山口子上，只听得树林里窸窸窣窣，猫头鹰呵呵地叫，像鬼叫一样。黑糊糊的野物东跑西窜，吓得我头发直往上竖，心里像打鼓一样跳动。我正想爬到树上去躲起来，忽然看到一高一矮的两个黑影向我走来。我想起有人对我讲过深山里有鬼，还有狐狸精，心跳动得更加厉害了，赶忙躲到树背后，连气都不敢出。

突然，有个黑影说话了：

“满伢，好生走，莫绊跤嘞！”

我听出来了，这是表叔的声音。我壮着胆子喊了声：

“益表叔！”

那两个黑影停住了，我就奔了过去。

表叔一把抱住了我说：

“小兰，牛跑了怎么不跟我讲一声，一个人黑咕隆咚的又摸进山来了！”

满哥也说：

“你没回家把妈妈快急死了。爹爹出去做工夫没回来，要不是益表叔去了，妈妈还要自己来找哩！”

我哽哽咽咽地回答说：

“黑毛团、恶小鬼跑了。”

表叔给我擦干了眼泪说：

“走，我们一起去找。也许那畜生胀饱了，在哪里睡下了呢。”

这时，爹爹收工回家，也打着火把找来了。我们四个人分两起，满山满谷去寻牛，一直找到半夜，才把黑毛团、恶小鬼找回来。

回到家里，妈妈没骂我一句，反倒把我抱在怀里，摸着我的头问：

“小兰，你累不累？怕不怕？”

我怎么不累不怕呢？但是，我怕妈妈心里难过，忙回答说：

“不累，不怕，往后，我还要多看几条牛，多做事，好早些还清金阴人的账。”

妈妈笑了，笑得很勉强。

六

福无双至，祸不单行，这年秋天，妈妈又得了重病。

自打那年逃荒到龙家寨，借了金阴人那一袋虫麦子算起，三四年来，我们家背着这身账，越背越重，总也还不清。一提起这件事，爹爹就后悔不已。现在妈妈这一病，可是人命关天呀，身无分文，爹爹只好硬着头皮再找金阴人去借。这一下，可又叫金阴人这只狐狸精抓住穷人的辫子啦。他说，借钱可以，只是怕到期不还，要爹爹立下字据，写明“借期三月，如到时无款归还，得听凭荫仁堂处置”，这才借了二十吊钱。

妈妈的病是好了，三个月的限期也到了。金阴人这天亲自出马，带着金四走进我家，慢条斯理地说：

“灶王爷上天，句句吐实情。期限到了，这回该连旧账一起清了吧！”

爹爹真是上天无路，入地无门，不知道如何是好。拿什么还他呢？只得说：

“再缓几天吧！借了钱一定还你！”

金阴人一声不哼，晃了晃光溜溜的秃脑袋。

妈妈也说：

“老爷，满伢他爹这一向没有做上好多工夫，借，一时又借不到。再缓些日子吧！往后只要转动得来，我们一家人把嘴巴缝住，不吃不用，也要还清你这笔账。”

金阴人没有理会妈妈的话，一对蛤蟆眼直朝我身上滴溜溜打转。我害怕地偎依在妈妈的身边。

“唉！”金阴人装起菩萨来了，一边吸着水烟壶，一边说：“你们一家没得吃没得穿，也实在可怜。我这个人就是一副菩萨心肠，依我看，活人不能叫尿胀死……”

金阴人讲到这里，用眼角对金四使了个眼色。金四会意，走上前来，用三角眼瞟着我，怪声怪气地对爹爹说：

“账一时还不起，以后再讲。金老爷是一个大慈大悲的人，嗯……嗯……他老人家看你屋里兰妹子相貌长得不错，也还灵泛，就把她顶到老爷家里去当丫环吧！”

这话像钢刀子一样，刺痛了爹爹妈妈的心。原来金阴人借钱给我们，就是为了打我的主意呀!

爹爹转过身去，斩钉截铁地说：

“不能！砍了我的脑壳也不能！”

“不能？”金阴人把手一伸，“那就拿钱来！”

金阴人哪肯罢手，他三天两头到我家来，差点儿踏破了我家的门槛，硬逼软缠要我去顶账。

看到这吃人不吐骨的金阴人，我心里就怒火万丈，恨不得咬他几口。我真想不通，财主们热天有人扇扇子，冬天围着大火盆吃甜的喝香的，难道当真他们命里注定要享福的吗？我越想越生气。这天，金阴人又来了。我在灶角里摸了一根吹火筒，趁这家伙没有出门，偷偷放在门槛下边。

金阴人推开门，一迈脚正好踩在吹火筒上。吹火筒哧溜一滚，金阴人摔了个四脚朝天，秃脑壳撞在石头上，鼓起了一个大包。我躲在屋角落里高兴极了，抿着嘴笑，心想：老狐狸精，让你尝尝这个味道吧!

金四慌忙过去扶起金阴人，连声喊着：

“老爷！老爷！绊痛了吧？”

金阴人两手抱住秃脑壳，发疯一样地狂叫起来：

“等着吧，我要让你们晓得老子的厉害！”

天黑不久，姑婆跟表叔匆匆忙忙走进来了。表叔一步跨到爹爹跟前，着急地说：

“表哥，金阴人要下毒手了。听他屋里的长工讲，那老狐狸给你捏造了个赖账打人的罪名，告到镇公所去了。明早，镇上的保安队就要来抓你去坐班房，还要把小兰抓去顶账……”

爹爹怔住了。

妈妈吓得慌了手脚，战栗地说：

“天哪！这是么子世界哟……”

爹爹猛地站起身，就往门外奔去。姑婆和表叔一把拖住了他。

“哪里去？”姑婆问。

“告他去！”

“这不是送肉上砧板吗？”表叔大声地说，“人家有钱有势，我们怎么惹得起？”

爹爹两腿一软，在条凳上坐了下来，低着头，喘着粗气。

妈妈轻声抽泣起来：

“孩子他爹，我们就这样等着天塌地陷吗？”

姑婆焦急地说：

“想个法子吧！”

表叔思索了一阵，才低声说：

“黄蜂针毒，财主心狠，金阴人这只狐狸精没得么子下不得手的事情。表哥，依我看，好汉不吃眼前亏，你还是先躲过这阵再讲。”

姑婆擦着眼泪说：

“你走吧！你屋里的事，就交给我跟你表兄弟吧！小兰，我们也会很好照管，不会让金阴人抢去！”

妈妈含着泪说：

“三个伢伢都能帮手帮脚做些事了，我们娘儿四个慢慢过吧！你在外边要自己保重……”

满哥紧靠在妈妈的身边，对爹爹说：

“爹爹，你走吧，我跟妹妹一定听妈妈的话，攒劲做工夫。等你在外边赚了工钱回来，还清金阴人那笔账就好了！”

表叔扯大喉咙对爹爹说：

“表哥，只要有我在，就不会让小兰落到金阴人手里，只要我屋里有吃的，就不会让你屋里的人挨饿，你只管放心走吧！”

爹爹两肘顶在膝盖上，撑着下巴，一动也不动。沉默了好久，才猛然抬起头，从牙缝里挤出三个字来：

“好，我走！”

东边的天空刚刚露出鱼肚色，爹爹戴上斗笠，背着工具箱走了。我也暂时到姑婆家里躲起来。

七

俗话说：逃得了和尚逃不了寺。爹爹走了，我也躲起来了，金阴人派来要账的狗腿子金四，寻到妈妈的头上来了。他两天催三回，到了我家，见鸡捉鸡，见鸭捉鸭，骂人砸家伙，一进门就大喊大叫：

“癞蛤蟆躲端午，躲得了初一躲不了十五。砸了你们的骨头熬成油，也得清账。”

一连几天，金四没有找到爹爹和我，就硬逼着满哥和顺姐到金阴人家里去做杂工，还说：“不把兰妹子送到老爷家去，就让这两个小贱骨头给老爷做一辈子工。”

每天，天麻麻亮，满哥和顺姐就到金阴人家里去做工，天黑好大一阵才回来，到家里累得腰都直不起来。妈妈难过得心尖滴血，可又没有别的法子，只得偷偷地流眼泪。

这天夜里，姑婆屋里来了客，我就回家去睡觉。刚一走进屋，满哥和顺姐也回来了。满哥的上衣撕得稀烂，脸上现出了一道道被刺挂破的血痕。顺姐的头发上尽是杂草和树叶，走起路来脚都有点跛了。妈妈正在桐油灯下缝补衣服，放下手里的针线，连忙上前扶住顺姐问：

“你们今天做么子啰？累得这个样子！”

满哥回答说：

“金阴人又要砌新屋了，今天给他抬了一天木料。”

妈妈气愤地说：

“这样的重工夫，怎么让伢伢去干！”

顺姐一边梳头发，一边说：

“金四那鸦片烟鬼，还骂我们偷懒哩！”

妈妈坐到床边上，又拿起针线，对满哥说：

“把衣衫脱下来，给你补一补。”

满哥一脱下上衣，就露出了红肿的肩胛。妈妈伸过手去轻轻摸着，心痛地说：

“哎呀，肿得像个鲫鱼背一样。满伢，痛吧？”

满哥装做不在乎的样子回答说：

“不痛，妈妈！只要妹妹不被金阴人抢去，再累也不要紧。”

听了满哥这贴心的话，我的鼻子酸溜溜的，眼泪就涌出来了。我对妈妈说：

“还是让我到金阴人屋里去当丫环吧！”

“小兰，你这是什么话！”满哥又转身对妈妈说，“不能让妹妹去，去了就回不来了！”

顺姐也说：

“金阴人那家伙恶死了，妹妹千万去不得！”

妈妈激动地看了看满哥、顺姐，看了看我，然后把我们三人拉到她怀里，亲了又亲，滚烫的眼泪一滴一滴地滴到我们的脸上……她连声喊着：

“好伢伢，我的心肝！”

娘儿四个紧紧地抱在一起，轻声哭了起来。过了好久，满哥抬起头来，扯着妈妈的衣袖摇着说：

“妈妈，莫哭了，再辛苦几年，爹爹回来，我们长大了，日子就好过了。”

随着年龄的增长，我们兄妹也越来越懂事了。我们都清楚家庭的处境，都能体谅妈妈的心情，总是想方设法来减轻她的忧愁和痛苦。

满哥更像个大人。他做事勤快，十三岁的伢伢做的工夫，差不多顶得一个后生子。他被逼到金阴人屋里去做工，每天好晚回来，还手不停脚不住地帮妈妈做事。哪怕在山里摘一个茶泡子，他都要带回来给妈妈吃。碰到妈妈心里不畅快的时候，他在旁边劝妈妈“想开些”；有时，我跟顺姐惹得妈妈生气了，他又开导我们“要听大人的话”。我和顺姐也更加听妈妈的话了。妈妈只要一想到我们兄妹三个，心里就得到了莫大的安慰。

爹爹出去躲账又是半年多了。

这天下午，我从姑婆家里回来，正巧满哥、顺姐从后背山沟里扯完猪草，也顺便回家来了。爹爹走后，我们全家白天难得碰在一起。妈妈看见我们都回来了，高兴得忙上忙下，说：

“我去兑点米回来，全家在一起吃餐饭吧！”

说罢，妈妈就担一担焦干的棍子柴，到镇上兑米去了。顺姐拿起扫把扫地，满哥劈柴，我坐在灶边烧火。

我一边烧火，一边问满哥：

“益表叔不是在金阴人家里打月工吗？怎么好几天没有回家了？姑婆在念叨他哩！”

顺姐抢着回答说：

“他到鬼头山烧炭去了。我们也有好几天没有看到他！”

天气闷热，一丝风都没有。老天沉着脸，大块大块的乌云，从四面八方向中间聚集，天都好像要塌下来一样。妈妈刚离开家，金四就往我家走来了。我赶忙躲到柴堆后面。

金四一进门，就冲到满哥跟前大叫：

“鬼崽子，哪个准你们回来的？不想活了！害得我到处找你们。老爷在鬼头山烧了一窑炭，昨天夜里刚出窑。老爷怕落雨淋湿炭，要你带了顺妹子进山去担炭。耽误了，捶烂你们的脑壳。”

四周越来越黑了，屋门口的青石板上冒出了水珠子。这样的鬼天气，哪里能够进鬼头山去担炭？顺姐紧靠着满哥说：

“我们不到鬼头山去！”

“怕鬼来打你呀！”金四三角眼一鼓，装出一副要吃人的样子。“你们表叔也在山上出炭。怕么子，快去！”

满哥晓得金四这家伙早就没得心肝了，和他讲道理也是白搭，只得嗯了一声，拿着扁担篓子，跟顺姐一起走了。

满哥顺姐走了一阵，一个接一个的响雷，在半天空里炸开了，震得小茅屋直摇晃。一串串的火球一闪一闪，刺得眼睛都张不开。紧接着，瓢泼似的大雨，劈头盖脸地倾泻下来，下个不停。

雨小一点了，妈妈从镇上回来。一进门，放下手里装了米的口袋就问：

“满伢他们两个呢？”

“金四喊他们到鬼头山担炭去了。”我回答说。

“嗯？”妈妈的脸一沉，“雨这样大，河水都涨起来了，还要两个细伢伢上鬼头山，心真狠呵。我上山找他们去。”

妈妈说罢，从墙上取下斗笠，匆匆地往外走了。

说起鬼头山，哪个不担心？这座山又高又陡，四处没人烟。左边是荒草怪石，断树残枝，右边是悬崖绝壁，千丈深潭。十三岁的满哥、十一岁的顺姐，腿都瘦得皮包着骨头，像蒿子棍，在这样的天气上鬼头山去担炭，妈妈怎么放心得下？

雨又大了，那哗啦哗啦的响声，震得我心惊肉跳。我刚跑到门口张望，只见表叔拖着妈妈走进屋来。

表叔红肿着眼睛，呆呆地站着，身上的雨水顺着裤腿流到地下。

妈妈两眼直勾勾地望着表叔。

沉默了好大一阵，表叔突然往前走了两步，豆大的泪珠扑簌簌地掉了下来，声音颤抖地说：

“老天爷不长眼，满伢、顺妹……”

妈妈听到这里，抓住衣领的右手往下一拉，衣衫撕开了一条口子，脸色铁青，嘴角微微地抖动着问表叔：

“满伢、顺妹怎……怎……么啦，你……讲吧！”

表叔擦了擦红肿的眼睛说：

“下半天我在窑上出炭，满伢、顺妹也去了。这时天下大雨，山高坡陡，满伢从窑边上担了炭一下来，我就看见他前轻后重，手软脚滑。我放心不下，出了几担炭，随即跟了下来。刚走到老鸦坳，又是闪电，又是打雷，雨也更大了。我远远看到满伢和顺妹走在前边，正要赶上去，只见满伢脚下一溜，一声‘顺妹’还没有喊完，就连人带炭滚进深潭里去了……

“顺妹慌了手脚，丢下背炭的篓子，一边往山下飞跑，一边大喊：‘救命呀！救命呀！’我想喊住顺妹，她没有听见，还是死命往山下跑。跑到小河沟边，上面山洪暴发，小木桥被淹没了。她刚刚伸脚踏到独木桥上，上面猛地卷来一个大浪，她身子一歪，就掉了下去，连影子都没得了。我顺着河沟找顺妹没有找到，到深潭里去找满伢，也……也……没有……”

妈妈浑身哆嗦起来，她望着门外哗哗的大雨，突然冲出门，就往河边奔去。我和表叔在后面一边喊，一边飞快地跟了上去。

天黑了，倾盆大雨变成了毛毛细雨。我们跟在妈妈背后，刚跑到河边，姑婆和左邻右舍也戴着斗笠，披着蓑衣，打上灯笼、火把，拿着竹篙、树钩子赶来帮助寻找尸体来了。我们一起顺河往下找了好久，没有找着，又顺着小河沟往上找，刚找到山上的深潭边，只听得有人喊：

“快来，在这里！”

妈妈猛地一颤，不顾一切地奔了过去，只见满哥的尸体挡在潭边的树兜兜上，嘴唇紧闭着，瘦削的脸被水浸得雪白。妈妈弯下腰去，两手捧着满哥那冰冷的脸，喊着“满伢，满伢”，身子摇晃了几下，噗的一声，就倒在湿漉漉的草地上。我放声大哭，也扑到妈妈的身上，连摇带喊：

“妈妈！”

姑婆一只脚跪在地下，把昏迷过去了的妈妈抱在怀里，哽咽地喊着：

“侄媳妇！侄媳妇！”

这时，我只觉得脑子里嗡嗡地响，心里一阵阵地跳，喉咙里都哭得喊不出声音来了。也不晓得过了好久，才模模糊糊地听得表叔颤抖抖地说：

“杨三哥，我先把表嫂送回去。你找几个人帮忙合个匣子，选个地势高的地方把满伢埋了吧！”

表叔背起妈妈，姑婆扶着我就往家走。我走几步，又回头看一看，哽咽地问姑婆：

“就让满哥一个人睡在山里呀？”

姑婆听到我的话，只是哭，说不出话来。

回到屋里，姑婆把妈妈放到床上，烧了碗姜汤水，灌到妈妈嘴里。过了一阵，妈妈打了个冷战，睁开眼睛望了望姑婆，又伤心地大声喊道：

“我那满伢、顺妹呀！”

表叔看见妈妈醒转过来，连忙走到床边，用发颤的声音轻轻说：

“顺妹还正在找，满伢，我们已经把他安葬了！”

妈妈如梦初醒，推开姑婆的手，猛地从床上跳下来，从灶上拿起一把菜刀，就往外奔。姑婆和表叔一起过去死劲拖住了她。妈妈挣扎着，像发疯一样喊叫：

“我找金阴人拼命去！我要砍死他！”

我跪在地上，紧紧抱住妈妈的两腿大声哭起来。

表叔夺了妈妈手里的菜刀，又和姑婆两个把妈妈搀到床边坐下。妈妈头往姑婆身上一靠，放开喉咙痛哭起来。

一连好多天，妈妈白天哭，晚上哭，喉咙哭哑了，眼泪哭干了，有时睡到半夜，还拖长声音大声地喊着：“满伢……顺妹……”短短的时间里，妈妈苍老了好多。

妈妈土里滚、山里爬地过了三十多年。三十多年来，她经历了无数的艰难困苦，尝尽了人世间的风霜雨雪，一年到头辛辛苦苦，白天伴太阳，晚上伴月亮，没有吃过一餐松心饭，没有睡过一夜囫囵觉，没有喝过一口甜心水，没有住过一夜砖瓦房。这个罪恶的社会给予她的，只有饥饿和寒冷，只有穷困和悲伤。尽管这样，爹爹妈妈在一起，还是相处得和和睦睦、亲亲热热的，从来没有吵过一句嘴。自从生下了满哥、顺姐和我，妈妈的心里孕育了一线新的希望，日盼夜望儿女赶快长大成人，好分担她这副生活的重担。可是现在，爹爹被逼得无路可走，躲账去了，如今祸不单行，满哥和顺姐又被害死了。妈妈一心一意要讨还这笔血债。

八

恶人先告状。这天，金四带着几个家丁来传话，说我们家里所欠的账，本利要一起还清，还说满哥顺姐丢了炭，本来荫仁堂要追回损失，念及二人失足丧生，就勾了这笔账。最后，金四又凶狠狠地说：

“赶快把账还清！还不出，就把小兰找回来，送到荫仁堂去顶账。”

妈妈逼近金四，咬牙切齿地说：

“你们这些遭雷打，遭红炮子穿心的，逼走了我男人，害死了我的儿女！两条人命，我还没有和你们算哩！如今还要抢我的小兰，我跟你们拼了！”

金四一把拖住妈妈的手。妈妈猛力把金四一推，顺手拿起一条长板凳，对准金四打去。金四身子一歪，凳子碰在茅棚的柱子上。

金四吓得手忙脚乱，一面招呼那几个家丁，摆出一副要打架的阵势，一面大声喊道：

“欠债不还，还行凶？走！到荫仁堂去，我打不死你，也得剥你一层皮！”

姑婆是见过世面的人。她走进来看到这个情况，连忙劝住妈妈说：

“侄媳妇，如今这世道，有钱的王八是太爷。你骂他、打他，金阴人就不来抢小兰了吗？侄媳妇，先忍住这口气吧！”

左邻右舍听得我们的茅屋里吵吵闹闹，也都围过来了。

大家一看见金四和那些凶神恶煞的家丁，就知道是怎么一回事了，纷纷拥上前来，你一言我一语：

“害死人还没有偿命，又要来抢人家的女儿！你们有没有一点人气？”

“你们的心也太狠毒了。”

表叔左手往腰上一叉，右手指着金四的鼻子，怒气冲冲地说：

“狗杂种，你回去告诉金阴人，逼得我们实在没得办法了，一把火烧掉他的狗窝。”

金四本想发作，看看人多势众，一个个怒容满面，知道来头不对，就带着那几个家丁灰溜溜地走了。

挡了头阵，挡不了二阵呀！姑婆说：“有千重冤，万重仇，等我侄儿回来再讲。小兰呢，是我侄儿剩下的一根独苗苗了，千万不能再落进金阴人的虎口。为今之计，只有给小兰找个婆家。这一来，金阴人也没得法子了。”

走投无路，也只好走这一着呀。

一天晚上，妈妈拉着我坐在床前，用她那只和树皮一般粗糙的手，抚摸着我的脑壳和身子，又把我紧紧地搂在她的怀里，好像一松手，就会被人抢去一样。妈妈含着眼泪说：

“小兰，你哥哥、姐姐都……都被金阴人……害死了……如今，他还要来……抢你……”

妈妈提起了满哥和顺姐，又说金阴人要来抓我，我又伤心，又焦急，不由得哭了起来。

妈妈替我擦干眼泪，哽咽地说：

“姑婆给你在七里坪找了一个姓刘的婆家。你到了婆家，金阴人就抓不到你了。”

这个姓刘的婆家是好是坏，我一点也不晓得。但是不管怎样，总不会被金阴人抢去，我也就答应了。

第二天清早起来，妈妈替我梳了两根小辫子，又给我换上了连夜烤干的衣衫，穿了一双绣着蝴蝶的花鞋。姑婆还把四个煮熟了的红皮鸡蛋和一包用红纸包得四四方方的落花生，塞到我的手里。

妈妈、姑婆把我送出门，走了十来里路，到了鸡冠山。姑婆对妈妈说：

“侄媳妇，你打转身吧，我送她去！”

“小兰！”妈妈哭了，递给我一个小包说，“这里有两件补好了的换洗衣衫，带去吧！到了婆家，要听老人的话，要自己保重……”

我拉着妈妈的手，眼里含着泪花，心里有好多话要说，可是话到嘴边，只断断续续地说了句：

“妈妈，我……我……记……记下了……”

浮云遮住了快要西沉的太阳，空中一群大雁排成个“人”字往北飞去，后面留下了一只孤零零的小雁，发出了一声凄厉的叫唤。

我离开了妈妈，跟着姑婆踏上了坎坷的羊肠小道。我三步一回头，五步一招手，就这样离开了妈妈，离开了家。

一路上我在想：金阴人呀金阴人，你害得我们好苦呀。我们吴家和你的仇，龙家寨的人和你的仇，算是结下了。

| 第二章 |

一

我刚脱开金家的虎口，又落进了刘家的狼窝。从到七里坪刘家的那天起，我又过起开水煮、滚油煎的日子来了！

婆家日子比较富裕，祖孙三代有十多口人，上有公公、婆婆、家爹、家娘[1]，下有弟弟妹妹一大帮。

公公六十多岁，烂眼睛，红鼻子，耳朵像张透明的薄纸。他身上穿着件宽袖大褂，脑壳上扣着顶油乎乎的瓜皮帽，背后还拖着根细辫子。他一天到晚板起脸孔，瘪着嘴巴，像哪个借了他的米还了糠一样，整天骂骂咧咧，没有一句好话。他管家最严，天麻麻亮，就大声喊你起床做事，稍微迟了一点，他就破口大骂，唾沫喷出几尺远。做事，他深怕你做少了，吃

[1] 公公指祖父，婆婆指祖母，家爹指丈夫的父亲，家娘指丈夫的母亲。

饭，他只怕你吃多了。哪个要是不小心掉了一粒米、一颗饭，他就会捡起来，连灰塞进你的嘴里，大骂“败家子”，“我一扁担横死你”，“我一烟袋脑壳挖死你”[1]……家里喂了两只猪婆，三只架子猪。他三天两头走到猪栏边，码开手指量量，看骨架长了没有，又用手摸摸，看长肉了没有。他把钱看得比铜盆还大，一文钱在他手心里能捏出二两油来。家里哪怕是买一针一线，都要经过他的手。他有个装光洋的泥罐子，用一把半斤重的牛耳锁锁在柜子里。一有空，他就捧出泥罐来，当啷啷的一声，倒了一桌子的光洋，然后偏起脑壳，数过来数过去，数完了又跟婆婆商量：“到年底又能买得两亩好田！”“明年张家屋里那块茶山也能到我们手里了！”一说到这些，烂眼公公的眼睛都笑得眯成了一条线。

婆婆比公公小，只有五十多岁。她眼皮上长着个肉包包，大嘴细眼，看人用白眼珠瞅。那张大嘴巴整天嘟嘟哝哝的，能说会道，人家背地里都叫她“油嘴巴”。油嘴巴心肠毒得很，比烂眼公公还厉害。她对我有成套的“家规”：讲话不能高声，嬉笑不能露齿，不能跟男人同桌吃饭，不能随便和外人讲话……总之，清规戒律多得很。按她的话来说，“不打不骂不成人，棍子底下出好人”。她还常常假惺惺地对我说：“你在我屋里做童养媳，硬是享福。要是碰上一个恶婆婆，早把你打扁了！”

家爹是个高个子，脸黑得像个荞麦粑粑，三天讲不上两句话，一天到晚只晓得勾起个脑壳做工夫，当家理事的事情都不大管。可是他哑巴吃粑粑，心里有数。和烂眼公公一样，他也是一心想买田，当财主。家娘是个矮个子，站在家爹面前要矮一大截。她长了张荷包嘴，厚嘴唇，后脑壳伸

[1] 湖南方言，意即：“一烟袋锅敲死你。”

出来好长，梳着个粑粑髻，撅得高高的。吃起饭来，嘴里吧嗒吧嗒的响，就像猪吃食。虽说她在屋里当不得家，做不得主，可是她跟烂眼公公、油嘴婆婆是一个鼻孔出气的。烂眼公公、油嘴婆婆骂我的时候，她就走拢来嘬起个荷包嘴，帮腔壮势。烂眼公公和油嘴婆婆一摆出要打人的架势，她就赶紧递棍子，还翻着两片厚嘴唇说："打吧！打死了再去找。这样的贱骨头，一扫把都能从门角落里扫出几个来。"

上山做工夫的时候，她紧紧地跟在我身边。有时候，我锄草锄久了，腰酸背痛，扶着锄头把直起身来歇一歇，她就大喊大叫："鬼打痴了，看路[1]呀！"她把我担不起的担子硬往我肩上压，背不起的东西硬要我背，走不动她就在后面推。我要是跌倒了，她不光不扯，反而连踢带骂："背时婆，莫在这里装死狗，起来快走！"

她的儿子叫宝伢，左腿长，右腿短，巴掌大的脸，黄皮寡瘦。八岁的人了，讲话还夹舌头，鼻子里流着两根黄粉（鼻涕），傻里傻气的，什么事情也不会做，尽跟邻家的伢伢打架骂娘。有时被人家打得鼻青眼肿，回来又哭又叫，在地上打滚，闹得天翻地覆。这就是我那宝贝"男人"！

一进婆家门，他们就不把我当人看待，里里外外，洗洗浆浆，上山下田，都要我干。只要有一点不合油嘴婆婆的心意，她就揪住我的头发，连踢带打，把我的头按在地上去啃土。我喂猪喂狗，淘米煮饭，要是掉了几粒米，多烧了几根柴，丢了几片老菜叶子，烂眼公公看见了，说是败了他的家，脱下鞋子，没头没脑地往我身上打。家里人多用水多，每天用的水都要我一个人去担。我个子矮，水桶高，担水的时候老绊脚。有一回天雨

[1] 看路：是说人要死了，看到阎王殿去的路。

路滑，上阶矶的时候，腿一软，嘭的一声，连人带水桶倒在地下，脚碰破了，头上起了几个大包。烂眼公公从屋里三脚两步奔出来，一看水桶碰烂了，顺手摸起一根茶树棍子，往我身上猛抽猛打，一边打，一边骂：

“短命鬼，把你绊死了不要紧，把我的水桶打烂了要钱买哩！”

骂够了，打够了，他就抓住我的两条腿倒拖着走，家娘也飞快跑过来帮忙。他们把我拖到堂屋里的神龛前，勒起我的裤腿，让我跪在瓷碗碴上，脑壳上顶一大盆水。我痛得乱箭穿心，一串串的汗珠从额上冒出来，血把瓷碗碴都染红了。我想喊不能喊，想哭也不敢哭，跪了不久，只觉得天昏地转，啪的一声，一大盆水泼了下来，我倒在地上，什么也不晓得了……

烂眼公公指望用来发家的两只大猪婆、三只架子猪、二十几只猪崽子，全归我来喂养。天不亮，我就得上山扯猪草，晌午回来又要剁猪草。烂眼公公克扣得紧，连把像样的菜刀也舍不得花钱买。每天我用那砍人都不出血的菜刀剁完那几大篓猪草，浑身大汗湿得像是洗了个澡。一天到晚，忙得我手不停脚不住，累得腰酸背痛。弟弟妹妹半夜三更屙屎屙尿，我就得起来端尿盆子，洗屎片子，常常通宵不能合眼。

我毕竟还是一个十一岁的孩子，怎么受得了呢？我常常在半夜里偷着哭，想回家去找妈妈，可是又不敢开口。

烂眼公公一心想当财主，满仓金黄的谷子等着高价出卖，重利出借，舍不得碾来吃，尽让我们吃番薯渣、芋头、南瓜、包谷糊糊。好容易有时买来巴掌大一块肉，眼看肉要煮熟了，油嘴婆婆总要找点事情把我支开，回来，连肉骨头也看不到。平常日子，我做工夫回来，他们一家都吃完了饭，给我吃的就是一些残汤剩饭。一端起碗，他们好多双眼睛都盯着我看。

我下的是牛马力，吃的是猪狗食。烂眼公公还是看着不顺眼，动不动就说："喂只狗守得屋，喂只猫还捉得老鼠，喂了你这个没尾巴的，光惹我生气！"

油嘴婆婆除了我到她家的那天对我露过一回笑脸以外，老对我板着脸。一天夜里，她把我喊到她跟前，突然笑了，她说："兰妹子，噘起嘴巴做么子？红花妹子[1]嘛，要笑。"

我哭都哭不过来，哪还有心思笑啰。我说：

"婆婆，你不是讲笑不准露齿吗？我不敢笑。"

油嘴婆婆嘿嘿笑着说：

"十来岁的妹子了，还讲三岁伢伢的话。我娘屋里嫂嫂，十二岁跟我哥哥同房，十三岁就生娃娃。看你，还这样宝里宝气的，嘿嘿……"

油嘴婆婆傻笑着，唾沫溅了我一脸。我用手去擦，她拦住了，说：

"蠢妹子，不要擦，我的唾沫星子是福星，擦去了就没得福了。"

我站在一边，真是哭笑不得，心想：油嘴婆呀油嘴婆，一不如你的意，你揪住我的头发，按我到地上啃泥，今天你吃了素，开了佛心，又把你的臭唾沫当福星往我脸上喷。

我在刘家住了几个月，天天眼泪洗脸，怒火烧心，几个月就像过了几年。我恨死了烂眼公公、油嘴婆婆这一家人。我更是恨死了金阴人，要不是他的逼迫，我怎么会这么小就离开爹妈来受这个罪呢？

"爹爹，你躲账回来了没有？妈妈，你来吧，快来看看你的苦命的女儿。"我日日夜夜盼望着，眼泪把枕在头下的稻草都流湿了。

---

[1] 红花妹子：指没有结婚的姑娘。

二

妈妈果真来了。

“亲家母[1]，”油嘴婆婆显得十分殷勤，又搬凳子又端茶。“么子风把你吹来啦？”

“来看看兰妹子。”妈妈初次到刘家，显得很拘谨。“兰妹子年纪小，不懂事，全靠你老人家管教。”

“哪里，哪里，龙生龙子，虎生豹儿。小兰这妹子，哎呀，心灵手巧，又听话，又会做事情。娶这样一个孙媳妇，真是我家宝伢前世修来的福气呀！”油嘴婆婆那个油嘴，一瘪一瘪地说个不断线。

我脸都气红了，真想顶她几句。油嘴婆婆似乎看出了我的心思，趁妈妈喝茶的时候，用白眼珠狠狠瞪了我一眼。

夜里该睡觉了，我跟妈妈进了屋。她关上房门，向四周望了望，又走到门边，把耳朵贴在门上，听听外边的动静，这才把我拉到她的怀里，亲着我的脸，悄声悄气地问我：他家待你好不好？打不打你？让吃饱饭不？……我再也忍不住，哇的一声哭了！她忙用手捂住了我的嘴，把嘴巴贴着我的耳朵，着急地说：

“莫哭莫哭！让他们听见了，就不得了啰！”

我忙紧闭着嘴，硬忍住了。她脱开我的衣裳，仔细地看着我的身上。她看到我身上青一块紫一块的伤痕，那滚烫的眼泪，大滴大滴地滴到我的脸上。

[1] 油嘴婆婆比小兰妈妈大一辈，这里是跟着他儿子叫。

睡下了，我还是紧紧地搂着妈妈，怕她飞了似的。她出了口长气，说：

“小兰，你的……苦楚……妈妈都晓得……儿是娘身上的一块肉，只要有一点办法，我也不会把你往火坑里推……这都是金阴人逼……逼出来的……”

“我要跟你一起回去！我再也受不了啦！”我哽咽着说。

妈妈把我抱得更紧了。过了好一阵，她才细声地说：

“小兰，嫁鸡随鸡，嫁狗随狗，嫁个石头也要抱着走。这是老规矩呀！八字[1]注定了的事，也没得法子。你要回去，金阴人定要来抢你，还不是一样受罪？老辈子讲：十磨九难出好人，你先忍忍吧。阴沟里的篾片，总有翻身的一天……”

睡在隔壁房里的烂眼公公，故意打了几个长长的哈欠，油嘴婆婆也用力跺着地板。我和妈妈讲的话，莫非被他们听到了？我的心禁不住扑扑地跳。

天刚发白，他们就起来了。油嘴婆婆冷言冷语，指桑骂槐地说：“打人莫打脸，讲话莫揭短。”“黄鼠狼给鸡拜年，安的么子心肠？”在天井里，烂眼公公拉过他那宝贝孙子宝伢吼道：“宝伢！你不吃番薯渣？我还没得这么多闲钱挂狗颈，喂饱你这贱骨头哩。”宝伢摸不着头脑，吓得哇哇大哭。

鼓破乱人捶，墙倒众人推。妈妈感到来头不对，嘱咐了我几句，早饭也没有吃，急忙走了。

妈妈还没有走出屋对面的竹林子，烂眼公公拿着烟袋棒棒，漫头盖脑

[1] 八字：旧社会的算命先生欺骗说，人的命运是天注定的，根据人生下来的年月日时的八个字就可以推算出来。在这里，八字就是指命运。

地向我打来。我的头上、手上，打得青一块紫一块，痛得我直叫。

油嘴婆婆走了过来，阻住烂眼公公说："老糊涂，打死她，哪个来帮你喂猪？你走开，让我来整她。"

油嘴婆婆打人是有名的。她不用棍子、扁担、楠竹丫枝，不打头上、脸上、手上，因为那样现形，人家看到讲闲话。再说，伤了骨头，耽误做工夫，也划不来。她推开烂眼公公，像老鹰抓小鸡一样，一手揪住我的头发，一手伸到我的大腿上，用两个指头使劲拧着，边拧边骂：

"看你还告状，看你还告状！"

我痛得呼天喊地。要不是隔壁屋里的龙大婶来解救，真不晓得要被打成什么样子了。

三

到刘家又是两年了。繁重的劳动，受不尽的精神折磨，使我幼小的心灵受到极大的创伤。我病了。

开头，我四肢酥软，后来又发冷发热。冷的时候，盖三床厚棉被，也止不住打战；热的时候，汗涔涔的，像刚从水里捞出来的一样。我躺在床上，迷迷糊糊尽做噩梦，尽讲胡话。我时常在梦中吓得大声呼号哭泣，醒来的时候，自己也不知道喊些什么。

我病得这个样子，刘家的人谁也不管理，对我没有个好眉眼，没有句好言语。

油嘴婆婆到关帝庙去求神水，端了碗撒了香灰的冷水回来硬要我喝，还说什么我没有孝顺公公婆婆，惹了祸，招了鬼，是菩萨老爷给我的惩罚。明明是他们把我折磨病了，还硬说是菩萨要惩罚我。我想，病死了也好，可以不再受这份罪了。

隔壁屋里的龙大婶是个穷人，心地善良，非常同情我，把我当亲生女一样看待。我病了以后，她时常瞒着我公公婆婆，到我床边来问寒问暖，有时带几个熟鸡蛋塞到我的枕头边，有时，端碗煮得糜溶的白米粥，偷偷送来喂给我吃。婆家不肯花钱给我诊病，她就自己出钱给我请郎中。要是没得这个好心肠的龙大婶，只怕这一回，阎王老子就要点到我的名了。

这天夜里，龙大婶又给我端来了一小碗肉汤。龙大婶的家境我是清楚的。一看到这碗喷喷冒热气的肉汤，我的眼泪就涌出来了。我拉住龙大婶的手，感激万分地说：

“大婶，你不要费心了，我迟早要被他们折磨死的。早死，还少受一些罪。”

龙大婶挨近我坐下说：

“小兰，十一二岁的妹子为何就想到死呢？要活下去，定要活下去。”

我说：

“活着受罪有么子意思？”

龙大婶往四周看了看，贴着我的耳朵边小声说：

“等着吧，红军一来，我们就有救了！”

“红军？”我挣扎着坐起来，擦干了眼泪，兴奋地问：“是不是人家常讲的那个贺龙的打富济贫的队伍？”

“是呀，头两年，他们就到了鹤峰、大庸、桑植一带，去年还到了宫里坪哩！这个队伍专跟财主恶霸作对，跟国民党作对，给穷人打天下。他们一来，我们的苦日子也就到了头，你也不会再受这个罪了！”

听了这话，好像我的病都好了许多，我焦急地摇着龙大婶的手问：

“红军么子时节到我们这里来？”

龙大婶用肯定的口气说：

"快，不久就会来的！"

接着，她又跟我讲了许多她听到的关于红军的传说。

这天以后，在我的心里就闪现出了一线新的希望，盼望红军早日到来。

四

我吃了几副药，病情才慢慢好转。亏那没有良心的油嘴婆婆还好意思说：

"要不是我到关帝庙化了点神水给你吃，只怕你早上西天了！"

病还没有全好，他们又对我支起差来，一天到晚喊个不停：

"你这短命鬼，还摊尸呀，快起来烧火！"

"猪都瘦了哩！你还不上山去扯猪草，当心抽你的筋！"

我尝尽了辛酸苦辣，忍，忍，忍，我实在再也不能忍了。我是个人，可是他们不把我当人看待。我难道就像块湿泥巴由他们捏团团玩吗？不，我不能再这样下去。

这天，窗子还没有露白，油嘴婆婆躺在床上就喊开了：

"兰妹子，起来扯猪草去！"

我明明听见了，就是不答应。油嘴婆婆发气了，声音一次比一次高：

"死鬼，砍千刀的，你聋了呢，还是哑了呀？"

我还是不答应。她这样连续喊了五六回，见我没有应她，就骂骂咧咧地冲过来推门。推就让她推吧，我睡在床上，动都不动。她更火了，就用脚踢。烂眼公公听到踢门声，生怕踢烂门板，在隔壁房里大骂起来：

"老不死的，门板是花钱做的。你和门板发么子鬼气！"

她被烂眼公公臭骂了一顿，不敢再踢，就朝窗户底下走来。窗户高，她爬不上，搬了条小板凳垫着，把窗户推开，伸进脑壳，两只手就往上爬。她一边爬，一边上气不接下气地骂：

“砍脑壳的，你想气死我呀……”

我还是不理，干脆把头也缩进了烂棉絮里面。但是心里像藏着个小老鼠，咚咚直跳。

只听得扑通一声，油嘴婆婆从窗户上栽了进来，唉哟唉哟地直叫唤。

我从棉絮窟窿里偷偷看了一眼，只见她像堆烂泥似的摊在地上，脸上还划破了好大一块皮。我又好气又好笑，心想：“哪个叫你这么厉害？也该让你尝尝苦味了。”

烂眼公公连衣服也顾不得穿，从窗户外面跳了进来，手里横着根扁担，脸上五花八色，杀气腾腾。我一看他这神气，心想这回没得命了。

烂眼公公扶起了油嘴婆婆。

油嘴婆婆发疯似的向我扑来。我不知是哪里来的一股猛劲，跳下床，把她一推。她站立不稳，撞在烂眼公公的身上，两个人一起倒在地下。

“造反了，造反了！”烂眼公公从地上爬起，举着扁担向我打来。我一闪，扁担落了空，正好打在菜坛子上，哗啦一声，酸菜水流了一地。我乘机推开门跑了。

我呼哧呼哧跑回家里，抱着妈妈大哭。

“小兰，怎么啦？告诉妈妈。”妈妈一边替我擦眼泪，一边问我。

我把事情的经过一五一十地讲了一遍。妈妈的心都要碎了，她把我抱在怀里说：

“苦命的伢伢，不要去了，就先……住……住在家里吧！”

没有几天，刘家带信来了，说我犯上，违抗宗法，大逆不道，祠堂里要把我绑去抽荆条[1]。

我一口咬定：不回去！

过了几天，刘家又带信来了：说什么我年纪小，不懂事，姑念初犯，免抽荆条，只要回去就算了。

我也回了信：要我回去，除非太阳从西边出来，月亮从北边下去。

[1] 抽荆条：把上衣脱光，勒起裤腿，跪在瓷碗碴上，再用带刺的棍子遍身抽打。

第三章

一

一九三四年秋末，龙家寨突然传来一阵风声：红军要来了，贺龙的队伍要来了。

早几年，我们这一带就传开了：桑植县出了个贺龙，他两把菜刀起家闹革命，如今带了成千上万的队伍，专门跟土豪劣绅和国民党作对，打富济贫，为穷人打天下。穷人们早就盼望红军到来，一听说红军真的要到我们这个地方来了，一个个喜笑颜开，奔走相告。土豪劣绅却愁眉苦脸，坐立不安。有的还提箱夹笼，鞋底抹油，溜了。大地主跑汉口、长沙，小地主跑州跑县。金阴人这只老狐狸，这时候又当上了什么保安队长，派出他的狗腿子，带着几个横眉竖眼的保安队，挨家挨户抽丁捉人，强迫老百姓去修碉堡、筑工事，说是要准备抵抗红军。他们还造谣说：红军个个毛发三尺，青面獠牙，杀人放火，共产共妻，十二岁以上的女伢都要抓去当女孩队，服侍当官的……老百姓当面不敢说，背地里都骂：鬼才信你们那套，红军就要来了，看你们还能横行几天。

一天夜里，妈妈坐在桐油灯下纺纱，我在旁边搓棉花条，忽然听得外面隐隐约约地传来了一阵女人的哭叫声，“儿呀，儿呀”地叫个不停。妈妈停下纺车，身子一颤，眼睛湿润了。我晓得妈妈又在想满哥、顺姐了，就伏在她的膝盖上，连声喊着：

“妈妈！妈妈！”

妈妈叹了口气说：

“两个伢伢去了[1]，你爹爹如今也不知在哪儿哩！”妈妈说完又长叹了一口气。

我和妈妈靠得更紧了，说：

“红军不是快来了吗，爹爹就会回来的。妈妈，爹爹真的就会回来的。”

妈妈望着我，勉强地笑了笑，又摇动纺车，发出嗡嗡的叫声，我也继续搓起棉花条来。

吱呀一声，从门外闯进来一个人，背着个工具箱，脸色焦黄，穿着一身破烂，可是两只眼睛闪烁着兴奋的光彩。他在屋中间一站，目光炯炯地望着我们。这不是爹爹吗！妈妈停下纺车，丢下手里的半截棉花条，猛然起身往前走了几步，在爹爹跟前呆呆地站住了。

我扑过去，抱着爹爹，兴奋得哭喊起来：

“爹爹！”

妈妈接过爹爹身上的工具箱，哽哽咽咽地望着爹爹说：“毅清，你……你到底回来了！”

---

[1] 去了，即指死了。

妈妈说着，眼泪就像断了线的珍珠一样滚落下来。

爹爹眼圈也红了。他用手背擦了擦眼睛，激动地对妈妈说：

“莫哭了！莫哭了！我这不是回来了吗？我们扬眉吐气的日子就在眼前啦！”

“什么？”妈妈忙问。

“你们还没听说？红军快到我们这里了！要不，我怎么敢回来呢？”爹爹把我抱到他的怀里，“嘿！这可有金阴人他们好看的了！”

爹爹说着，从口袋里掏出一个纸包，打开一看，是三根梗梗糖。他拿了一根塞到我的嘴里，说：

“一人一根，这是你的，这是……”

妈妈背过脸，用颤抖的双手把一碗热茶送到爹爹手里。

爹爹把剩下的两根梗梗糖放在桌子上，接过茶，惊讶地望了望妈妈，突然像失掉了什么东西一样，转动着身子，在屋子里寻找。

妈妈一怔，猛一下伏在桌上，放声大哭起来。

爹爹慌慌张张地站起来，捧着茶碗，走到妈妈跟前，急忙问道：

“满伢、顺妹哪里去了？”

妈妈沉默了一阵，才咬着牙说：

“你……你再也看不到他两个啦……”

“他们……”

“都被绝子绝孙的金阴人……害死了！”

爹爹像个石头人似的一动也不动地站在那里，两眼通红，像要冒出火来了。

咔嚓一声，爹爹手里捧着的茶碗被捏碎了，茶水洒了一地。爹爹顿时眼睛发直，浑身发抖，焦黄瘦削的脸，一下子变得刷白。

我抓住爹爹的手摇着，茫然地喊着："爹爹！妈妈！"这时候，我才看见爹爹那痴痴呆呆的眼睛里，冒出了一串串的泪珠。

"毅清！"妈妈起身抽泣着，扶着爹爹坐下说，"我，我对不住你……"

接着，妈妈就对爹爹讲起了他走以后，金阴人如何来逼债，如何害死了满哥、顺姐，又如何逼得我当了童养媳，在刘家受尽了折磨。

爹爹那发白的脸又变得通红，太阳穴上的青筋暴起。听着听着，他把那铁锤一样的拳头猛地往桌子上一砸，大声说道：

"好呀，王八蛋金阴人，你害得我妻离子散，家破人亡！我吴毅清要不把你撕成碎片，不算人！"

二

窗外下着蛛丝般的细雨，寒风刮得树枝刷刷直响。

更深人静，突然镇子周围传来几声枪响，大狗小狗也接着狂吠起来，越吠越急。

妈妈喊醒爹爹说：

"不好，怕又是金阴人的保安队抽丁抓夫来了！"

爹爹披上衣服，跳下床，拿了一把斧头，急促地喊道：

"快，快，往后山跑！"

我睁开迷糊的眼睛一看，只见屋外一片火光，跑也跑不出去了。

"喂！老板，请开开门！"有人轻轻地敲门。

我们屏住气，没有吱声。我心头咚咚咚地跳个不住。我想：这个小茅棚不要说用力砸，稍微推一下，就会倒下来的。

"喂！你们听到没有，开——门！"

另一个大嗓门的人喊门了。门板敲得嘭嘭直响，几根柱子支着的茅屋摇晃着。看样子，敲门的人是生气了。

爹爹知道不开门是不行了，丢下斧头，就走过去开门。

爹爹的手刚摸着顶门杠，外头有人说话了：

“走开走开。你这火药筒脾气又发作了，多久才能改掉呢？”

这是第一个喊门人的声音。他把那个大着嗓子喊门的人责备了一顿，又隔着门板，轻言细语地和我们搭话：

“老板，不要害怕，我们不是坏人。我们赶了一天路，还没有吃饭，想在你们这里买点粮食！”

人心隔肚皮，半夜三更，谁晓得他们是些什么人。妈妈被那些土匪、保安队吓怕了，怕又上当，摇了摇手，叫爹爹先等一等再讲。门外的人见我们屋里没有动静，轻声说：

“老板，你们不开门，那就算了吧！打扰你们了。”

听声音，外边的人不少。真奇怪，不开门，他们为什么不踢不砸，还耐着性子，站在寒风细雨里磨牙呢？看样子，可能不是坏人。

爹爹妈妈也搞不清是怎么回事，好奇地从门缝里往外头张望。我也用双手把茅草棚扯了条小缝往外看，只见场坪里站了好多人，黑糊糊一大片，有的人打着火把。火光在寒风细雨里一扇一扇的。他们的服装很不整齐，大的大，小的小，有的还穿着和老百姓一样的褂子。他们脚上穿着草鞋，腰上挂着挎包，头上戴着八角帽子，帽檐伸出老长，走起路来，上下呼扇呼扇。帽檐顶上，缀着一颗红五角星，在火光里来回晃动，显得特别明亮，鲜艳。

他们是保安队吧？又这样和气！是土匪、白军吧？又不抢东西。这三不像的队伍，莫非就是红军吗？

我问妈妈，妈妈不语，我问爹爹，爹爹摇头。

“三不像”的队伍，这时在场坪里围了个圈圈。一个背着盒子枪的高个子站在圈内，不知咕噜些什么，声音很低，听不清楚。只见他讲了一阵，把手一摆，队伍就散开了。

一股人——我数了一下，有十一个，成一根线似的朝我们屋边走来。爹爹说：

“糟了，软的不行，他们要来硬的了！”

爹爹把身子紧靠在门上，好像这样就能把这些人挡住似的。妈妈紧紧抱着我，躲在门角落里。

他们并没有来敲门。只听得响起了一阵嚓嚓嚓嚓的脚步声。听声音，他们到我们屋背后的那块番薯地里去了。

提起那块番薯地，可来得不易呵！原先那是块兔子都不拉屎的荒土，茅草比人还高，黄泥巴夹着大石块，绷紧绷紧的。妈妈为了生活，拿着锄头，起早贪黑，泪一把汗一把地把这块地挖了出来，种上了番薯。妈妈天天像照顾细伢伢一样，干了浇水，瘦了加肥。总算差不多，一分力量一分货色，力气没有白下，番薯藤长得旺滋滋的，叶子遮住地面，看不见土，薯蔸裂开的缝像网一样。现在，爹爹和我都回来了，全家就指望这些番薯填肚子。这一来，全完了！

“三不像”的队伍没有锄头，他们一个个的用棍子、瓦片刨。我把耳朵靠在茅草墙上，只听得在他们里边有一个人说：

“同志，别乱刨。瞎子走路，一步步地来。”

“你这家伙，麻雀子屙屎，东一堆，西一堆，刨得个乱七八糟。老板会骂我们的！我们第一次来到这偏僻的山沟，老百姓对我们还不了解。”这是另一个人的声音。

“喂，马马虎虎填填肚子就行啦。快，把番薯藤扎起来，收拾收拾。”说话的好像是刚才轻声叫门的那个人。

忙了一阵，他们就要走了。有一个人对着我们的屋门说：

“老板，对不起，没经你们允许，我们刨走了三十四蔸番薯。钱放在地里第三堆薯藤下边，请收下吧！”

他们走了。我又跑过去，透过门缝往场坪里看。

雨还在下，他们的衣衫都淋湿了。这“三不像”的队伍，有的戴着斗笠，有的披着小油布，有的撑着雨伞，在场坪里、大树下烧起了一堆堆通红的篝火。只见他们三三两两地围坐在水边，烧着番薯，唱着雄壮的歌子：

同志们，快快拿起枪，
我们是工农的武装。
要创造人民的新世界，
要打倒帝国主义国民党。
敌人发抖了，奋勇前进，
我们是无敌的红军，
抛热血头颅，把革命完成，
这是我们神圣的战争。

“轻一点唱，老百姓都睡觉了！”一个外乡口音的人说。

他们唱歌的声音变小了，仍然那样雄壮有力。

“红军，他们是红军！”我高兴得差点跳起来。

“是红军，我去看看！”爹爹拿开了顶门杠，就往外走。

我也要跟爹爹出去，被妈妈拦住了。妈妈说：

“天漆黑漆黑的，又落雨，你去做么子？”

我无可奈何地在板凳上坐下来，眼睛直溜溜地望着门外，看到他们围在篝火旁，有的在唱歌，有的在谈话……我注意听他们讲些什么。只听到他们说：“这次要在龙家寨打个大胜仗。如今六军团同我们二军团会合在一起，部队更多了。六军团是从中央苏区、从毛泽东同志身边来的，战斗力很强。有毛委员的指示，又有二、六军团这样精明能干的领导，要在龙家寨打一场大胜仗是十拿九稳的啰！”有个人说：“打完了这一仗，一定会在这一带建立革命政府。”大家异口同声地说：“肯定要在这里发动群众，建立工农政权。”一位官长模样的人肯定地说：“当然要建立革命根据地啰！我们天天跑路、打仗、消灭敌人，就是为了建立工农革命政权么！贺老总[1]不是要我们以毛委员建立的井冈山根据地为榜样，红军打到哪里，就要在哪里发动群众，建立工农政权嘛。”另一个人接着说：“是啊！只要按照毛委员的主张行事，就会无敌于天下。”又一个人说：“贺老总多次在大会上给我们讲，六军团这支部队是任弼时同志[2]从毛委员身边带领来的。他们对毛委员的方针、政策领会得深，执行得好，战斗力又强，要我们向六军团的同志学习……”

“贺龙同志说得对呀！”大家你一言我一语地说，“我们一定要很好地向六军团的同志们学习。等这个仗打完了，同他们一起下去发动群众，建立苏维埃政权。咱贺老总在这一带活动了这么多年，许多老百姓都认识他，了解他，尊敬他，群众基础好，工作好开展。我们一面建立工农政权，一面扩大红军，壮大我们的队伍……”

---

[1] 贺龙同志当时是二方面军总指挥，贺老总是对贺龙同志的亲切称呼。

[2] 任弼时同志是二方面军的政治委员。

没有多久，爹爹回来了。他又兴奋又激动地说：

“真是贺龙那个红军。我对他们讲，先到我屋里躲躲雨吧，莫看我们这茅棚子小，十个八个人还能容得下。可是他们硬是不肯进来。有一个幺子长官,满脸和气地讲,半夜三更,不能打扰老百姓,还说这是红军的纪……纪律。”

“红军真是好人！”妈妈双手往腿上一拍，“要是那些遭雷打的白狗子来了，不把我们轰出去淋雨才怪哩！”

我紧靠在门上，直望着随风飘荡的篝火，直望着细雨中的红军，眼睛模糊了……

三

天还没有亮，我们全家就起床了。开门出去一看，红军一个影子都不见了，场地打扫得干干净净，只有左邻右舍的一些人站在场坪上纷纷议论。我跟妈妈凑了过去，只听得一个白胡子老公公在说：

“红军都是些天兵神将，来无影去无踪。昨夜明明有好多人亲眼看见，今天一早又不见了，真是……”

“听说他们打起仗来最厉害了。白狗子一看见他们就不要命地逃。”另一个人说。

我想起昨天晚上红军在我们地里挖了番薯，说过把钱留下了，就对妈妈说：

“妈妈，昨夜挖番薯的红军不是讲，钱放在第三堆番薯藤下边吗？我去看看！”

“哎呀！”妈妈望着我笑了起来，“蠢伢伢，那是宽宽我们的心。听说红军是打富济贫的队伍，一不捐款，二不抽税，他们哪来的钱呵。挖几个番薯，哪里还会给我们留钱啰！”

不管有钱没有钱，我也要去看一看。

我走到番薯地里一看，果然只刨出了三十四蔸番薯，薯藤整整齐齐地摆在一边。我翻开第三堆薯藤，就露出了一个红布包包，拿在手里沉甸甸的。我又蹦又跳地跑到妈妈跟前：

“妈妈，你看！”

妈妈接过红布包，打开一看，里面是一张纸条和两块光洋。

“哎呀，世界上真有这样好的军队。怪不得红军天天打胜仗。”妈妈感叹地说。

我把两块光洋敲得叮当响，看了正面看反面，看了反面又看正面。光洋，我长到十二岁，从来没有在我手里摆弄过。而这两块光洋，又是我们日夜盼望的红军留下的呀。

我怀着无比激动的心情，把纸条送到白胡子老公公的手里。白胡子老公公接过字条一板一眼地念起来：

亲爱的老板：

我们是工农红军，是共产党领导的队伍。今天因为赶路，没有顾得上吃饭。为了继续赶路，消灭白军，所以未经你们允许，挖了你们三十四蔸番薯，现留下银元两块，请收下。

此致

军礼！

中国工农红军第二方面军某连连长李志刚

白胡子公公念完，赞叹不已：

“纪律如此严明，真是举世无双。”

姑婆听不懂白胡子公公的话，只是插嘴说：

“从盘古开天地，也没有见过这样好的军队。”

这件事，像一阵风似的在镇上吹开了。走到街上，许多人缠着我妈妈问这问那，好像妈妈什么都知道似的。

快到中午的时候，远远看见从山坳上走下来一队人。

我高兴得不得了，连忙指给妈妈看：

“妈妈，你说红军，红军就回来了！”

妈妈和几个跟她说话的老婆婆一听说红军回来了，喜出望外，踮起脚尖，打着眼罩往前看。

“红军来了！”

“红军来了！”

大家喊着，跳着，纷纷聚集到街口子上张望。

那股人越走越近，能看清眉目了。他们一个个灰溜溜的，倒背着枪，走起路来东倒西歪，活像十八层地狱里放出来的饿死鬼。啊哟！不是红军。人群呼一下跑散了。妈妈牵着我的手就往家里跑。

我们刚在屋后边的茅草丛里躲起来，保安队就领着白军进了镇子。

我拨开茅草，看见几个白狗子冲到了我们家里，为首的那个横眉竖眼的家伙，就是狗腿子金四。

金四大声吼道：“二木匠，你躲到哪里去了？你前天夜里偷跑回来，寻思老爷不知道吗？”

只听得“哐哐”，门踢开了；“哗哗”，酸菜坛子打烂了；“通通”，鼎锅砸破了，“咯咯”，仅有的一只鸡婆也被捉去了。我气得脸皮发烧，可是也不敢喊叫。

白军在镇子上乱闹了一气，溜了。

我和妈妈回到家里一看，哪像个样！凳子桌子、锅碗瓢盆，砸了个稀烂。床铺上摆着几堆臭熏熏的人屎。真不是人干的，还不如一只癞皮狗，狗屙屎还选选地方呢！

妈妈担心在外头做工的爹爹，就领我到街上去找。

街上更惨。人屎马粪，锅盆碗筷，猪头牛皮、鸡毛鸭爪，到处都是。街东头龙其顺的妹妹，才十三岁，就被白军糟蹋了，只剩下一口气，脸色灰白，嘴里冒着白沫。街西头卖豆腐的陈跛子，白军要抢他的豆腐，他不让，顶了几句，被一个保安队捅了几刺刀，倒在血泊里。陈大娘呼天喊地，疯了……

我和妈妈不忍心再看下去。满街找爹爹，四处打听，都说没有看到。这多急人哪！

镇子里不见爹爹的影子，就到镇子外边去找。我和妈妈出了镇子，走到小溪边，就看见一个人从桥下走出来，浑身湿漉漉的，正是爹爹。

原来爹爹在别人家里做工，听说保安队领着白军来了，就往家里跑。刚走到桥头，白军就过来了。他见势不妙，连忙跳了下去，躲在桥脚下的芦苇丛里，等白军走远了，才钻出了芦苇。

四

秋风吹拂着山林，画眉、喜鹊、八哥以及一些我叫不出名来的飞鸟，发出清脆悦耳的叫声，在山林里飞来飞去，红色的枫叶在晚霞的映照下闪烁着奇异的光彩。我靠在门框上，凝神地望着远处的山林，心里老是惦念着红军，心想：白军要是追上了红军怎么办？我心里像给猫爪抓一样，乱糟糟的，忙扭转头来问妈妈：

“妈妈，要是红军跟白军打仗，哪边能打赢？”

没等妈妈开口，爹爹搭腔了：

“红军打白军，就像老猎手打野物，一枪一个，白军哪里是对手！”

是呵，红军生龙活虎，人强马壮；白军三分像人，七分像鬼。红军打白军，百战百胜。我这才放心了。

天黑麻麻的，没有月亮。我隐隐约约听得远处传来了隆隆的炮声。不久，屋前屋后的山上，也响起了噼噼啪啪的枪声。爹爹牵着我们，跑到后背山上的小石洞前面，对妈妈说：

“怕流弹伤人，你们先在洞子里躲一躲。我到下边找我表兄弟他们去！”

妈妈很担心，扯住爹爹问：

“枪响炮轰，你找他们做么子去？”

“我们早就盼红军，红军来了，我们不能站在旁边看热闹呀！”爹爹笑了笑，又压低嗓音说：“我跟他们都约好了，给红军帮忙去！”

爹爹说完，飞也似的下山去了。

我们走进山洞，只见姑婆也在里面。她弓着腰，嘴里不停地念着：

“观世音菩萨，土地公公，闪电娘娘……你老人家显显灵光，保佑红军打胜仗……”

我虽然不信神，但从心眼里希望红军把白军打败，把他们一个个消灭光。

哒哒哒……通通通……红军和白军打了大半夜，枪声炮声响个不停。

三星歪了，突然听到杀声四起，响声震天，军号在山谷里嘀嘀答答地吹响了，我们的山洞也好像在摇晃。

过了好久，枪声逐渐稀落下来，战斗结束了。天黑一阵以后，东方露出了乳白色。

我们出了洞子。只见周围山上红旗飘扬，人声鼎沸。

山上、田里，到处看到白狗子的尸体。活着的白狗子丢盔卸甲，没枪没帽的，断腿缺胳膊的，被戴八角帽的红军押着，从我们身边走过。那做尽了坏事的金四也被打死了，像条死蛇似的蜷缩在路边。

我远远看见爹爹、表叔和许多人担着枪，往禾坪里堆放，就高兴地指给妈妈看：

“妈妈，那不是爹爹、表叔他们吗？”

“走，看看去！”妈妈拉着我就往禾坪里飞跑。

我走到爹爹跟前，兴奋地问：

“爹爹，哪里捡这么多枪？”

爹爹拿起一支枪，把枪栓拉得哗啦哗啦响，乐呵呵地说：

“从白狗子手里缴来的。”

正在爹爹说话的时候，一个高大壮实的红军走了过来，一边帮爹爹码枪，一边满脸堆笑地对大家说：

“乡亲们，谢谢你们！”

爹爹高兴地说：

“哪里哪里，红军为我们穷人打仗，我们出点力气是应当的。”

我扯着表叔的衣衫低声问：

“这是么子人？”

“是个团政委，跟团长一般大。”表叔附着我的耳朵说。

我仔细打量着这个红军的团政委，只见他身穿黑色军装，腰中间的皮带上，挂着一支小手枪，八角帽戴得端端正正，帽檐上的红五星，在阳光下闪闪放光。他那圆圆的大脸，就像一块烧得半红的铁，他那眼睛一闪一闪的，总像在微笑。

不知怎么我就走到他的身边，头一扬，手指着地下那一大堆枪说：

“红军叔叔，这么多的枪，给我一支吧！”

他转过头来看了看我，笑嘻嘻地问：

“你要枪干什么？打麻雀呀？”

“打白匪军。”

我伸出拳头晃了晃，正正经经地回答说。

“好呀！”他把枪托放在地下，用手比画着说：“看，你踮起脚还没有枪高哩！等你长高了，就发给你一支！”

我还想跟他讲。妈妈扯了我几下，带着责备的口气说：

“红军叔叔忙得很，你缠住人家吵么子？”

“没有关系，没有关系。”那个团政委笑着对妈妈说，“这是你的孩子吗？多大了？”

“嗯，”妈妈点了点头，“十二岁了。”

“有几个孩子？”

“原先有三个，叫那绝子灭孙的金阴人害死了两个，如今就剩了这根独苗苗。”

妈妈说到这里，眼睛又湿润了。

“哪个金阴人？”那个团政委又问。

“就是他！”妈妈用手指着前面说。

我抬头一看，又有几个红军押着一队俘虏往禾坪里走来。走在前头的是一个穿着白褂子的秃脑壳，他正是我们的仇人金阴人。

周围响起了一阵愤怒的喊声。爹爹从人群里挤了过去，把金阴人那低着的秃脑壳往上一掰，大声吼道：

“金阴人呀金阴人，老子要剥你的皮，抽你的筋……”

骂着，骂着，爹爹伸出右手，用那长年累月做工种地磨得铁硬的手掌，狠劲地往金阴人的脸上啪啪扇了几耳光。金阴人往后趔趄着。我和妈妈也一齐扑了过去，往金阴人的脸上猛抓猛打。

“打，打死这个王八蛋！”

周围的群众一齐喊着拥上来。

爹爹搬起一块脸盆大的青石头，正要往金阴人的脑壳上砸去，那个团政委过来拦住了，对爹爹说：

“老板，先忍一忍吧。这个家伙血债累累，还要交给群众公审哩！”

爹爹把手里的青石头慢慢放下来，牙齿咬得嘣嘣响。

“红军胜利了！”

“红军万岁！”

“共产党万岁！”

漫山遍野的群众欢呼起来。我和爹爹妈妈也大声地笑着、跳着、喊着。

一夜工夫，龙家寨变成了另外一个天下。穷人一个个喜笑颜开，相互道贺：“天亮了，穷人出头了！”

五

红军打了胜仗后的第三天上午，镇子里锣鸣鼓响，鞭炮喧天，男男女女，老老少少，集合在河滩边的坪里开大会。

太阳出来了。

在那临时搭成的台子中央，挂着一面鲜艳的镰刀斧头红旗。两边的凳子上，坐着红军和穷苦百姓选出来的代表。爹爹穿着一身洗得干干净净的蓝布褂子，满面红光地坐在表叔的旁边。

妈妈这天的心情特别舒畅。她一边往台子前面挤，还不时地跟熟人打招呼。

一个红军走到了台子中央。我扯着妈妈的衣袖高兴地说：

“这个人，不就是打仗那天在禾坪里碰到的那个团政委吗？”

妈妈打着眼罩看了看，点头说：

“是他，就是他。”

那个团政委在台中间一站，望了望台下的人群，高声地讲着：

“乡亲们！我们工农红军是共产党领导的队伍，是为工农劳苦大众谋利益的军队。国民党反动派调了大批军队和一些反动地方武装向我们进攻，梦想把我们消灭掉。可是敌人打错了算盘，这一仗就被我们消灭了十个团，抓了两千多个活的，缴获了大批武器弹药，我们打了一个大胜仗……”

人群里响起了热烈的掌声。

“乡亲们！我们穷人世世代代做牛做马，受苦受难，那些土豪劣绅不耕田、不种地，吃鱼吃肉，穿绸缎，住高楼。”说到这里，他用手往台脚下一指，大家的眼睛跟着他手指的方向看去，只见金阴人被反绑着双手，直挺挺地跪在那里。“像你们龙家寨的大恶霸地主金阴人，他不光剥削穷人，还在地方上胡作非为，害死了好多人。这回，他又带了保安队和白军来打我们，真是罪大恶极。现在，这个家伙就交给群众处理。”

接着，爹爹跟许多受过金阴人害的人都上了台，一个个地控诉金阴人的罪恶。

“杀了他！”

“把他五马分尸！”

“杀！杀！杀！”愤怒的群众爆发出一个声音。

“对，应该杀！”政委讲话的声音更大了。“但是，永顺县不光一个金阴人，湘西也不止这一个土豪劣绅。所以，我们要闹革命，打天下，把压迫穷人、剥削穷人的敌人统统打倒。将来，不光我们永顺县，整个湖南省，全中国，全世界都是我们穷人的天下。”

“打倒土豪劣绅！”

“打倒国民党！”

“打倒帝国主义！”

“红军万岁！”

“共产党万岁！”

……

人们振臂高呼，激动地喊着口号。会场两旁的人打起锣敲起鼓，口号声响成一片，像一阵春雷，惊动了沉静的山谷，唤醒了受尽欺压的人民。

河滩上响起了一阵复仇的枪声。我们家的仇人，不，全龙家寨穷人的仇人金阴人，像一个死王八，四脚趴着啃地皮去了。

觉醒了的群众，由红军的那个团政委领着，拿着梭镖、斧头、菜刀、叉子，担着箩筐、木桶，奔向金阴人家里，奔向土豪家里，推开门，砸开仓，成堆的稻谷，成箩的光洋，成箱的布匹……都搬了出来，堆成了一座座小山。红军把这些东西都分给了穷人。

这是一场革命的风暴。爹爹、妈妈和我都卷进这场风暴里了。

六

“扩红队”打着旗子，敲锣打鼓，到处宣传。其中还有一些女兵，剪短了头发，和男的一样打扮，穿得整整齐齐的，腰上还扎着皮带。她们又说又笑，好像在她们的心里，没有半点忧愁似的。

那些女兵特别惹人注意，她们到哪里，哪里就围了个水泄不通。像妈妈这号人，从不愿意凑热闹出头露面的，打从参加了红军在河滩上开的那个群众大会，她的心就活动开了。她在屋里听见“扩红队”的锣鼓响，连忙把针线放下，对我说：

“小兰，走，我们也看看去。”

我和妈妈凑在人群边边上，只见两个女兵吧嗒个竹板唱开了：

想从前，道从前，
穷人日子似黄连。
三天锅里不见米，
五天灶里不冒烟。
财主剥削似虎狼，
逼得穷人命归天。

这好像就是指我们家说似的，妈妈听了，簌落落地掉下泪来。

说今天，道今天，
你拿斧子我拿镰。
工农群众来革命，
打倒土豪见青天。
共产主义要实现，
人民生活乐无边。

妈妈听到这里，含着眼泪笑了。

乐无边，乐无边，
白军还在眼面前。
穷人要想坐天下，
拿起枪来莫迟延。
扩大红军一百万，
谁想报名到台前……

“我参加红军！”

“我报名！”

表叔头一个跳到了圈子中间。随即，又有许多青年都报了名，可就是没有一个女的。

我早就想参加红军了。“扩红队”刚一到我们镇上，我就瞒着妈妈问过“扩红队”那个打锣的小红军，他说女的同样可以当兵。现在不正好报名吗？我仰起头对妈妈说：

“妈妈，我也要报名！”

妈妈用衣袖擦了一下眼睛，摸着我的头说：

“小兰，你还小，怎么能当兵啰？再说，你是有婆家的人啦，要是走了，刘家找我们要人怎么办？”

不提起刘家还好些，一提起刘家，我的心就隐隐作痛。我拖着沉重的脚步，一步一挨陪着妈妈回到家里。

夜，静悄悄的。屋子里无声无息。月亮像被谁挖了半边，剩下一弯月牙。

月亮西斜了，我翻来覆去合不上眼。我想：难道我命里注定要当童养媳，受折磨吗？

一线银光从门缝里射了进来。随着这道银光，仿佛传来了河滩上那个长得高大壮实的红军政委的声音："我们要闹革命，打天下，把压迫穷人、剥削穷人的敌人统统打倒！将来……全世界都是我们穷人的天下。"

"对！一定要当红军！"我的决心就这样下定了。

爹爹在后半夜才回家。我已经睡着了，第二天早晨才看见他。爹爹说：

"小兰，你参加红军，爹爹非常赞成，我在农会里，就是做的支前扩红工作……"

妈妈忙接过话说：

"参军要得，只是你要先回刘家去，再从他们那里去当红军，免得他们往后来扯皮绊[1]。"爹爹又叮嘱说：

"也好。他们七里坪也有红军。油嘴婆婆要是阻拦你，你就找农会。"

只要能参加红军，回刘家就回刘家。红军一来，金阴人都被我们打倒了，看你油嘴婆婆敢把我吃了？我决定明天就回刘家。

[1] 扯皮绊：找麻烦的意思。

| 第四章 |

一

回刘家的那天，正下着毛毛细雨。山上的羊肠小道被雨水一淋，像涂上了一层油，溜滑溜滑的。下坡的时候，我一不留神，踩在一个碗大的圆石头上，哧溜一声，滑倒了。腿跌痛了还不打紧，就是右手腕上，被刺进了半截竹签子，痛得我眼泪直流。血像一股小泉水似的往外冒。我不知如何是好，连忙用舌尖去舔。

正在这时，背后来了个人，走到我身边站住了，刷的一声，撕下半截衣袖，蹲下来就要替我包扎。血还在不住地往外冒，我顾不上讲话，忙着舔吸着手上冒出来的血珠。那个人看见我这个狼狈样子，好奇地问：

“小妹妹，你怎么舔血？”

我用左手卡住伤口，头也不抬，一本正经地回答说：

“老人讲，血是宝，是元气。流了这样多血，不吃进去要伤元气的。”

“傻姑娘，”他忍不住笑了，“哪有这个讲法！”

我还是固执地说：

“自己的血自己吃，吃进去又长出血来，口子就会好得快些！”

“好，算你的话有理，先包起来再讲。”他一边笑着说，一边用那撕下的半截衣袖，熟练地给我包扎。

这个人真好，趁他在给我包扎的时候，我才仔细打量他。只见他中等身材，宽宽的肩膀，肋下挎着一个黑色的挎包，背上背着一支乌黑发亮的小马枪。他那张黑红黑红的脸，长得端端正正，两只大眼睛显得刚毅而又顽皮。他头上戴着顶缀着红五星的八角帽，一小绺墨黑的头发，从帽檐边上溜出来，吊在额角上。看样子，他也不过十七八岁。

止住了血，真的不痛了。我想对他讲几句感谢的话，但是嘴巴张了几回，也没有讲出来。还是那个红军大方，他笑着问我：

“小姑娘，这样的天气，你到哪里去呀？”

“到七里坪。”我没有告诉他我是回婆家去。这么小就有婆家，那多丢人呀。

“七里坪？我到三阳坡去，正好同路。”他紧了紧肩上的小马枪，“走吧，留神一点，不要再摔了。”

一路上，他对我问这问那，好像老熟人一样，我也不再拘束了。从谈话中，我知道他叫刘民生，今年正好十七岁，红军里都叫他小刘。他是江西莲花人，两岁死了爹，六岁死了娘，是跟着伯父长大的。在家的时候，是个有名的调皮孩子，逢水就游，见树就爬，放牛的时候，也背个弹弓打麻雀，练出了一副好眼力，十有八九不落空。有一回，他带领一帮穷孩子跟财主家的孩子“打仗”，一弹弓，把财主周善民的独生子的眼睛打瞎了。这还了得？刘民生被周善民抓了去，打得死去活来，打完了又把他关在空谷仓里，要活活饿死他。刘民生胆大心细，半夜里撬开仓板跑了。他在外头流浪了三四年，要饭，帮人打零工，还在井冈山下面的一个纸厂当过学徒。一直到一九三二年，也就是他十四岁的那年，才参加了红军，分配在一个模范连当通信员。一九三四年秋，红六军团从江西老革命根据地出发，和红二军团在湘鄂川黔根据地的秀山南腰街会师了，成立了红二方面军。他虽然年纪小，因为身子结实，人生得活泛，又是个老兵，就调到二方面军的一个医院里，当了警卫班长。

这个刘民生年纪不大，懂得的事情可真多。他一路上给我讲共产主义怎样好，帝国主义怎样坏，地主又怎样剥削压迫穷人……讲的车有车路，马有马路，句句在理，条条是道。我听了似懂非懂，但感到非常新鲜有味。

"小刘！"我听得入迷了，也不自觉地叫他小刘了，"我想跟你一样，当红军，你看要得吗？"

"你今年多大？"

"十三岁！"

"太小了！"小刘说到这里，随即改口说，"不过也没有关系。现在红军医院里有不少伤病员，人手不够，要招些女的当看护。你去报名，说不定会要的。"

他走了几步，又转过身来，低声对我说："小吴，告诉你，要是不收，你就不走。首长看你坚决要参军，就会收下的。我参军的时候，就是这样赖进来的。"

扯白话好走路，不知不觉到了七里坪，我和小刘就分了手。

二

回到刘家，只差几天就要过阴历年了。

烂眼公公和油嘴婆婆正在准备过年的东西，看见我回来了，感到很惊奇。按照乡下的风俗习惯，年前年后，只能说“天官赐福”、“对我生财”一类的吉祥话，不能说别的，这才使我躲脱了一顿毒打臭骂。他那宝贝孙子可不懂得这个，两根黄粉拖起寸把长，尽骂一些不三不四的脏话。

“过年有肉吃，就回来了。哼，给你尿汤喝。”

我没有理会，心想：骂吧，反正我就要当红军去了，看你们能骂到几时。

这里，也和龙家寨一样，到处都住着戴八角帽的红军。苏维埃政府、农民协会、妇女委员会、少年先锋队等红色组织，也都建立起来了。隔壁屋里的龙大婶，还当上了乡妇女委员会的主任哩。

龙大婶看见我回来了，对我说：“小兰，山羊不跟豺狼做亲戚，老鼠不和猫儿打亲家，你还回来做么子？”

我踮起脚，咬着龙大婶的耳朵，小声把我的打算告诉了她，末了又拉着她的手说：

“婶婶，你带我去参加红军吧！”

龙大婶说：“要得，明天我就带你去！”

“兰妹子，兰妹子，快回来烧火煮饭。”油嘴婆婆大声喊叫。

听得油嘴婆婆的喊叫声，我不自觉地打了个冷战。又一想，我明天就要当红军去了，还怕你干什么。想到这里，心里一高兴，两条小辫子在背上悠打悠打，走路也没个样了，又是唱又是跳的：

正月是新年，穷人好可怜，

忍饥受寒，少吃没穿。

富人住高楼，红炭火烤，

皮袍棉袄，鱼肉吃饱。

……

油嘴婆婆站在门槛边上，板起个脸，像看陌生人一样瞧着我。

我为了气气她，昂起头来，故意更加大声地唱下去：

二月是花朝，工农革命到，
分田分地，打倒土豪，
参加红军打白狗，
……

烂眼公公冲了出来，唾沫喷出几尺远，粗着嗓子骂：

“扫把星，红军给了你金子、元宝，迷住你的心窍了呀！”

油嘴婆婆的那张脸扯得有尺把长。她用手点着我的脑壳，咬牙切齿地骂道：

“不要脸的死鬼，你癫啦？”

我不理他们，还是继续唱下去：

三月是清明，婆婆真凶狠，
不是打来就是骂，
把我不当人。

听到这里，油嘴婆婆的脸上像泼了一盆猪血，通红通红，眼睛上的那个肉包包随着眼皮颤动起来。她走拢几步，满脸杀气地吼叫：

“我打死你这贱骨头！”

荷包嘴家娘听到油嘴婆婆要打我，赶忙把那根大茶树棍子递到油嘴婆婆的手里。油嘴婆婆接过棍子，把衣袖往上一挽，就往我面前扑来。

往日，我见到这根大茶树棍子就胆战心惊，今天我一点也不怕了。我两手往腰上一叉，偏起脑壳迎上几步，挺胸站在她面前，大声说：

“你敢打我一下，我就到苏维埃政府告你去！”

油嘴婆婆白眼珠一翻一翻，眼皮上的那个肉包包，颤动得更高更快了。她把手里的茶树棍子高高举起，猛力往地下一丢，吓得正在寻食的一群鸡拍打着翅膀跳了起来，咯咯咯咯地叫个不停。

烂眼公公逼近我说：

“你莫拿苏维埃政府来吓唬人！上回你违抗宗法，祠堂里要抓你去抽荆条，这笔账还没有还哩。如今你越加恶起来了。明天我就找族长去，打断你的骨头！”

我听得烂眼公公这样说，更是火上加油，扭头就往外走。

油嘴婆婆赶忙跑了上来，扯住我问：

“到哪里去？”

“当红军去！”我把头往上一昂，自豪地说。

烂眼公公冷笑起来：

“让她走！萝卜大个人，红军要她？”

“走就走！”

我把手一甩，就往门外走。这下油嘴婆婆可急了，紧跑两步抓着我，大声对后面喊：

“还不把她拖回去呀！”

烂眼公公、荷包嘴家娘和那流着鼻涕的宝伢一起拥了上来，抓手的抓手，拖脚的拖脚，硬把我推进我睡觉的那个房里，嘭的把门一拉，外面上了锁。我用劲推着房门，他们也不理我。我心里愤愤地想：你们锁住了我的身子，也锁不住我的心。当红军的主意我是打定了的。

我原先以为，他们把我关起来只是吓吓我，关一下就会放出来的，哪知天黑了好久，外边也还没有一点动静。我急得在屋里打圈圈，心想已和龙大婶约好了，明天她就带我到乡苏维埃政府去报名参军，要是他们明天还不放我出去，那怎么办呢？唯一的办法只有今天晚上就跑出去。

从哪里跑出去呢？看了看窗户，上面的木棍很结实，掰不开，我又用力端了端门，门斗是活的，可以搬下来，但是有响声，一搬就会被他们发现。晚上，传来了呼呼的鼾声，他们都睡着了，我搭上凳子，往门斗上吐了些唾沫，轻轻端开了房门。跑出了堂屋，又翻过一道竹篱笆，这才逃出虎口。我沿着小路就往乡苏维埃政府跑去。

我一口气跑到乡苏维埃政府，龙大婶和其他几个人正好刚开完会，准备睡觉了。她看见我满头大汗跑了进来，连忙起身拉住我的手问：

“怎么啦，小兰？”

我喘着气回答说：

“他们不让我参加红军，我跑出来了。”

龙大婶说：

“好吧，今晚你就跟我一起睡在这里，明天我送你到‘扩红队’去。”

三

第二天，龙大婶把我带到了“扩红队”。

“扩红队”的队长姓李，听人说，是红军里头的一个连长，大家都喊他李同志。

“你也想当红军？”李同志笑眯眯地问我。

“这还要问？不想就不来了。”我本来想这样回答，一想又不好，只点头说了一个字：“嗯。”

“你为什么要参加红军？”李同志还是那样笑眯眯地问我。

“当红军打倒土豪劣绅，打倒蒋介石，穷人坐天下。”这些话，都是龙家寨“扩红队”那个打锣的小红军告诉我的，我就像背书一样地把它说了出来。

李同志满意地点着头，又问：

“你叫什么名字？”

“兰妹子。呵，不，我叫吴小兰。”

“多大啦？”

“十三岁。”

李同志没有说什么，只是连连摇头。

“我真的十三了。”看见他摇头，我就急了，连忙伸出小手指头，一本正经地说，“哄你的是这个。”

李同志哈哈笑着，头摇得更厉害了：

“黄毛丫头，穿的开裆裤缝起来才几天，就想当红军，哈哈哈……”

这个人，二三十岁了，还尽讲一些俏皮话，真是……他要不是红军，我真想碰他几句。年纪小，志气大，什么事情都能干，一样当红军嘛。我轻轻咳嗽了一声，给自己助劲。我真想一五一十地告诉他：八岁的时节，我就给那个狗财主金阴人看过十二条牛，天天上山下山，脚板皮磨得有三个铜钱厚。在烂眼公公家里，我什么事情都做。不过，讲这些又有什么用呢？讲出来，李同志也不会信的。

龙大婶站在一边，给我讲了好多好话。李同志还是摇着头说：

“上面有规定，年纪太小不能收。你长大一点再来吧！”

一听这话，我心里像长了二十五个小老鼠，真是百爪挠心。我一心投红军，现在红军不肯收我，这怎么办？难道真的又要回刘家去吗？不，绝不能回去！这时我想起红军小刘对我讲过，医院要招一些女的当看护。我扬起头看看李同志那个坚决样子，晓得再在这里磨嘴也没有用处，还不如投奔红军医院去。

四

红军医院设在周家坪的王家大屋，我笔直向那里走去。

半路上，我看到前面有一个担着担子的红军。周家坪我没有去过，想向这个红军问问路，就加快脚步赶上去。我从侧面一看，只见他穿着一身打着补疤的黑色军衣，上面沾满了油花花，一顶八角帽推在后脑壳上。他的头上热气腾腾，太阳穴上的汗珠直往下流。他摘下帽子当扇子，一边扇风一边唱：

吃菜要吃白菜心，
当兵就要当红军，
穷人跟着共产党，
黑夜有了北斗星。

要吃辣子不怕辣，
要当红军不怕杀，
刀子搁在颈项上，

脑壳下地也尽它。

不怕苦来不怕穷，
穷人骨头大不同，
骨头硬过铁砂子，
血要染得天下红。

不怕苦来不怕穷，
扛起梭镖跟贺龙，
贺龙跟着共产党，
一心想着毛泽东。

大河流水小河清，
红军穷人一条心，
穷人红军打天下，
红军穷人心连心。

太阳出来满山红，
红军来了大翻身，
如今工农管天下，
三座大山要铲平。

他越唱越来劲，我紧跟在他旁边，他都没有发觉。一直等他把歌唱完了，我才问他：

“红军同志，到红军医院从这里走吗？”

他刷地一下扭过身来，端详了我好半天。这时我才看清楚他的脸：满脸胡子又黑又密，浓黑的眉毛几乎连成一片，眼睛又圆又大，炯炯有神。那个样子，就和我们乡下木偶戏里的张飞差不多。我看着真有点胆怯。可是他欠着身，眯着眼问：

“你找医院做么子？”

“找小刘，刘民生。”我说，“你认得他吗？”

“认得，认得。我也是医院的，你就跟我一起走吧！”他热情地说着，脸上没有离开过笑容。

看到他这样和气，我也不害怕了，又问：

“老红军同志，你在医院做么子的？”

“做么子的？你知道唐朝有个大将叫薛仁贵的吗？”

叫他这一问，我才模糊地记起薛仁贵这个名字，随口说：

“知道。”

“我和他才当兵的时候一样，当伙头军。这工作可不简单，成百的人都得吃我做出来的饭！哈哈哈……”

我也跟着笑起来。他接着说：

“我叫王德民。这回我们算是熟人了，是吗，哈哈哈……”

走了几脚，他又转头问我：

“你找小刘做么子？”

“我是来参军的。听小刘讲，医院要招些女的当看护。”

“几岁了？”他问。

“十三。”

他眨了眨眼睛，连连摇头说：

“啊哟！不行，不行，太小了！”

“你不要看不起人啦。”我不高兴地说，“我又不会白吃红军的饭，我会砍柴、煮饭、喂猪、洗衣……”

老红军看到我这个认真的样子，又哈哈大笑起来，说：

“太小了，医院不会收的，还是回去吧！”

听得他这样说，我真急了。在“扩红队”，李同志说我太小，不肯收，如今这个老红军也是这样讲！难道我还回刘家去吗？一想到烂眼公公、油嘴婆婆那凶恶的脸孔，一想到在他们家里受的折磨，我浑身战栗起来，眼睛里涌出了一串串的泪水。老红军看见，赶忙放下担子，弯下腰来一边给我擦眼泪，一边说：

“嗬哟哟！要当红军的人还哭鼻子呵。跟你开玩笑的，你还认起真来了。快莫哭了，走，跟我到医院里说说看！”

他这一说，我又难为情地笑了笑说：

“开这样的玩笑，真要把我急死了！”

“哈哈，”他拍了拍我的肩膀说，“可不要急死了，急死了就当不成红军了。”

说完，他又担起担子呼扇呼扇地往前走，一边走，一边又向我问这问那。说着说着，就来到个砖墙瓦舍的大院门口，他向我笑了笑说：“到了！”

我跟在他的后面，走进了医院的大门。

五

我跟着王德民走到堂屋门口，就碰到一个五十来岁的婆婆，圆圆的脸，中等身材，头上也戴着顶八角帽，上身围着个半截的白围裙，围裙上的小口袋里装着几个盛着红黄药水和纱布条的玻璃瓶子。她左手端着个白铁盘，里面放着刀子、镊子、剪刀一类的东西，右手提着个篾篮子，里面盛满换下来的绷带和纱布条。王德民看见这个婆婆红军，就笑了笑问：

“看护长，换完药啦？”

“嗯。”这个被喊做看护长的婆婆红军点了点头，又问王德民：“王班长，这个女伢伢找谁？”

王德民扯了扯我说：

“这是我们医院的大姐，看护长谢淑惠同志。”

他又转过头，对那个婆婆红军说：

“看护长，这个小丫头认得小刘，说是要参加我们医院当看护。”

这个看护长前额上有几条细长的皱纹，头发里夹杂着不少银丝。她是个解足脚[1]，但走起路来，腾腾腾地蛮有劲。我心里暗想，她比我妈妈的年纪都要大得多哩，还能当红军呀？

看护长打量了我一番，蹙着眉毛说：

“医院里是要看护。只怕你年纪太小，干不了呀！”

我坚决地回答说：

“干得了！干得了！”

王德民看了我一眼，对看护长说：

“是个受压迫的童养媳，看样子还顶精灵，留下当看护要得咧！”

看护长默了默神，又问了我一些情况以后，才说：

“伢伢，你先等一下，我请示院首长以后再告诉你！”

[1] 解足脚：缠过又放开的脚。

王德民拍了拍我的肩膀，笑着对我说：

“走，到我们炊事班去坐坐。放心吧，医院会收你的。”

我跟着王德民走进伙房，只见伙房里的人忙忙碌碌，有的在担水，有的在烧火，有的在淘米。我挽起袖子，帮助王德民从箩筐里倒出一些萝卜，放到盆里洗干净，咔咔地在案板上切起来。这时，我心里像有十五个吊桶打水，七上八下，焦急地等着看护长的回音。

萝卜还没有切完，看护长迈开她那双解足脚，腾腾腾地走来，高兴地对我说：

“院首长批准了！”

真不敢相信，我当上了红军。王德民、看护长跟伙房里的人都高兴得笑起来，热烈地向我祝贺。我也紧紧地握住看护长的手，笑得直掉眼泪。

停了一会儿，我望了望看护长，认真地说：

“看护长，当了红军，一点凭证都没得，那怎么行？”

王德民忙说：

“莫急，明天我给你领套衣衫来！”

看护长从口袋里拿出一个针线包，从里面翻出一块小红布，送到我的手里说：

“收起来吧，发了帽子，就把这块红布剪个五角星钉上去！不过，当了红军，可不能一想起妈妈来就哭鼻子喽！”

还有比这个更高兴、更幸福的事情吗？一个遭受过千磨万难的童养媳，今天光荣地当上了红军战士，实现了多日的梦想，高兴都高兴不过来，怎么还想家哭鼻子呢。

六

当了红军，我好像突然长高了，长大了，不再像原先的我了。走路，敢直起腰，讲话，敢放大喉咙，吃饭，敢大口大口地往嘴里扒，睡觉，敢一下睡到大天亮。我心里热热烘烘的像盆火，房屋、山林、池塘，一切的一切，对我来说，都是这样的称心如意。我一天到晚，蹦蹦跳跳地像只小鸟，也不管人家认不认得我，逢人就说：

“同志，我叫吴小兰，当上红军啦！”

有一个吊着右胳膊的伤员，用左手的手指轻轻点了点我的额角，笑着说：

“小鬼，你对我讲了八遍，知道啦！”

这个伤员也真是，这样大的喜事，给你讲八遍就嫌多吗？嘿，小刘出差还没有回来，要不，他定会高兴得闭不上嘴的。

这天夜里睡到半夜，我突然掀开毯子，跳下床就往外跑，一边跑一边喊：

“哎呀，不得了呀！不得了！”

看护长查病房回来，刚走进门，正好一把抱住我，把我扶坐在门板搭的床上，冲着我的耳朵大声问：

“小兰，怎么啦？发梦癫啦？”

屋子里的人都惊醒了，惊讶地望着我问：

“怎么回事？”

我望了望看护长，又望了望同屋子里的人，才慢慢清醒过来。我右手按着猛烈跳动的胸口，惊慌地说：

“烂眼公公、油嘴婆婆，拿着茶树棍子打我来了！”

看护长从屋角的绳子上拿下一条湿洗脸手巾，擦着我脸上的汗说：

“好好醒一醒。这是红军医院嘛，怕什么烂眼公公、油嘴婆婆！”

我的心才平静下来，望着大家不好意思地笑了笑，又躺在床上呼呼地睡着了。

第二天吃过早饭，王德民手里捧着一件棉衣和一顶帽子走进来，笑呵呵地对我说：

“小兰，从管理科给你领衣衫来了。来，试试看吧！”

我接过那顶崭新的八角帽和那件半新的蓝底绿花的棉袄，问王德民：

“王班长，你给我领了顶新军帽，怎么不给我领套红军衣衫呢？”

王德民一边给我穿衣，一边说：

“丫头，红军没得前方没得后方的，是穷人的队伍，一个钱要当两个花，哪有闲钱做新衣衫？还不是靠打国民党、打土豪缴获来的。”

确实，当时红军的服装是很杂乱的，有蓝的、黄的、灰的、黑的，有的男同志还穿着长袍短褂、宽袖大襟衫呢。一句话，有什么就穿什么。但有一点是共同的，那就是每个人头上都戴着缀有红五星的八角帽，这就是红军唯一的标志。

花棉袄软绵绵的，穿在身上怪舒服。我又用看护长给我的那块小红布剪了个五角星，端端正正地缝在帽檐上。这一打扮，我寻思准美得很，可就是没有镜子，看不到自己的模样。

我跑到井边，俯下身子，清澈透明的井水像一面大镜子，照出了我的面影：端正的小圆脸，明亮亮的眼睛，梳得整整齐齐的头发，长长的帽舌，上面缀着红红的五角星。“多神气！”我高兴得差点叫喊起来。

“小吴！小吴！”

这是小刘的声音。没等我直起身来，他已经来到我的身边，紧紧握住

了我的手，手都被他捏痛了。他喘着气，兴奋地说：

“我一听说你来了，当了红军，就满院子找你。”

过度的兴奋，使我不知道如何对答才好，只是一个劲地傻笑。小刘感到很奇怪，两只眼睛上下打量着我，问道：

“小吴，你站在井边干什么？”

我的脸刷地一下红了，停了好大一阵，才迟迟疑疑地说：

“看看这个井有多深。”

| 第五章 |

一

我回到宿舍，只见屋子里光剩下看护长一个人坐在床边卷绷带。我问她旁的同志都到哪里去了，她说都到病房工作去了。我马上要求也要到病房去工作。她把卷好的绷带放进口袋里，拍着我的肩膀说：

“你刚来，休息一天吧。明天我一定带你到病房去！”

我只得点头答应。看护长出去了，我一个人坐在冷清清的屋子里，觉得怪没有意思。我想起看护长说的明天一定带我到病房里去的话。一到了病房里，我能做些什么呢？扫地、打饭、洗衣，这些事情我都会做，可是换药、打针……我一样也不会，不晓得好学不好学，心里真着急，恨不得马上都学会。

“啊，小鬼，就你一个人在屋里呀！走，跟我到后院病房去！”

随着这声音，一个十六七岁的女同志，像一阵风似的走到了我的跟前。她头戴八角帽，身穿一套蓝色的工农装，个子不高不矮，身材苗条，瓜子脸，白净净的脸皮，弯弯的眉毛下面，衬着一双水汪汪的大眼睛，一看就知道是个活泼乐观的人。她说完话，也不管我同意不同意，拉着我的手，就一蹦一蹦地往外走。她一边走，一边和着脚步的节奏唱着歌。

我边走边想：这个人真有意思，我根本不认得她，她怎么一看见我就像个老熟人一样呢，也不晓得她拉我到病房去干什么。

我们走到一个房子门口，她推开房门，先把头伸了进去。沉静的病房里一下子热闹起来，又是喊声，又是笑声。这个说："欢迎柳莹跳个舞！"那个说："还是唱个歌吧，柳莹唱歌最好听啦！"

啊，柳莹，我这才知道她的名字。

一进病房，她把房子中间的那条长板凳搬开，两手往腰上一叉，就嗒嗒嗒地跳起来。只见她的身子一会儿转得像个陀螺，一会儿手一摇一摆的，又像正在飞翔的小鸟。她跳完了，头上热气腾腾，口里连连喘气。这时，病房里爆发出一阵阵的笑声、掌声和喝彩声。有的人还在喊，"柳莹再来一个！"

柳莹咯咯咯地笑起来，用手指着我说：

"这是昨天参军的吴小兰同志，我们欢迎她唱个山歌吧！"

我只觉得脸上一热，浑身都不自在了。当着这样多不认识的人唱歌跳舞，那多难为情呀。我再一看屋里的十多个伤员，个个睁大眼睛望着我，有的还大声喊着："欢迎！欢迎！"这一来，我的脸上烧得更厉害了，我双手捂住脸，扭身就往外飞跑。跑到走廊上，我背靠着柱子，左手压住噗通噗通跳动的胸脯，连连喘气。

我站了一会儿，柳莹右胳膊上挽着个小木桶，也匆匆赶上来了。她两手捧着我的滚热发烫的脸，笑嘻嘻地说：

"小鬼，你怎么这么封建，唱个歌怕么子？"

“我不会唱呀！”我说。

“不会就学嘛！”她伸出左手搭在我的肩上，和我挨得更紧了。“告诉你，到病房里唱歌、跳舞，这也是一项重要工作呀！重伤员行动不方便，不能出来参加游戏。我们到病房里唱唱歌、跳跳舞，使他们精神愉快，对他们养伤也有好处。你说对不对呀？”

“对！”我点头说，“那往后请你教我唱歌跳舞吧！”

“好，有了时间我就教你。到了病房伤员欢迎你唱歌的时候，可不要再开小差呀！”说完，她又紧握着我的手，咯咯咯地笑起来。

我对她越来越亲热了，摇着她的手问：

“柳莹，你怎么晓得我叫吴小兰？我们原先不认得呀！”

柳莹眨了眨眼睛，回答说：

“见习指导员告诉我的。”

“哪个见习指导员？”

“炊事班的王胡子班长呀！”

“他怎么叫见习指导员呢？”

“这个说起来话长，你往后会晓得的。走，我们一起到伙房打开水去！”说着，她拉着我的手，又是一蹦一跳地往前走了。

走到伙房门口，只见一个背上背着个胖伢伢的女同志，手里提着两壶直冒热气的开水，往前走去。她背上的那个伢伢站在背篓里，两只小手搭在篓边边上，转过头一看见我们，就张开小嘴直笑。

“陈真梅，我来给你提水吧！”柳莹朝那个背着个伢伢的女同志喊着。

那个女同志猛然站住了，一转身，开水从壶嘴里洒出来，把地淋湿了个半圆圈。她把水壶轻轻放在地下，朝柳莹笑了笑说：

“提得起！”

我和柳莹跑了过去。那个女同志看见我，笑着问：

“这是……”

我把胸部挺得高高的，带着一种自豪的神情回答说：

“我叫吴小兰，昨天参军的！”

“啊，”陈真梅昂起头，拨了拨搭在眼角上的一绺乌黑的头发对我说，“我刚才听看护长讲了，正想抽空去看你哩！怎么样？过得惯吗？”

“过得惯，比在家里还好哩！”我笑着说。

她又热情地对我说：

“小兰，往后我们就在一起工作了。有什么要我们帮忙的事情，你莫客气呀！”

我点头回答说：

“不会客气的，往后就请你们多帮助我。”

“好吧，晚上我去找你玩。”

陈真梅说完，提起开水壶走了。我望着她的背影问柳莹：

“她那伢伢总这样背在背上呀？”

“有时别人也帮她背。”柳莹回答说，“这伢伢聪明活泼，好玩极了，大家都喜欢他。”

“几个月了？”我问。

“八个月了。”柳莹回答说。

“她男人也是我们医院的吗？”

“是修械所的师傅，叫赵云胜。”

说着说着，我们走进了伙房。

二

到医院的第三天上午，我从河边洗绷带回来，刚走到门口的场坪里，恰巧碰到爹爹从石板路上走过来。我兴奋得大声地喊着：

“爹爹！爹爹！”

爹爹站住了，呆呆地望着我，好像不认识我了。我三步并做两步地迎了上去，正正规规地敬了个军礼，神气十足地说：

“爹爹你看，我当了红军啦！”

爹爹这才猛然意识到了。他拉着我的手，上下打量了我很久，高兴地说：

“哎呀，小兰，你好像长高啦！我还以为你是‘扩红队’的小宣传员哩！”

“爹爹，你胖了。农会的工作忙吧？妈妈好不？”虽然我离开家里才十来天工夫，就好像离开了几年一样，什么都想问，什么都想知道。

爹爹随手拿下包头巾，擦了擦脸上的汗说：

“你妈妈体子好得很哩！前天我出去了，油嘴巴到我们屋里大吵大闹，硬说你跑回家了，向你妈妈要人。你妈妈也没有让她，说‘人是在你屋里丢的，我还要向你要人呢，你倒找我来了？’油嘴巴没得话讲，气呼呼地回去了。”

我右手握紧拳头一晃，大声说：

“当了红军，我就再不受那烂眼公、油嘴巴的气了！”

爹爹也摸着我的头说：

“小兰，这条阳关大道你是走对了！”

我领着爹爹走进了医院。

同志们听说我爹爹来了，都热情地围了拢来，又搬凳，又递烟，又端茶，把爹爹高兴得合不上嘴。看护长还陪着他问这问那。

我们正谈得热闹的时候，只听得一个尖里尖气的声音从外边传进来。我浑身一怔，这不是油嘴婆婆的声音吗？她从哪里打听到我在这里呢？我刚想起身躲开她，一看到爹爹、看护长和许多同志都在我的身边，我又镇静下来了。

油嘴婆婆一拐一拐地进来了。她看见我，活像只被人踩断了一条腿的癞蛤蟆，直往我面前蹦来。我看到她那个样子，真是又好气又好笑，心想：如今我当了红军，再不是你刘家的童养媳了，还怕你做什么？

油嘴婆婆喘着气，伸出手就来拖我，被王德民和小刘拦住了。油嘴婆婆狠狠地瞪了他们两个一眼，转头看见爹爹，就大喊大叫起来：

“二木匠，你把你女儿送来当红军，还倒打一耙，问我要人！如今人在这里，你还有么子说的？”

看护长拦住了向爹爹冲去的油嘴婆婆，倒了杯茶送到她手里，心平气和地说：

“你老人家先平平气，有话好讲嘛！”

人家对她客气，她倒以为得了势，两片嘴唇一翻一翻，唾沫四溅地冲着我说：

“贱骨头！你跑到这里，就寻思我找不到你了？我的耳朵尖得很哩！你就是飞到天上，我也要把你拖回来！走，把他们给你的衣衫脱下，跟我回去！”

说完，她伸手就来扯我的棉袄。我猛地一下把她的手推开，厉声说：

“红军是我的家，叫我回哪里去？回你们刘家？你们不把我当人看待，差点把我折磨死了。如今你还想让我到你们刘家去受罪，哼，办不到！”

爹爹也理直气壮地说：

“小兰不是你刘家的奴隶。她要当红军，哪个也管不了！”

油嘴婆婆眼皮上的那个肉包包又颤动起来了，脸上直冒汗。她一边擦汗一边说：

“二木匠，讲话要凭良心。你女儿到我屋里两年多，我看得比亲生骨肉还亲，哪里亏待过她……”

“你还有良心？你一屋人都没得良心……”听见油嘴婆婆的话，我再也忍不住了，连忙上前两步，朝着她把一肚子苦水全倒了出来。

屋子里的人都被我的话打动了，有几个女看护还呜呜地哭了。

小刘站在一边，眼睛鼓得滴溜圆，指着油嘴婆婆的鼻子尖，怒气冲冲地说：

“红军不兴压迫人。你虐待童养媳，如今又到这里来胡闹，当心农会开你的斗争会。”

油嘴婆婆听得小刘这样说，吓得脸上不是颜色，说话的声音也变小了。因为她见过这些场面，晓得“开斗争会”是什么样的滋味。

围在旁边的同志你一言我一语，有说要告诉农会的，有说要通知乡里妇女会的。油嘴婆婆脖子上的筋像被哪个抽了似的，勾下脑壳直不起来了。

看护长又耐心地把道理跟油嘴婆婆讲了一番，要她安分守己，不得为非作歹。油嘴婆婆大气也不敢出，连连点头称是，等看护长说完了才勉强笑了笑，两眼望着自己的脚尖，一拐一拐地走了。

爹爹看到同志们把油嘴婆婆说走了，又激动地对我说，“红军部队像自己的家一样，首长就是你的父母，同志们就是你的兄弟姐妹。小兰，好好工作吧，不要挂牵家里。”爹爹惦记着农会的工作，在医院里只住了一夜，第二天一早就回去了。

三

医院里的看护很多，不论是男同志女同志，对我都很关心。我呢，当上了红军，就像进入了一个崭新的天地，心情特别畅快，什么都想做，什么都想学。

开头几天，我天天在病房里扫地、收拾床铺，给伤员喂水、喂饭，帮老看护端脓盆、递纱布条，有时还到河里去洗衣，洗绷带、纱布。刚到病房的时候，我一看见伤员的伤口，就背过脸去不敢看，总在想受了伤多痛呵，好像伤口就在我身上一样。慢慢地也就习惯了，每当看护长给伤员洗伤口、换药的时候，我就站在旁边看，留心她的动作。我想：光是看别人给伤员洗伤口、换药，那怎么学得会呢？一定要自己动手才行。于是我就跑到伙房里，找王德民要了块竹片，做了个镊子，用细铁丝做了根探针，又找了些烂棉花代替药棉，破布条代替纱布。回到宿舍里，我坐在地铺上，面对板壁，把自己的脚趾缝当伤口，学着看护长她们给伤员洗伤口、换药的动作，聚精会神地在自己的脚上实验起来。

我正在往脚趾缝里塞烂布条，只听得有人咳嗽了一声。回头一看，看护长已经走到了我的跟前。我慌慌张张地把那些土器械塞到铺草底下。

看护长看到我这个躲躲闪闪的样子，好奇地问：

“兰伢，你在做么子？”

我的脸一下子红了，支支吾吾地回答说：

“我……我……我在……洗脚。”

“洗脚塞那么多烂布条子做么子？”看护长更加怀疑了，指着我的脚问。

“我……我……”

“你是在学着洗伤口吧？”看护长嘿嘿地笑了，在我的身边坐下说：“还瞒着我哩！你再来，我做给你看看！”

我望着看护长不好意思地笑了笑，又从铺草下边翻出那套土器械，在自己的脚上洗起“伤口”来。看护长一边细心地看着，一边告诉我应该如何做，甚至还抓着我的手来教。直到我的动作差不多了，她才满意地说：

“要得要得，这样多实验几回，就学会了！”

四

晚上，柳莹手里抱着一叠书走进宿舍，大声喊着：

“快来领课本！”

“么子课本？”我飞快跑拢去问。

“文化学习课本。”柳莹递给我一本书，“明天我们就要开始学文化了！”

一听说要学习文化，我心里一阵高兴。记得在金阴人家看牛的时候，我看见他那七八岁的伢伢天天背着书包去上学，就羡慕得不得了，心想我也能像他一样上学堂读书识字，那多好呀。但是，我家里穷得连肚子都填不饱，哪里有钱供我上学啰？想不到我如今当了红军，就有机会读书识字了。我一把抓住柳莹的手问：

“有教书先生吗？”

我说的“教书先生”这个名词，把满屋子的人都逗笑了。

看护长一边笑，一边指着柳莹说：

“教书先生就是她。”

陈真梅补充说：

“柳莹在家里读过高小，是个洋学生哩！”

柳莹瞪了瞪眼睛说：

“什么洋学生，还不是拿了黄牛当马骑？”

第二天一吃过早饭，我们就带着课本去上课。我们学习的第一课是“造福”，柳莹一个字一个字地给我们讲解了一番，就领着我们读起课文来：

造福人，不享福，
雇农自己没有谷，
瓦匠自己没有屋，
裁缝穿的破衣服。

看护长端端正正地坐在我旁边的一条凳子上。她的鼻子尖尖上架着一副铜边的老花眼镜，手里托着书本，聚精会神地跟着柳莹念。也许是太专心的缘故吧，她前额上的皱纹变得更粗更长了。

王德民身子斜坐着，手里拿着旱烟杆，眼睛望着课本，漆黑的眉毛紧皱了起来。在他的后面，还坐着几个吊着胳膊、拄着拐杖的伤员，他们都是自动来参加文化学习的。

我一字不识，学习起来好比老虎吃田螺，无从下口。在课堂上好不容易认了几个字，下了课，刚刚迈出门槛，又跑掉了。我急得不行，赶忙去找柳莹问：

“柳莹，‘裁’字那样多笔画，我记不得呀！”

“柳莹，‘雇农’的‘雇’字怎么写？”

“柳莹……”

柳莹一字一字地耐心教。

由于蒋介石对革命根据地实行经济封锁，纸和笔我们都很难买到。没有粉笔，柳莹上课时，就用石灰块代替。没有笔和纸，我们就用棍子、手指头当笔，在地上、桌椅板凳上、门板上写着、画着。一天，小刘出外送信，在元龙山挖了些土红带回来了，这些土红可以用来写字。消息一传开，大家都到元龙山去挖土红，就像觅宝似的，有的人还挖了好大一口袋回来。有了土红，我们又做了些小木板，用来练习写字。我们在医院周围的墙壁上门板上凡是能写能画的地方，都写满了“造福”、“红军万岁”等课文和标语口号。这样，既学了政治和文化，又做了宣传工作。

一天夜里，更深人静，山谷里笼罩着一层灰蒙蒙的薄雾。我从病房回来，复习了几节课文，就上地铺睡了。刚睡下不久，随着飕飕的夜风，传来了一阵细细的读书声。

已经是半夜了，哪个还在读书呢？我怎么也睡不着了，坐起来穿好衣服，循着读书声走去，就来到了值班室的门口。我透过门缝，只见四方桌上亮着一盏桐油灯。豆大的灯光一闪一闪，照着坐在桌子旁边的半百老人看护长。她左手拿着书本，右手拿着一块土红，全神贯注地在桌子上画着。桌子上画满了横横竖竖的道道，她擦了画，画了擦地忙个不住手。

我推开门，蹑手蹑脚地走到她的身后，两手遮在她的眼镜前面。

“哪个调皮伢伢，莫把我的眼镜打烂了哪！”看护长一边拨开我的手，一边说。

“看护长！”我一下跳到看护长的前面，大声一喊，把看护长吓了一跳。

看护长放下手里的学习课本，偏起脑壳定睛看了我一眼：

“兰伢，怎么还不睡觉？”

“看护长，你怎么还不睡觉？”我反问她。

“我上了年岁，记性不好，学起文化来比不得你们，不加把劲不行呀！”她摸了摸我的头，说：“兰伢，睡觉去吧，伢伢瞌睡大。”

“不。”我紧挨着她，在板凳上坐下来，“我要陪你学文化。”

“好，我们一起来读这课书。”

看护长左手搭在我的肩上，右手的食指指着书本上的字，一个字一个字地念着“黑白红黄”那课书：

什么是黑的？土中的乌金，富人的贪心。

什么是白的？富人的白银，穷人的枯骨。

什么是红的？清晨的太阳，工农的鲜血。

什么是黄的？穷人的脸和手，富人的金和谷。

看护长不认得“脸”字，怎么也读不上来。她想了想，又问我：

“兰伢，认得这个字不？”

“看护长，”我摸了摸头，“我……我也不记得了。”

看护长轻轻地摇了摇头，在“脸”字下面画了个圈圈说：

“好，明天再问柳莹。”

接着，她又继续读下去。我们两个人一直学到鸡叫头遍，才合上书本去睡觉。

五

这天上午，彭医生正在给我们上医务课，罗政委高兴地走进来告诉我们，“我到军部去开会，等一会儿我给你们带来好消息！”

听完了课，我们一边工作，一边等待着听政委带回来好消息。咦？小刘怎么不见了呢？柳莹抬头四周望了一下说：

“是呀，小刘跑到哪里去啦？很可能接政委去了吧！”

我和柳莹正在场坪里洗纱布，突然刘明生像飞似的跑回来了，边跑边喊，“政委回来了！政委回来了！”

听说政委回来啦，工作人员、伤病员都来到场坪里，听政委带回来的好消息，重伤员拄着拐杖也来啦。顷刻间，把一个大场坪挤得满满的。大家直催政委：“带来什么好消息，快点告诉我们吧！我们等急啦！”

罗政委望着这一双双期待的眼睛，激动地说：

“同志们！好消息啊！最近党中央在遵义召开了会议。刚才贺军长传达了中央的电报，告诉全党全军，毛泽东同志和周恩来同志、朱德同志等一起，同‘左’倾机会主义错误路线进行了坚决的斗争。毛泽东同志的正确路线战胜了‘左’倾机会主义的错误路线，会议确定了毛泽东同志在党中央的领导地位……”

罗政委的话音未落，整个场坪上就欢腾起来，掌声、口号声连成一片……

罗政委接着说：“贺军长还说，‘遵义会议是我党历史上的一次具有伟大历史意义的会议，这次会议严正批判‘左’倾机会主义路线，使我党我军转危为安。我们坚决拥护毛主席为我党领袖。有毛主席的英明领导，有周恩来、朱德等同志坚定不移地站在毛主席革命路线一边，我们的革命事业将会是无往而不胜的’。”罗政委又说：“贺军长对毛主席是很尊敬的。贺军长高兴得热泪盈眶地说：‘我寻找真理找了半辈子，一心想找个能救中国的好领袖。现在可好啦！中国共产党有了毛泽东这样的好领袖，我坚决地拥护他，听他的指挥，坚定地跟着他走。’”罗政委又接着说：“贺龙同志是我们的好领导，是我们学习的好榜样，我们要很好地向他学习！”

接着，大家都纷纷在会上表决心。大家欢欣鼓舞，劲头更大了。

后坪战斗结束后的当天下午，我刚刚给伤员换完药，只听得柳莹在天井里大喊：

“下来伤员了！”

我走出房门，到天井里牵着柳莹的手就往大门外边跑。

外边的坪里摆了不少担架，有些看护正在给伤员喂水。

看护长在担架中间走来走去，看看这个，摸摸那个。

路上还有担架在往这里来。我和柳莹一起往前面跑去。只见在担架队的后面，有个二十多岁的穿着黑色军装的青年人，担着担子，呼扇呼扇地走来。他的身上落着好厚的一层浮尘，头上冒着热气，汗珠在沾满灰尘的脸上洗出了一条条白色的印迹。他那副担子的一头是个洋油桶，另一头是个圆鼓鼓的白布包，包里的东西碰得叮当直响。我指着那个人对柳莹说：

“你看他担的么子东西，把竹扁担都压弯了。”

柳莹往前一看，大喊了一声：“彭医生！”就朝那个人奔去。看护长、小刘和许多看护也大声喊着，从场坪那边跑过来。

彭医生满面堆笑地对这个点头，同那个握手。我一看就知道他是个很和气的人。

彭医生刚停下，小刘一把把担子接过来，担上就走。

彭医生连忙赶上去，两手捧住了那个正在晃荡的洋油桶，惊慌地说：

“哎呀，小猛子，千万要当心，这里头都是些宝贝呀！”

“什么宝贝？”小刘停下来问。

“都是缴获来的药品，洋油桶里装的是麻药……”

看护长高兴地说：

“这下子发洋财了呀！”

彭医生边用手巾擦汗边说：

“这一仗缴的药品不少，各师卫生部都分了一些。”

“仗打得怎么样？”柳莹又问。

“好！这个仗打得真漂亮。”彭医生满面兴奋地说。

“消灭了不少白狗子吧？”我也插嘴问。

“嘿，多得很。我们的战士一打起仗来，个个都像小老虎一样。就拿这个同志讲吧，”彭医生指着躺在前面那副担架上的伤员说，“冲锋一开始，他就拿着盒子枪，带领部队冲在最前头。有一股敌人在他们的追击下，死的死，降的降，只有一小股不要命地往后山上跑。这个同志一步也不放松，带着部队就追了上去。刚追到一个三岔路口，山头上的另一股敌人扔下来一颗手榴弹，在他跟前爆炸了。他当时就倒在地上。我们跑上去的时候，只见他头上血迹模糊，两眼紧闭。我们刚要把他背下火线，他突然睁开了眼睛大喊：‘我是连长，要指挥部队，不能下火线！’说完，他又举起盒子枪，喊着往前冲去，跑了几步，扑通一声倒在地下，我们才把他抬下来。”

我往前紧走了两步，踮起脚来一看，见那个伤员头上缠满了绷带，只露出了眼睛、鼻子和嘴巴。他仍然安详地睡着，嘴角挂着一丝笑容。

看护长又问彭医生：

“院长最近身体怎么样？”

彭医生回答说：“还是不大好。前方工作很忙，他经常工作到半夜……”

看护长焦急地说：

“你们怎么不督促他休息休息呢？”

彭医生蹙着眉头说：

“他哪里肯听啰？你还不晓得他那脾气？工作起来他就忘了自己。”

说着说着，到了大门外的场坪里。我们刚停下脚步，几个穿着灰军装的国民党伤兵低着头，灰溜溜地走过来了。他们有的吊着胳膊，有的拄着拐杖，都是在战场上负了伤以后被我们俘虏的。一看到这些家伙，我的心里燃起了一股怒火。等那几个家伙刚走过去，我对着他们的背影狠狠地“呸”了一口。彭医生扯了扯我的衣衫，严肃地说：

“小鬼，不要这样！”

场坪上的伤员都被看护陆陆续续地领进病房去了，只剩下那几个受伤的俘虏兵，靠在墙根下等待着。

一个用三角巾吊着左胳膊，眉毛上有粒黑痣的俘虏兵往场坪四周望了望，连忙站起身走到彭医生面前，抬起一双惊慌忧虑的眼睛问：

“医官老爷，我们怎么办？”

彭医生回答说：

“莫急，会安置你们的！”

彭医生的话刚说完，那个匪兵的脸色变得煞白，猛地一下双膝跪在地下，一边磕头，一边哭泣说：

“医官老爷，我家里还有个六十多岁的老娘没有人照顾，你们做做好事吧！”

弄得彭医生莫名其妙，忙把他搀起问道：

“怎么啦，吴三明？”

那个吴三明还是战兢兢地说：

“我家里还有个六十多岁的老娘……”

彭医生默了默神，似乎知道了他的顾虑，拍着他的肩膀安慰说：

“放心吧，吴三明，我们红军优待俘虏。”

吴三明还是半信半疑地望着彭医生。这时，陈真梅从里面出来，对那几个负伤的俘虏兵说：

“跟我走吧！”

那几个匪兵对我们毕恭毕敬地鞠了个躬，跟着陈真梅走进院里去了。

| 第六章 |

一

彭医生颈脖上挂着听诊器，斜坐在那个重伤员的病床边边上。这个重伤员从昨天抬回来就一直昏迷着。彭医生紧皱着两条漆黑的眉毛，右手按着那个伤员的脉搏，两眼一动也不动地凝视着。病房里静得连一点声音都没有，大家都屏住呼吸，目光集中在彭医生的身上，好像都在等待他作出什么重大的决定。

我轻轻走到彭医生面前，等他把那只按在伤员脉搏上的手放下来，就对他说：

“彭医生，王班长要我催你去吃饭哩！”

彭医生猛然转过头来看了看我，随即站起身来，严肃地说：

“小兰，你去告诉何医生、李医生跟看护长，到手术室去，准备马上给李志刚开刀！”

李志刚？这个伤员也叫李志刚？记得红军初到龙家寨时，留在我家番薯地里的那张纸条上署名的就叫李志刚。是不是就是这个李志刚呢？对，等他伤好些以后，我一定要问问他。

我找到了何医生、李医生和看护长，通知他们马上到手术室去准备给李志刚动手术，又领着担架回到病房。

我们小心翼翼地把李志刚放到担架上。彭医生对我说：

“小兰，我做手术去了，你给吴三明换换药吧！”他说着，随着担架走了。

同屋的几个轻伤员到外边的坪里晒太阳去了，屋里只有吴三明一个人，用毯子蒙着头睡觉。我走到他的病床前，轻轻揭开他蒙在头上的毯子叫：

“喂，起来换药了！”

从那天到现在，这个俘虏兵不是蒙着头睡觉，就是低着脑壳坐在那里，一句话不讲，也不晓得他心里在想些什么。

要是依我的脾气，对这种人，理都不想理他。可是彭医生和看护长耐心地跟我解释说，我们红军是优待俘虏的，这个吴三明也是个穷人出身，被迫当了国民党兵。如今他放下了武器，有伤，还是要给他治。这样，我才勉强接受了照拂他的任务，给他洗伤口换药。

吴三明听到我的喊声，慢吞吞地坐起来，抬起一双红肿的眼睛望着我。看样子，显然是哭过。他为什么哭呢？我一边给他拆左臂上的绷带，一边问：

“伤口痛吗？”

他没有说话，只摇了摇头。

“那是不是怕成残废呀？”我又说，“你的伤不重，没有伤着骨头，很快就会好的，不要发愁。”

他还是摇头。

“那你哭么子？”

他长长地叹了一口气，又低下了头。

明明心里有话，不肯讲出来，谁知道他想的是什么事呢？我一边给他换药，一边不耐烦地说：

“你到底想些什么，就快讲吧！”

他眼睛往四周看了看，才压低声音说：

“小同志，过去有没有俘虏的伤兵送到你们医院来的？”

“有呀！”我肯定地回答说，“龙家寨战斗以后，就送来了好多个，上个月才出院。”

“他们都到哪里去了？”

“愿意参加红军的就参加了红军，想回家的就回家了。”

“有没有杀了的？”他的声音比刚才更小，但是脸色也显得更加紧张了。

我认真地回答说：

“没有，根本没有。”

“你这话是真的？”他还不放心。

“不信你去问问，红军从来都是优待俘虏的。”

“这么说，他们的话是假的了。”他似乎松了一口气。

“他们，哪个他们？”我又问。

“国民党那些长官呀。他们讲，只要被红军捉住，不是活埋，就是砍头，一个活的都不留。”

我说：“莫信那些鬼话，都是造谣的。国民党还说我们红军个个青面獠牙，专门吃人哩。你被俘两天了，哪个吃了你？”

吴三明点了点头，脸上那副愁眉苦脸的样子也消失了。

二

李志刚动过手术的第二天上午，我一走进病房，只见看护长默默地坐在他的病床旁边的一条小板凳上，眼睛里布满了红丝丝。

我走拢去细声问：

“醒了没有？”

“没有。”看护长摇头说。

从昨天到现在，看护长一刻也没有休息，看她那疲乏的样子，使我很不安。我走近了她的身边，蹲下来说：

“看护长，你休息休息去吧！我来照拂他。”

看护长站起身，摸了摸李志刚的前额，又给他扯了扯盖在身上的毯子，才嘱咐我说：

“好，我到隔壁病房看看去，有什么事情你就去喊我。”

看护长出去了一阵，李志刚的脚一抖，把毯子蹬开了。

我以为他醒过来了，心里一阵高兴，忙端起凳子上那碗开水，舀了半调羹，送到他的嘴边，轻声说：

“同志，渴了吧？喝点水。”

哪知他并不理我，把手往上一挥，大声喊道：

“二排长，机枪上来！”

我吓了一大跳，身不由己地往后退了几步，手里端着的一碗开水，把我胸面前的衣衫都泼湿了。

看护长在隔壁房里听到了，赶忙跑了过来，一进门就问：

“兰伢，他醒了吗？”

“好像是醒了，只是喊他不应。”我回答说，“看护长，你来看看吧！”

看护长走到李志刚床前，见没有动静，皱了一下眉头，就把他的手慢慢放进毯子里。

看护长刚转过身，李志刚的手又呼的一下伸了出来，大喊：

“冲呀，同志们！不让敌人跑掉！”

看护长弯着腰，附在他耳朵边上大声说：

“战斗结束了，我们消灭了一千多敌人！”

“呵！”李志刚长长地吐了一口气，手垂了下来，放在胸前，不再做声了。

下午，李志刚终于醒过来了。他眨巴眨巴眼睛，挣扎着往起爬，惊讶地问我：

“这是什么地方？”

“同志，快睡下！”我高兴得连忙扶住他说，“这是医院！”

“我不是在战场上吗？什么时候到这里来的？”

“你负了伤，前几天送来的！”

李志刚开刀以后过了好多天，精神好了一些，可以靠着板壁坐起来了。这天，我端着脓盆一走进去，他就笑眯眯地向我打招呼：

“小鬼，今天你给我来换药呀？”

我放下脓盘回答说：

“彭医生、看护长给伤员开刀去了，今天让我来给你换药。”

“你来也一样嘛！”

“重伤员一般都是彭医生、看护长亲自换药。”

李志刚接着说：

“我这算什么重伤员，再过几天就可以出院了。”

我摇头说：

“哪里有这么快？”

我把他头上的绷带一层一层地解开，他的整个脸庞才露了出来。我定睛一看，猛然怔住了，不禁失声喊了起来：

“李同志，是你呀！”

李志刚的两只眼睛鼓得有核桃那么大，显然，他还没有认出我来。

“不认得啦？”我咯咯笑着说，“我就是你说的那个穿的开裆裤缝起来没有几天的吴小兰呀！”

“啊，是你呀！”李志刚又仔细打量着我，惊喜地说：“你这小鬼真有志气。怎么到医院来的？”

“两只脚走来的呗。”想起在“扩红队”报名时的情景，我用一种自豪的神情说。

“好！好！好！这一打扮，真像个红军了。”李志刚拉着我的手，连连点头说，“那回我没有收你，你不怪我吧？”

“不怪你，不怪你。”我笑着回答。

我心里想：怎么能怪他呢？本来，他当时那样做也有他的道理嘛！

给他换完药，我扶着他睡下，又突然想起了李志刚这个名字，就问：

“去年秋天，红军到龙家寨的时候，在我们地里挖了番薯，留了两块光洋，一张条子。条子上面写的名字也叫李志刚，那是不是你呀？”

“是呀，”李志刚一下子又坐了起来，高兴地说：“原来挖的是你家里的番薯呀！你们没有骂我们吧？”

我说：“怎么还骂，我爹爹妈妈高兴得不得了，左邻右舍也都说红军真是天下少有的好军队哩！”

李志刚又睡了下去，脸上露出了欣慰的笑容。

三

吴三明满头大汗地从外边走了进来，从床头上拿起毛巾就擦汗。

“吴三明，你做么子去了，累得这个样子？”我转过头问他。

“跟他们一起扫院子去了。”

“你的手……”

“没有关系了！”他抬起左手摇了几下说，“你看，全好了！”

李志刚也关心地说：

“要注意，莫把伤口累反了！”

“不会，快结疤了！”吴三明满不在乎地说。

这些日子以来，吴三明起了很大的变化。他刚来的时候疑神疑鬼，顾虑重重，一天到晚愁眉苦脸。后来大家主动接近他，帮助他解决困难。他没有洗脸手巾，李志刚就把自己的一条新毛巾给了他，他没有牙刷，另一个伤员给了他一个牙刷。除了在物质上帮助他以外，李志刚和其他的伤员都时常跟他讲革命道理，讲红军的政策。起先，他只是默默地听着，后来，他还愤怒地控诉了国民党军队的罪恶，称赞红军是好军队。他的伤快好了，有时找李志刚问这问那，有时在旁的伤员的影响下，帮助看护打水、打饭、扫地。别人问他生活过得怎么样，他总是感激地说：“红军是我的救命恩人！”

吴三明看见我正在给李志刚换药，就走了过来，关切地问：

“李连长，你的伤口结疤了没有？”

“没有。”我回答说，“快了，不要几天就能结疤了。”

吴三明一听说李志刚的伤口快好了，也高兴起来。

李志刚坐在床边的板凳上默了默神，又严肃地对我说：

“小兰，我的伤没有问题了吧？”

我不明白他问话的意思，睁着两只大眼睛望着他回答说：

“当然没得问题了！”

“再过几天就可以结疤，是不是？”

“是呀，彭医生也是这样讲的。”

李志刚满面笑容地说：

“那过几天我也可以出院了！”

“出院？”我指着他裹着绷带的头说，“那还不行！”

吴三明也在李志刚的旁边坐下来说：

“李连长，莫着急，伤口完全好了再出院嘛！”

李志刚皱着眉毛说：

“天天水来伸手，饭来张口，什么事情也不做，我真受不了！”

我也安慰李志刚说：

“伤没有好，着急也不行呀！还是安心休养吧！”

我给李志刚换完药，把病房里的一切收拾好，正好到了上文化课的时间，我就拿起课本走了。

我学文化回来，一走进病房，就听得李志刚那个大嗓门在喊：

“将你一军！”

在他的床铺周围，围了好一大堆人。我从人缝里挤过去一看，李志刚和吴三明正在下象棋。

“哪个赢了？”我问。

吴三明满头大汗，右手搔着头皮回答说：

“输了，没有棋了！”

我在旁边给吴三明打气说：

“莫急，再想想办法。”

吴三明把棋子一拨，笑着说：

“不行，我认输了。”

“怎么又输了？”我问。

吴三明无可奈何地摇了摇头说：

“白军跟红军打仗，怎么能不输啰？”

他的话说得满屋子的人都哈哈大笑起来。

四

李志刚正在病房里活动手脚，一看见我进去，就停下来，细声细气地招呼我：

“小兰，快来！”

“么子事？”我走拢去问。

他笑了笑，附在我的耳边上说：

“听说有一批伤员要出院了，是不是？”

昨天晚上，院里经过研究以后，同意一批已经痊愈或初步痊愈的伤员出院归队，准备今天就走。因为李志刚伤口还没有结疤，就决定让他休养一个时期再出院。我们晓得李志刚的脾气，尽量瞒着他。可是他怎么晓得了呢？我支支吾吾地回答说：

“没有呀！你听哪个讲的？”

李志刚轻轻扯着我的耳朵，偏起脑壳说：

“你不讲老实话！”

“我不哄你！”

李志刚做出一副滑稽的样子，伸出小拇指对我说：

“哄我的是这个，好不好？”

我刚想摇头，又一转念，说我是“小字辈”就是“小字辈”，反正不能让他晓得这个消息。我连连点了点头说：

“好吧！”

“你的话信不得，我还是要去打听打听。”李志刚边说边往外走。

我着急地追了上去说：

“不要去了，我讲的都是真话。”

不管我怎么喊，他还是头也不回地走出去了。

跟吴三明一起被俘的那几个国民党伤兵，高高兴兴地跑了进来。有一个走到吴三明跟前就问：

“这批出院的今天就走了，你打定主意没有？”

吴三明还没有回答，看护长进来了。那几个受伤的俘虏兵看见看护长，一齐拥了上来，这个说：“看护长，答应我们参加红军了吧？”那个说，“我们是真心实意要求参加红军的，还是收了我们吧！”

看护长在凳子上坐下来，笑眯眯地说：

“领导上已经同意了你们的要求，愿意参加红军的就留下来。愿意回家的，我们还可以发给路费，让他回家。”

“我们要当红军，不回家！”

看护长刚说完，那几个俘虏兵发出一个声音。我转头看吴三明，他一个人低着头，呆呆地坐在那里，一声不响。他又在想什么呢？我对看护长使了个眼色。看护长走了过去，在他的肩膀上拍了一下，和气地问：

“你呢？吴三明。”

“我……”吴三明像刚从梦中惊醒一样，两眼望着看护长，浑身都显得不自在，话也说不出来了。

“你怎么了？”我也走拢去问。

“看护长，小兰，红军是我的救命恩人。我本想参加红军，只是我家里还有个六十多岁的老娘没人照顾，我不放心。看护长，你们相信我吧，回家以后，我一定安分守己，决不会给国民党反动派做事。我要是做了半点对不住红军的事，”说到这里，他伸着一个手指，指着他自己的头顶，“天击雷劈！”

“不要赌咒了。”看护长说，“我们相信你回家能当个好老百姓，你到管理科去领路费吧。”

吴三明又走到我面前说：

“小兰，谢谢你照顾了我这样久。你的恩德我一辈子也不会忘记。”

我忙对他说：

“莫客气了，照顾伤员这是我们的责任。”

吴三明出去了，看护长又对另外几个人说：

“你们到文书那里去登记吧。”

病房里只剩下我跟看护长两个人，看护长到处看了看，突然像想起来了什么事一样问：

“李志刚呢？”

“今天有批伤员出院这件事，他听出了一点风声，出去打听去了。”我说。

“他的伤口还没有结疤哩，怎么就能出院？走，我们找找他去！”

看护长牵着我的手就往外走。

走到走廊上，只见彭医生跟李志刚在那里站着。李志刚那个大嗓门在说：

“彭医生，好多人今天就要出院，你们还想把我留在这里过年呀！”

彭医生只是笑着说：

“要等伤口结疤了才能出院。你还是再休养一个时期吧！”

李志刚急得头上直冒汗，抓住彭医生的手说：

“彭医生，我只请求你讲一句话。”

“什么话？”

李志刚一字一顿地说：

“李志刚伤愈，可以出院。”

彭医生张开嘴笑了：

“这是你给我下命令呀！”

李志刚满脸焦急地说：

“彭医生，我是个连长，怎么能丢下自己的兵不管，安心在这里住下去呢？”

彭医生严肃地说：

“我们医院要对伤员负责呀！你出院以后，伤口出了问题怎么办？”

李志刚的脸涨得通红，额上的青筋暴起，用打雷一样的声音说：

“只要让我出院，伤口就没得问题了。要不让我出院，又会急出个病来。”

彭医生还是不答应，只是耐心地跟他解释。看护长和我也帮助彭医生解释。说了好久，李志刚眼睛一翻，无可奈何地说：

“好吧，那我再安下心来休养！”

“这就对了嘛。”彭医生拍着他的肩膀笑了起来。

中午，我送出院的伤员回来，走进病房一看，李志刚不见了，到另外几个病房去找，也没有找到。我以为他到外边走动去了，又出去找，找了好久，连人影子都没有看到。我又走回病房，掀开他床上的毯子一看，他枕头用的那个包袱不见了，换了一大把稻草放在那里，稻草上面还放了张纸条。我拿起那张纸条，一口气跑到彭医生那里说：

“李志刚不见了，这张条子是在他床上拿来的。”

彭医生接过纸条，边看边念：

彭医生：

对不起，没有得到你的允许，我开小差回前方去了。在这里养伤一个来月，谢谢你们的照顾。我回到部队以后，一定每天去团卫生队换药，直到伤口完全好了为止。我保证伤口不返工。

此致

军礼！

李志刚　四月六日

彭医生念完，望着我苦笑了一下说：

“这个人，拿他真没有办法！”

| 第七章 |

一

深夜，四周静悄悄的。

我从病房回到宿舍，身子往地铺上一倒，心里就涌上了一股甜丝丝的味道。虽然经过一整天的紧张工作，累得腰酸背痛，但是一想到我也能够为革命出把力，疲惫劳累也变成了一种莫大的快乐。

我刚要脱衣睡觉，又想起白天和看护长约好晚上一起复习课文的事。我从挎包里拿出课本，往值班室走去。

我在门口站住了，仔细一听，里面没有读书的声音，也没有翻动书页的声音。我心里暗想，啊，看护长哪里去了，难道她睡觉了吗？我轻轻推开门一看，看护长呆呆地坐在那里，好像在想什么问题。

她看见我进去，连忙欠起身来说：

“小兰，坐到这里来。”

我惊奇地望着她，总觉得有一种与往常不同的感觉。

我在她身边坐下就问：“看护长，你的课本呢？”

停了一阵，看护长伸过手把我抱在她怀里，望着我严肃地说：

“小兰，国民党反动派对我们开始了大规模的围攻。部队天天要行军打仗，医院也要跟着转移，日行百里，没日没夜。你人小，没有走过长路，领导上决定把你暂时留在农会，反围攻一胜利就来接你。”

一听说要把我留下，我心里就像受了什么委屈一样，连忙摇着看护长的手臂说：

“我也是个红军。为什么打大仗了，就要把我留下呢？不，看护长，我不留下，我要跟部队一起走！”

看护长摇了摇头，就跟我详细讲当前的情况。

原来，局势起了大的变化：湘鄂川黔革命根据地的迅速发展，吓坏了刽子手蒋介石。他东拼西凑地集中了十三个师又五个旅，再加上湖南、湖北两省的一些补充团和保安团，对二方面军开始了大规模的围攻，企图一举消灭我们这支革命武装力量。我们整个二方面军才两万多人，兵力相差十倍，武器就更不能比了。情况非常严重。

敌人要来硬的，我们偏不和他们硬拼。贺老总、任政委根据党中央和毛主席所指示的积极防御的原则，决定利用广阔的游击区域，最大限度地集结主力，抓住敌人弱点，在敌人分进移动当中，选择有利时机进行坚决突击，歼灭敌人有生力量，破坏他们的合击计划，直到彻底粉碎敌人的围攻。然而敌人仗着兵多粮足，来势凶猛，我们部队要迅速转移到敌人的外线，不是一件轻而易举的事情。尤其是我们医院，行动起来更加困难。上级领导机关为了保证部队迅速转移，取得反围攻的胜利，就决定轻装前进，把一些重伤员和年小体弱的同志暂时寄交地方组织，等反围攻结束以后，再回部队。

看护长跟我讲了好久，我还是撒娇似地说：

“我不到农会去，我……我要跟部队一起走！”

看护长又说：

“医院任务重，工作忙，打起仗来，没空照顾你呀！”

我噘着嘴说：

“我不要哪个照顾！”

看护长拉着我的手，轻声说：

“兰伢，还是听话吧。领导上是为你着想呀！这回留下的不只是你一个人，再说，反围攻一胜利，马上就来接你。”

“陈真梅背着个伢伢都能跟着部队走，我空着两手还不行呀！”我想出了一个理由。

“陈真梅是个老看护，她是经过锻炼的。”看护长解释说。

我还是固执地说：

“我也要锻炼锻炼！”

“兰伢，你放心，有你锻炼的机会，这回还是留下吧！”

看护长耐心地跟我讲了好久，说得我没话可说，只好点了点头。末了，看护长又说：

“你暂时就留在这里的农会里。他们会很好地照顾你的！”

第二天吃过早饭，当部队准备出发的时候，警卫班的朱副班长背着枪来了，对我说：

“走吧，院长叫我送你到农会去！”

我跟着他上了路。

我到医院两个多月来，天天和同志们在一起工作、学习，生活过得很愉快，如今一离开部队，就像一只离群的孤雁，心里乱糟糟的。虽然我相信离开部队只是暂时的，但是，即使离开一天，心里也不好过呀！

走了不远，我的两腿就没有一点力气了，慢慢吞吞地往前走着。朱副班长望着我，催促说：

“小兰，快点走吧！只有几里路，一下子就到了。”

“我走不动了，歇一歇吧。”

我说着，就在路旁的一棵大树下坐下来。朱副班长着急地看了我一眼，也只好陪着我坐了下来。

雀儿在青色的枝头喳喳喳地叫着，夹着凉意的春风轻轻地拂过田野。路旁的田里，一蓬蓬的油菜花盛开着。蝴蝶忽高忽低，在花丛中快活地飞舞，好像在嘲弄我，笑话我。

“我的心都快急炸了，你们倒飞呀飞呀地好玩！”我捡了个土块，向蝴蝶打去。蝴蝶展开翅膀飞远了，不一会儿，一只一只地又返了回来，围着油菜花打转转。我再没有打散它们。蝴蝶离不开花，就像我离不开部队一样。我不能离开医院，离开同志们，更不能离开自己的岗位。我一定要赶部队去。

想到这里，我起身就要往回走。但一看到坐在旁边的朱副班长，我又坐下来说：

“这条路我熟得很，有了介绍信，我自己晓得去找农会。朱副班长，你先回去吧！”

“不，”朱副班长说，“领导上交给我的任务，是要我把你送到农会再回去。”

我故意摸着脚说：

“我的脚昨天扭了一下，痛得很，要歇一歇再走。你还是先回去吧，要不，你就赶不上队伍了。”

我的这句话果然起了作用。他站起身，把枪往身上一背就说：

“你要快些到农会去，不要在这里停得太久了。”

“晓得晓得。”我连连点头回答说。

朱副班长向我招了招手，就迈开大步往回走了。

二

直到看不见朱副班长的背影，我才站起身来，背起小包包往回走。

我一边走，一边盘算：今天就跟着后卫部队，不让医院知道，等明天再赶回医院去。到那时候，我已经跟着队伍走了一天多，领导上再也不会把我送回去了。

太阳落山的时候，我追上了后卫部队。我正在队伍旁边低着头往前走哩，突然一只有力的大手抓住了我的肩胛。我扭头一看，高兴地喊了声：

“李连长，又碰到你了！”

李志刚一手抢过我背上的小包包，笑嘻嘻地打量着我说：

“小兰，不跟医院走，怎么走到我们这里来了？”

“我……”我刚想说医院要把我留在后方，但马上停住了，装做严肃的样子回答说：“你没有得到医院批准，开小差跑回来了。我就是来抓你回去的！”

“哈哈！”李志刚指着我说，“医院派了你这员大将来抓我呀！好呵，你把我抓回去吧！”

我望着他缠着绷带的头问：

“伤口怎么样？这几天换了药没有？”

李志刚下意识地摸了摸头上的绷带，一甩手说：

“这一点伤，换不换药都没得关系了。”

“那还是大意不得。”我说。

走了几步，李志刚又重新上下打量我，笑着说：

“哎，小兰，你到底为什么走到我们后卫部队来了？”

我默了默神，细声回答说：

“我掉队了。”

李志刚又笑了起来：

“刚开始行军就掉队，你这小鬼到底不行呀！”

“谁说不行呀！”听他这样讲，我就不服气了，连忙迈开大步往前走着。走了几步，又一想，这也不像个掉队的样子呀，于是把脚步放慢，板着脸说：

“要不是脚痛，我才不会掉队哩！”

李志刚挤了挤眼睛对我说：

“小鬼，不要骗我。我知道是医院把你留下了，自己赶上来的，对不对？”

我连忙分辩说：“不是的，不是的，我真的不是被留下的，不信你去问。”

李志刚摇了摇头说：

“我也不去问了，你就跟我们走吧！”

部队宿营了。李志刚给我送来了洗脚水，又给我送来了饭。我不好意思地说：

“你这样客气做什么？”

李志刚回答说：

“在医院你照拂了我那样久，如今你到我们这里来了，应当招待招待你。”

等我吃完了饭，他又对我说：

“我找人去打听一下，医院在哪里宿营，再送你去吧！”

我慌忙站起身拉着他的手说：

“不，不，今天晚上我不回医院去。你随便给我找个地方睡觉就行了。”

李志刚弯下腰来，点着我的鼻子笑着说：

“原来你真是被留下了，自己跟上来的呀。好吧，你今天就跟老板的女儿睡吧，明天再送你回医院去。”

三

第二天，天还没有亮，李志刚就把我喊起床说：

“小兰，吃饭吧，吃完饭我送你到医院去。”

吃过饭，李志刚就送我上路了。天亮以后，我对李志刚说：

“你在这里等你们队伍吧。医院大概就在前面，我自己找得到。”

“那好吧，我就不送你了。回去替我向彭医生、看护长和其他医生看护问个好！”

说着，他站住了。我一个人迈开大步就往前赶。

走了一阵，我看见前面有一个穿着紫红色大襟衣衫的女同志，正低着头在行军队伍的旁边匆匆地走着。她高高的个子，宽阔的肩膀，显得格外粗壮结实。她的长长的头发遮没了颈项，肩上背着个小包袱，左胁下斜挎着一个十字药包。我加快脚步赶了上去，跟在她身边走了几步，就叫了声：“同志！”

那个女同志慢吞吞地把脸转过来，严肃地问：

“做么子？”

“你是哪个单位的？”

“卫生部调到医院去的！”她回答的时候，脸上仍然显得很严肃。

我听得她说是调到医院工作去的，格外高兴，就问：

“就你一个人呀？”

“嗯。”她的眉毛也皱起来了，脸上现出很不愉快的样子，“真背时，在卫生部工作得好好的，偏偏要把我调到医院去。”

我奇怪地问：

“你不愿意到医院去吗？”

她回答说：

“那里我一个人也不认得。”

“你认得一个呀！”

“哪个？”她怔怔地望着我。

我往她面前走近一步，笑着说：

“我呀，我就是医院的看护，叫吴小兰。你呢，叫什么名字？”

“温素琴。”

接着，我又跟她讲起医院里的工作，也讲起了医院里的人。她只是默默地听着，不说什么。我心里想，这个人怎么这样不爱讲话，怎么没有一点笑容呢？

走了不远，就看到了我们医院的队伍，看到了看护长。我牵着温素琴的手一边往前跑，一边喊：

“看护长！看护长！”

看护长站住了，等我追了上去，惊讶地问：

“兰伢，怎么又回来了？”

“我想你们，舍不得离开医院，就回来了！”我笑着回答。

看护长装作生气的样子指着我的鼻子说：

“你呵你呵，真不听话！好吧，回来了那就跟着走走，试试看吧！”

看护长转头看见温素琴，就问我：

“她是哪个单位的？”

我把温素琴拉到看护长面前说：

“她叫温素琴，是卫生部调到我们医院工作的。”

看护长热情地说：“好呀！欢迎你到我们这里来工作。”

温素琴把介绍信交给了看护长。看护长看完，点了点头，又对我说：

“兰伢，你先带温素琴到前头去吧。等晚上宿营了，我再介绍她跟大家认识认识。”

我嗯了一声，就领着温素琴往前走了。

跟上了部队，我怕还把我留下，就处处装个大人样：走路的时候，两腿紧跑，不落人后边，说话的时候，声音故意憋得又粗又高，有时还哈哈大笑，好像这样就是个大人了。到了宿营地，我就抢着给伤员扫房开铺、端水送饭，忙得团团转。头一天还硬挺过来了，往后就实在不行啦！脚肿得像个馒头，脚板上打满了好大一个的泡，一步一咬牙，痛到了心里。有时走着走着，就跌倒在地上。

看护长一看到我，就关心地问：

“兰伢，走不动了吧？”

我急忙挺起腰板，强打精神地分辩说：

“走不动还当么子红军？我一点也不累！刚才是绊了个树蔸蔸。”

我这一说，大家哈哈大笑起来。柳莹过来搀住我，笑着说，

“走是走得动，就是像喝醉了酒，有点左右晃荡。”

我推开柳莹的手，逞强地说：

“我真的走得动嘛。柳莹，要不信，我们两个比赛比赛，看哪个走在头前。”

说完，我就咬着牙，迈开大步，向前猛跑起来。

陈真梅连忙赶了上来，扯住我说：

“小兰，越跑脚越痛。这行军比不得别的事，莫霸蛮啦！”

我又把脚步放慢了。陈真梅一把抢过我肩上那个小包包说：

“我来替你背吧！”

“那怎么行？”我又把小包包抢了回来说，“你背上还背着个伢伢哩！”

那伢伢好像知道我们在说他一样，站在背篓里又笑又跳。

四

我们走到离陈家河十多里路远的一个大山上，前面传来了就地休息的命令。

担架一停下来，我们就给伤员喂水，抓紧时间换药。彭医生、看护长和其他的医生在担架中间走来走去，给伤员检查伤口。

连续几天几夜的行军，又累又困。我给伤员喂了水、换了药以后，就走到一株大茶子树下，把小包包往头下一枕，呼呼地睡着了。

我迷迷糊糊地感到有人在摆弄我的脚板，火辣辣的，好像蚂蚁夹一样。我寻思定又是柳莹那个调皮鬼在开玩笑，我翻了个身，骂道：

“你要死了呀！自己不困觉，也不让人家闭眼睛。”

我连骂了几句，对方也没有吱声。我觉得奇怪，要是柳莹那个调皮鬼，哪有这么老实。我睁开眼睛坐起来一看，原来是看护长。她戴着老花眼镜，手里拿着根针，正在给我挑脚板上的水泡。我一把抓住了她的手，激动地喊了声：

“看护长！”

看护长取下老花眼镜拿在手里，用一种责备的口气对我说：

“你们这些伢儿们，就不会照顾自己，打了这么多泡，也不跟我讲一声。难怪你行军走不动哩！”

我只是嘻嘻笑着说：

“打几个泡，不要紧。”

看护长眼睛一瞪，严肃地说：

“不要紧，不要紧，你就晓得讲这句话。要等脚烂得不能走了才要紧？”

看护长给我挑完了水泡，又用煮过的棉花蘸着硼酸水给我擦洗。洗着洗着，她闭上了眼睛，棉花贴在我的脚背上不动了。一会儿，她眨巴眨巴眼睛，又给我擦洗起来。

“看护长！”我抓住看护长的手说，“你休息休息吧，我自己来！”

看护长笑了笑，又说：

“老骨头啦，不要紧。你们这些伢伢，瞌睡大，要多睡一睡！”

我一抬头，只见旁边的一棵茶子树下，有一个人怀里抱着个十字药包，手里还拿着几条刚换下来的绷带，靠着树呼呼睡着了。我指着那个人，对看护长说：

“看护长，你看，那不是彭医生吗？”

看护长扭头一看，就说：

“这几天几夜够他累的了。不要喊醒他，让他睡一会儿吧！”

嗡嗡嗡，几只长脚蚊子在我的耳边叫着。我手一挥，把它们赶跑了。有一只飞到彭医生的脸上，就叮住了。看护长放下手里的药棉，慌忙站了起来说：

“兰伢，你自己再擦一擦！”

说罢，她就匆匆走到了彭医生的面前。她伸手正要往彭医生的脸上去拍蚊子，立即又把手缩回来，在地上扯了根草，小心翼翼地在彭医生的面前晃了晃，把叮在他脸上的蚊子赶走了。

| 第八章 |

一

我蹲在山窝下边的小水沟边，洗完了大半桶绷带，正要站起身来，只听得身后有人问：

“小同志，医院在什么地方？”

在这寂静的深山幽谷里，突然的问话使我猛吃了一惊，我站起身，转头望着这个问话的人。看清了他是个红军，我才镇静下来，把湿漉漉的手往身上擦了擦，反问道：

“你找医院做么子？”

“到医院看看。”他回答说。

这个人中等身材，三十多岁年纪，脸庞瘦削。他脸上显出一种庄重严肃的神情，但是说话的语气很温和。在他身后几步远的地方，站着一个背马枪的年轻战士。我打量了他们一番，提起洋铁桶就说：

“跟我走吧，医院就在上边的茶树林那里。”

那个人一边跟着我走，一边又问：

“上边有房子吗？”

我回答说：

“没有。”

“伤员住在哪里？”

“就住在茶子树下边。”

那人又向我问起医院里的情况，问起医院里的人。我心里暗想：这个人是哪个单位的？对我们医院的情况怎么这样熟悉呢？

走着走着，到了坡边边上，我就对那人说：

“看护长就在那里给伤员换药。”

那个人顺着我指的方向走去了。

我晾完绷带转回茶树林，只见一大群人围在那里。我挤进去一看，我刚才领来的那个人正在和大家握手问好。柳莹看见我，附着我的耳朵说：“他就是我们医院的严院长，刚从前方回来。你不认得吗？”

这时严院长一边做手势，一边在说：

“陈家河周围都是高山，敌人的一七二旅卡在这中间，就像装在口袋里一样。这回贺老总、任政委到了前沿阵地亲自指挥，已经把这股敌人包围住，只等伸手到坛子里捉乌龟了。”

严院长的话一说完，人群里兴奋地议论起来。

王德民端着一碗水送来了。严院长接过水喝了一口，又说：

“大家先去工作，等一下再分配任务！”

看护长看见严院长的衣衫上有几个窟窿，就说：

“院长，你的衣衫被子弹打烂了。我给你补一补吧。”

严院长笑着说：

“衣衫打烂没有关系，只要肉不打烂就行，补它干什么？”

说完，严院长和彭医生、看护长一边商量着什么，一边往大白果树那边走去了。

我参军两个多月，还没有参加过战斗，一想到自己也要像许多老同志所经历过的那样，在枪林弹雨里穿过来钻过去，接受战斗的洗礼，心里又高兴，又有点紧张。我暗想，光戴上八角帽，穿上军装，还不能算是一个真正的红军战士，只有经过了战斗的洗礼以后，才有资格说：“我是一个红军战士！”但是一打起仗来，枪响炮轰，总有点吓人的吧？想到这里，我的心又禁不住怦怦跳动起来。

柳莹一蹦一跳地走到我面前，伸出右手，紧紧地压在我的胸脯上。我用劲掰开了她的手，装作生气的样子说：

“你搞么子鬼呀？”

柳莹眨了眨眼睛回答说：

“新兵上战场，我摸摸你的心跳不跳！”

我逞强地回答说：

“跳么子，我根本不害怕。”

柳莹又把手按在我的胸脯上，咯咯笑着说：

“哈哈，跳得像打鼓一样，还说不怕哩！”

“讲真的，就是有一点点紧张。”我坦率地说，“柳莹，你头次上战场的时候怕不怕？”

柳莹认真地回答说：

“跟你一样，怕是不怕，就是有一点点紧张。上了几次战场就不在乎了。”

开会了。我们坐在绿草如茵的山坡上，聚精会神地听着严院长讲话。

严院长先讲了这次战斗的重要性，讲了我们医院在这次战斗中的任务，就分配工作。全院的医生、看护分成了两起：一起随战斗部队到前沿阵地去抢救伤员，另一起留在这里照拂现有的伤员和准备接收送下来的新伤员。被分配到前沿阵地去的人，大都是男看护，还有柳莹、温素琴她们这些身强力壮的女看护；彭医生、看护长、陈真梅和我都被分配在后面这一起。

一听说把我留在后面，我心里很不高兴。会刚开完，我就去找看护长：

“看护长，我要上前面去！”

看护长瞪了我一眼说：

“你这伢伢又不听话了。你还是头次参加战斗，怎么就能上前面去？”

“锻炼嘛！”我挨近看护长认真地说，“头一回参加战斗，就更应该让我锻炼锻炼。”

看护长摸着我的头说：

“伢伢，放心，往后参加战斗的机会有的是。”

我摇着看护长的手，哀求地说：

“不，我现在就要去。看护长，你跟院长讲一讲，让我去吧！”

看护长只是摇头。

我知道无论怎么要求，领导上也不会答应我上前面去的，心里就暗自盘算：不答应就不答应，等战斗打响以后，我就偷偷地上去。

二

砰砰砰，哒哒哒，轰轰轰，激烈的枪炮声在四周响开了，沉静的山谷被震得摇晃起来。严院长站起身，喊了声“出发”，就领着担负第一线救护工作的医生、看护和担架员，往山的那一面飞奔而去，像一支离弦的箭。

在山的背面，看不到战斗进行的情形。我急得像热锅上的蚂蚁，一会儿跑到这里，一会儿跑到那里，坐立不安。看护长好像看出了我的心思，招呼我说：

“兰伢，战斗打响了，不要乱跑！”

我无可奈何地在一块石头上坐了下来，心早已飞到了战火纷飞的前沿阵地上。我好像看到我们的部队正在对准敌人猛烈射击，看到大批大批的敌人，像被洪水冲垮的堤坝一样，正在一批批地倒下去。我又好像看到严院长、柳莹、温素琴他们正在枪林弹雨里奋勇抢救伤员。想着想着，我再也按捺不住了，站起就要走。又一想：没有经过领导批准，自己跑上去，那不是要受批评吗？但是，激烈的枪炮声吸引着我，我摸了摸身背后的药包，转身就往上走。走到前面的一棵大松树旁边，远远看见看护长在向这边看，我赶忙躲开她的视线，迈开大步往山顶上飞跑。

我跑到山顶上，停住脚往下一看，只见满山遍野都是我们的部队，正在对准山下的敌人猛烈开火，敌人也在顽强挣扎，用强大的火力向我们回击。我再向左边一看，柳莹、温素琴她们正在一个土包后面给伤员包扎。我跳下小土坎，往她们那个方向飞跑过去。

这里和山背面完全不同了。我刚往下走了几步，子弹就像成群的黄蜂一样，尖叫着从我的耳边飞过。炮弹发出吓人的巨响，把山坡上的树木、岩石、泥土抛向半天空。我觉得敌人的子弹都是朝着我打来的，炮弹也好像都将在我的身边爆炸。我的心扑通扑通地猛跳起来，腿也有些软了。但脚刚一停下，我又责备起自己来：一个红军战士，怎么这样胆小，这样懦弱。往前走吧，怕什么？

我又朝柳莹她们那个方向猛跑。说也怪，枪炮声好像变小了，不像原先那样吓人了。

柳莹、温素琴她们正抱起伤员往担架上放。严院长气喘吁吁地背着个伤员下来了。我连忙跑了过去，帮助严院长把那个伤员放了下来，就说：

“院长，让我来给他包扎吧！”

严院长回过头来一看见是我，脸色突然变得格外严肃，厉声对我说：

“小鬼，谁批准你上来的？”

“我……”我支支吾吾地答不上来。

“简直是无组织无纪律……”

严院长的批评，弄得我不知道该怎么办好。

“快！给伤员包扎一下！”严院长急急地说了一句，又向前沿飞跑而去。

我从药包里拿出急救包，蹲下来给伤员包扎伤口。

温素琴把一个伤员放上担架以后，站起身来轻声问我：

“小兰，你怎么也来了？”

我头也不抬地回答说：

“我偷偷跑来的。”

温素琴又说：

“回去要受批评。”

我小声回答说：

“已经批评过了。”

哒哒哒哒，一阵激烈的机枪声在不远的地方响开了。我转头一看，在我们右前方，有一个战士趴在一块大青石的背后，用机枪对山下猛烈射击。随着那哒哒哒哒的响声，敌人成片地倒了下去。我扯了扯温素琴的衣袖，羡慕地说：

“你看，打得多过瘾。”

温素琴点了点头，眼睛里也露出了敬佩的神色。

突然，那个机枪手身子往旁边歪了一下，左手捂在右臂上，机枪从岩石上滚了下来。我紧张地对温素琴说：

“他负伤了！”

说罢，我就弓着腰，不顾一切地往那里跑去。跑了不远，只听得轰的一声，一颗炮弹在我旁边爆炸了，沙石泥土落在我的身上。我拍了拍身上的沙土，又继续往前奔去。

我跑到那个机枪手的身边。嘿，他又在哒哒哒地射击了，全身都随着机枪的响声抖动着。他右臂上的军衣绽开了，血顺着臂肘滴答滴答地流下来，把地上的绿草都染成了乌红色。我在他的身边蹲下，掏出剪子一边给他剪袖子，一边说：“同志，你负伤了！”

机枪手把一梭子子弹打了出去，转过头来，用他那发红的眼睛狠狠地瞪了我一眼，不耐烦地说：

“小鬼，谁叫你上来的？快下去！”

我大声说：

“我是看护，有责任救护伤员！”

说完，我拿起急救包给他包扎。正在这时，机枪手突然转过身，伸出那只负了伤的右手把我往岩石下面一压，一半身子就盖在我的身上。我还没有明白是怎么回事，突然听得哒哒哒哒，一串子弹擦着我的头顶飞过去。我不禁捏了一把冷汗。

等我直起身来，机枪手两眼瞪着我，声色俱厉地说：

“你这个小鬼，要你走开你不听，在这里碍手碍脚！”

虽然他对我生气，我听了他的话还是很高兴。我又蹲在他身边，继续给他包扎。

机枪手看都没有看我，还在继续射击。豆大的汗珠，从他的脸上一串串地滚落下来。

刚包扎好，只听得轰的一声，在桐子树旁边，升起了一缕灰色的烟柱。机枪手着急地对我大声说：

“快，那边有个同志负伤了！”

我背起十字药包，弓着腰跑了过去一看，一个战士倒在血泊里，他的右手紧紧地握着一支步枪。我在他身边蹲下喊：“同志，同志！”

那个战士没有答应。他已经昏过去了。

这样一个身材高大的人，我怎么能背得动呢？思索了一下，我就蹲下来，把他扶在我的背上，身子往前一扑，两只脚交替地蹬着往前面爬。我憋得满面通红，蹬了好大一阵，也没有爬多远。我焦急地想：这样怎么能够把他背下去呢？正在这时，上来了一副担架。两个担架队员把这个伤员放在担架上，抬起来就往前走。我在后面紧紧地跟上去。

走到土包包后面，在山谷里响起了激动人心的冲锋号声。敌人溃退了，我们的部队紧紧追击，漫山遍野像赶羊群一样追赶敌人。

我心里像烧起了一把火，兴奋极了，对温素琴说：

“我们也跟上去吧！”

温素琴摇了摇头：

“院长没有下命令。”

我着急地说：

“等到院长下命令，仗都打完了！”

说着，严院长匆匆地过来了。他大声命令说：

“温素琴，你跟小兰两个人把这些伤员送到后面去。其余的人都跟我上去！”

我和温素琴望着严院长他们上去了。这时，山野里红旗招展，杀声震天。

三

战斗胜利地结束了。

我们和部队一起，沿途去收捡敌人丢下的枪支、弹药和药品器材。

我们的收获不小，个个都是满载而归。柳莹在一个被打死的匪军军医身边，捡到了一个大十字药包，里面有一个听诊器，一大包药棉，还有一些大瓶小瓶的药品。另外，她还捡了一支带套的白朗宁手枪。她把这支枪别在腰上，右手握着枪柄，神气活现地走下山来。温素琴双手捧着一部电话机，不声不响地跟在柳莹的背后。我呢？只捡了一套手术器械，还有五个黑脑壳手榴弹。

我们把这些战利品一起放到已经像小山一样堆起的战利品堆上。我高兴地站在那里左看右看，侧身对站在我身边的王德民和看护长说：

“嗨！这一仗打得真漂亮！消灭了这么多敌人，缴获了这么多战利品，真把我高兴死了！”

王德民说：“可不要高兴死啰！往后还有更多更大的胜利呢！”

看护长说：“是啊！我们有这样好的指挥员，这样勇敢顽强的部队，消灭敌人一两个旅不在话下！在这次战斗打响之前，咱们的贺军长、任政委以及六军团的领导同志，根据党中央毛主席的回电指示，对部队进行了周密的布置，集中了优势兵力，抓住了敌人的弱点，又利用了地形地物，做到了对敌人各个歼灭，才打了这个大胜仗。”

王德民转过头来对我说：“懂吗？丫头？”

我答道："懂！懂啦！只要按照毛主席的指示行事，就没有打不败的敌人！"

太阳冲出了薄薄的云层，向大地洒下了金黄色的光辉。树叶上、草梢上闪烁着亮晶晶的雨水珠。几只雄鹰展着翅膀在我们的头顶上盘旋。

到处是笑声，到处是歌声。

几个骑马的首长擎起手向我们微笑，打着招呼过来了，人群更加沸腾起来。

"同志们，你们辛苦了！"骑马走在最前面的那个人一边挥动右手，一边大声说。

"首长辛苦了！"战士们欢呼着，把那几个首长围了起来。

王德民用手碰了碰我，指着最前面的那个骑马的首长说：

"那就是贺老总！"

啊？贺老总，贺龙！想不到在这里碰上了。我连忙挤了过去，只见他身穿一套合身的黑色军服，干干净净，腰中间宽大的皮带上，挂着一支闪闪发亮的小手枪。他头上戴着一顶长檐军帽，帽檐上面缀着一颗深红色的五角星。浓眉毛，眼睛炯炯有神，嘴唇上边一撮乌黑的小胡子，配着他那端正的方形脸盘，显得格外精神、英武。

贺老总看我傻呵呵地站在那里望着他，就勒住马，话没出口，先哈哈笑了起来。

"小鬼，不认识我贺胡子吗？"

在以前，我就听看护长、王德民他们说，贺老总对广大指战员总是和和气气，谈心说笑拉家常，没有一点架子。生活上从来不特殊，处处以身作则，有盐同咸，无盐同淡，与战士同甘共苦。不管是行军打仗多忙多累，他总是要抽些时间到老百姓家里去访贫问苦，帮助群众做些家务劳动。那

时候我还想：他工作都忙不过来，哪还有闲心和我们扯谈说笑啰。现在亲眼看到他那和和气气的样子，我高兴地大声说：

“认识，您是贺总指挥。”

“今年几岁啦？”

“十三岁。”

“十三岁？”贺老总又笑了，“十三岁的黄毛丫头就当上了红军？不想家吗？”

“不想，当红军比在家里好！”

“想妈妈不？”

“不……不想。”

这句话是半真半假的，有的时候，我确实很想妈妈。贺老总好像看透了我心里的想法，他从马背上弯下腰来，轻轻揪住了我的耳朵摇了两下，笑着说：

“小鬼，你想哄我贺胡子？”

我不好意思地笑了。

正在这个时候，一个通信员送来一封信。贺老总拆开信看了看，说了声：“小鬼，再见！”把鞭子一扬，黑马四蹄腾空，顺着小路飞驰而去。

第九章

一

陈家河、桃子溪战斗结束以后，前方又下来了批伤员。我们医院里的工作格外忙碌起来。

在楼上靠南边的那间房子里，住着桃子溪战斗中负伤的杨团长。他是一个出名的英雄团长，过去在战场上指挥部队冲锋陷阵，打过不少胜仗。他先后负过五次伤，敌人的子弹在他身上留下了大大小小的六个伤疤，他一次又一次用顽强的意志和毅力战胜了死亡，回到前线，继续战斗。在这次桃子溪战斗中，他率领他那个团，和其他兄弟部队一起，担任了追歼敌人一七四旅的任务。他们把敌人包围在桃子溪、方灵山、莫象台一带，没有打多久，就干脆利索地把这股敌人全部歼灭了。在这个战斗中，杨团长一直在最前线指挥战斗。正在我们部队向敌人猛冲猛杀的时候，一颗炮弹在他的身边爆炸了。他负了重伤。他被送到医院里来以后，虽然伤势很重，还是一天到晚不是谈笑、唱歌，就是看书看报，精神好得很。要是不知道的人，谁能相信他是个重伤员呢！

这天，正好轮到我接替陈真梅看护杨团长。我刚走进病房，彭医生和看护长也跟着进来了。

彭医生轻手轻脚地走到杨团长的病床边，对靠着板壁坐着的杨团长低声问：

“杨团长，你今天觉得怎么样？”

“好得很！你看我不是坐起来了吗？”杨团长爽朗地回答。

看护长用眼睛瞟了一下陈真梅，陈真梅摇了摇头。

看护长默默地在杨团长身边坐下来，一边帮助陈真梅继续包扎杨团长胸上的伤口，一边说：

“老杨，伤口有什么不好的感觉，就随时告诉我们，不要保守秘密呀！”

“谢大姐，我不是头一次到你们这里来住院，你还不清楚我的脾气？放心吧，现在我是战士，你们是我的指挥员，指挥我向伤口作战。你想，我还能对你保守秘密吗？”

杨团长说完，又哈哈笑了起来，下意识地用右手轻轻摸了摸刚刚缠上绷带的胸部。

看护长熟练地给杨团长解开了左臂上的绷带，立时现出了一个酒杯大的伤口，又红又肿。我看到那个样子，不禁失声叫了起来：“哎呀！”

杨团长转过头望着我，不在意地说：

“怕吗？我们这些当兵干革命的，子弹在身上钻几个眼还不是常有的事！钻眼就让它钻吧，只要不把脑壳打掉，我照样上前线打敌人。”

“还要找国民党算账、报仇！”我紧握着拳头说。

“对，要找他们算账、报仇。”他又问看护长，“谢大姐，这位小同志也是你们医院的吗？”

没有等看护长回答，我就自我介绍说：

“报告团长，我叫吴小兰，是正月间在永顺县参军的。”

“噢，满精神呀！”杨团长把右手伸了过来，“小同志，恭喜你参加了红军！努力学习，好好工作吧！”

我慌忙伸过手去。杨团长那只热情的手，紧紧地握住了我的手。

杨团长又问看护长：

“这几天又有不少新同志参加了队伍吧？”

看护长兴奋地说：

“陈家河、桃子溪战斗以后，群众要求参加红军的更多了。听‘扩红队’的同志讲，光昨天就有两百多人报了名。”

杨团长做了一个有力的手势，满面兴奋地说：

“蒋介石想消灭我们，可是我们的队伍越打越大了！”

吱呀一声，柳莹推开门，匆匆忙忙走了进来，附在彭医生的耳边轻声说：

“彭医生，又来了几个重伤员……”

彭医生望了望看护长，还没张嘴，杨团长立即接上说：

“是不是又来了伤员？你们去吧，不要老守在我这里了。有小兰同志给我洗洗伤口就可以了。真梅同志，你一连两晚没有合眼，也该休息休息了，去吧！”

彭医生还想讲什么，杨团长摇了摇头，阻止他说：

“彭医生，救伤如救火，不要耽误了！”

看护长向彭医生点了点头，又走到我跟前，细声叮嘱说：

“兰伢，杨团长胸部的伤口已经换过药了。你再给他洗一洗臂上的伤口，我们去一下就来！”

看护长说着，就和彭医生、陈真梅一起出去了。

二

我站在床边，给杨团长洗伤口。

我到医院两个多月，经我护理过的伤员也不算少了，只是给杨团长这样几处负伤的重伤员洗伤口，还是头一回。我心里禁不住怦怦跳动，手也有些微微发颤了。哪晓得一失手，镊子碰在伤口上，杨团长猛抽了口冷气，从牙缝里轻轻哟了一声。

“碰痛了吗？”我慌忙放下镊子，带着歉意说：“杨团长，我是个新手，还是去找看护长来洗吧！”

杨团长叫住了我：

“不要！老手也是学出来的嘛，谁也不是生来就会。小鬼，不要怕，再给我洗。我是个老伤员，你们这一套我还里手[1]。我给你当个技术指导吧！”

杨团长一边指导我给他洗伤口，一边问起我的身世。

我告诉他以后，他说他也是一个受苦人出身，他的背有点驼就是给地主老财们当长工压弯的。

“我们穷人的腰要想直起来，就要把全中国的土豪劣绅、贪官污吏统统打倒。我们革命就是为了要打倒那些反动派，让穷人翻身坐天下。”

杨团长越说越激动。我听得入了神，洗伤口的手也停下来了，鼓起两

---

[1] 里手：即内行。

只眼睛呆呆地望着他。

“怎么，小鬼，完了吗？”杨团长望了望伤口，又望了望我。

“啊，我都听迷了！”

我不好意思地笑了，接着很快给他洗完了伤口，上好了药布，细心地包扎起来。

我刚刚直起腰，杨团长又问：

“小兰，你喜欢唱歌吗？”

“喜欢，喜欢。”我连声回答说，“当童养媳的时节，为了唱歌，我还挨过那油嘴婆婆的打哩！”

“现在唱歌，再没有人来打你了。”杨团长挣扎着坐了起来说，“小兰，你唱一个歌给我听吧！”

我犹豫了一阵子，才笑了笑说：

“我唱得不好。杨团长，我唱一个山歌给你听吧！”

因为怕影响别的伤员，我低声地唱了起来：

黄连苦水流成河，
妇女一世受折磨，
不怨爹来不怨娘，
社会不平怎奈何。
妇女生活苦无边，
穿耳又把脚来缠，
三从四德旧礼教，
束缚好似铁锁链。

杨团长闭起眼睛，聚精会神地听着，右手的食指还在床沿上笃、笃、笃地给我打拍子。

“好，唱得真好。”杨团长扯着我的手，连连夸奖说，“来，小兰，我教你唱一支无产阶级的歌，共产党的歌。”

杨团长把身子往上移了移，清了清喉咙，就庄严地唱了起来：

起来！饥寒交迫的奴隶……

他唱的声音很小，而且还有点嘶哑，但使人感到很有力量，好像他把自己的全部生命，都注入这歌声里了。

起来！饥寒交迫的奴隶……

我也庄严地跟着唱了起来。唱到“满腔的热血”那一句，杨团长一激动，触痛了胸部的伤口，猛烈地咳嗽起来，苍白的脸顿时变得通红。

“莫唱了，杨团长，莫唱了！”

我慌忙扶着他，递给他一碗水。

“好，我们等一下再唱吧！”杨团长说完，接过水喝了两口，呼吸才均匀起来。

我拿起毛巾，轻轻擦干了他额上的汗珠，又把他盖的军毯折起来，垫在枕头上面，让他斜靠着。我忙完了，自己搬条小板凳放在床边坐下来守着他，不让他唱歌，也不让他讲话。

杨团长沉默了一会儿，又扭头问我：

“小兰，你今年多大啦？”

我怕他又咳嗽，不想跟他讲话，但又不好不回答他，只得说：

“十三啦！”

“十三，十三。”他重复地说着这两个字，眼睛里露出了一种异样的神情。“我在洪湖坚持革命斗争的时候，在我们赤卫队里，也有一个十三岁的女孩，样子跟你还有点相像哩！”

“她也是当看护吗？”我感兴趣地问。

“不，她当‘交通’……”

说到这里，杨团长的右手突然紧紧抓住了床沿，脸上也显得格外肃穆。我竟忘记了他是个重伤员，连连摇着他的右手说：

“么子交通呀？杨团长，你给我讲讲她的事吧！”

杨团长沉默了一会儿，长长地吐了一口气，用低低的声调说：

“那是一个又聪明、又漂亮的女孩，因为是正月十五生的，所以名叫小元。她从小死了娘，是跟着她那给财主当长工的爹爹长大的。爹爹后来参加了革命，参加了党，在赤卫队当政委，小元也跟着爹爹参加了赤卫队。那时，她还只有十二岁……”

“啊，那么小就参加了革命！”我打断了杨团长的话。

“那时，我们赤卫队在湖上活动。小元在赤卫队里先是帮助做一些烧水煮饭的事情。后来，形势越来越紧，为了工作的需要，我们就分派她当了‘交通’。这是一副不轻的担子，不但要传递信件，和地方党组织取得联系，还要负责探听敌人的情况。做这个工作，天天在敌人的心脏里穿来穿去，需要胆大心细，稍微疏忽一下，就要出差错。在将近一年的时间里，小元完成了许多艰巨的任务，没有出过一点问题。有一回，由于一个叛徒的告密，敌人集中了大批兵力，准备晚上来包围袭击我们。这天下午，小元正好扮作卖油粑粑的，混到敌人的保安团团部去了。她探听到这个消息以后，随即回来向我们报告了。晚上，敌人大队人马包围上来，我们队伍早都转移走了。”

我怀着敬佩的心情说：

“小元真能干。”

杨团长接着说：

“又有一回，我们湖边那个镇子上的敌人调到别处跟红军打仗去了，只留了一个排守镇子。小元又混到敌人窝里，把敌人这个排的人数、武器和岗哨的情况，了解得清清楚楚，回来报告了。那天夜里，我们赤卫队摸到镇上，没有费多大力气，就消灭了敌人这个排！”

“好！好！”我高兴得连连在他的床沿上拍打。

杨团长喝了两口水，又说：

“她经常到敌人窝里去探听消息，渐渐引起了敌人的怀疑。有一回，她刚提着一篮子油粑粑到保安团团部去卖，就被敌人抓住了，关在一间杂屋里。晚上，保安团团长姚大麻子要提她去审问，进屋一看，连个人影子都没有了。原来小元被他们关进杂屋以后，在屋角里找到了一把旧镰刀。她就用这把镰刀把板壁撬开，从后院跑出去了。”

讲到这里，杨团长的话突然停住了。他的嘴角一颤一颤，眼睛定定地望着前面的板壁，好像不是在给我讲故事，而是在思考什么问题一样。

我着急地催促他说：

“以后呢？杨团长，快讲呀！”

杨团长好像没有听见我的话，还是不做声。我心里也涌上了一种不祥的感觉，又连连催促说：

“小元以后到底怎样了？杨团长！”

杨团长轻轻咳嗽了一声，又望着我说：

“有天晚上，没有星星，也没有月亮，天墨黑墨黑的。小元从区委送信回来，走到湖边，从芦苇丛里荡出她那只小船，就往赤卫队驻的小岛上划去。划了没有好远，突然听得背后有响动，她一看情况不妙，飞快地把船掉过头，就往另一个相反的方向划去。划到湖中间，几只划子追上来了，把她围在中间。有一只划子上，就载着保安团团长姚大麻子。姚大麻子跳到小元的船上，逼着小元给他们带路去包围赤卫队。小元不管姚大麻子怎样威胁，一句话都不讲。

“匪徒们把小元带到了保安团团部。姚大麻子亲自来审问她，把她吊在屋梁上，拿鞭子抽她，拿火烧她。敌人的手段都用光了，也没有使小元动摇。”

“小元真勇敢！”我用有些发颤的声音说。

“小元被他们拷打了三天三夜，浑身上下都没有一块好肉了，她还是什么也没有告诉他们。到第四天上午，那些匪徒把小元五花大绑押到湖边上。姚大麻子又大声对她说，要再不讲，马上就要把她枪毙。她不光不讲，反而破口大骂那些反动派。最后，她又对湖中间大喊：‘爹爹、叔叔、伯伯们，小元不能再跟你们在一起工作了，望你们把所有的反动派统统杀光，为我报仇！……’她的话还没有说完，后面啪啪就是几枪，小元倒在湖边的水里，接着几个大浪过来，就把她卷走了……”

讲到这里，杨团长的眼睛里涌出了好大一颗泪珠。我趴在床沿上，也呜呜地哭起来了。过了好大一阵，我才抬起头来问：

“她爹爹呢？”

“就在我们红军部队里。”

“在哪个单位，叫么子名字？”

杨团长又长长地嘘了一口气，突然提高声音说：

“你这小鬼，怎么硬要打烂沙锅问到底？快给我一点水喝吧！”

我陷入了沉思里。我仿佛看到了在滚滚波涛的洪湖中间，立着一个坚贞不屈的形象：她挺着胸，昂着头，在她那还带着孩子气的脸上，露出了对敌人的憎恨，露出了对革命必胜的信心……

三

杨团长的伤越来越严重了，心脏跳动得很慢，脉搏几乎摸不到。起先他还能吃点熬得糜溶的稀粥，如今只能勉强喝点汤汤水水了。他时常昏迷过去，好长时间也不见醒过来。陈真梅急得背着人哭。我也像是丢了三魂七魄，心里老挂牵着杨团长，一有空，就悄悄地跑上楼守在他的床边。

严院长还在前方，没有回来。彭医生就主持开了个会，来研究杨团长的治疗问题，参加会的有全院的医生，还有看护长。

我到医院三个多月，这样的事情还是头一回碰到。我想：这样多人在一起开会，一定能想出个好办法来，把杨团长的伤治好。我心里一阵高兴，巴不得马上让杨团长也知道。

我笑盈盈地跑上楼，轻轻推开门，一眼看见杨团长睁着眼睛斜躺在床上。他见我满面喜色，忙问：

“小兰，什么事这样高兴？”

“好消息！”我俯下身子，压低声音兴奋地说，“我们医院专门为你的治疗问题开了个会，医生都参加了。杨团长，你放心吧，这一回，嘿，你的伤保险不要半个月就会好！”

我故意把语气说得那么肯定，想让杨团长高兴高兴。

杨团长听了我的话，并没有什么特别的反应，只嘿嘿笑了两声，显得很不自然。

“小兰同志，谢谢你给我带来的好消息！”

一看杨团长的脸色，一听他的话音，我就寻思：这样的好消息告诉他，他为什么一点都没有欢喜的表示呢?

杨团长又对我说；

“小兰，你去请彭医生来，说我有事情找他。”

我还没有走下楼，彭医生、看护长和另外几个医生一起进来了。

杨团长转过头来就说：

“彭医生，我正要小兰找你哩！”

彭医生走到杨团长床前，小声地问：

“怎么样，杨团长，好些了吧？”

其实，彭医生明明知道杨团长的伤势这两天更重了，钻进肺里的弹片，因为医院条件不好，不能开刀，已经发炎灌脓了。他这样说，是想让杨团长宽宽心。

“很好，很好！”杨团长勉强地笑着说，“不过，医院伤员多，我建议你们不要在我身上花费太多的精力。”

“老杨……”看护长想安慰杨团长几句，但嘴巴动了几下，也没有说出话来。

“不必再麻烦了。”杨团长把身子往里面挪了挪，腾出个小地方让彭医生在自己身边坐下。“医生同志，据可靠消息，你们专为我的治疗问题开了个会，有这么一回事吗？”

“谁告诉你的？”彭医生指着我对杨团长说，“是这个小鬼吧？”

“嘿嘿，不错。这小鬼对我有一种特殊的信任，什么事情她都对我说。你不要批评她，她这也是为的关心伤员嘛！”

杨团长说到这里，收敛了笑容，严肃地说：

“彭医生，我们都是共产党员，说话直打直，不用讲究什么方式。我知道，我的伤势很重，再怎么治疗，恐怕也不行了。当然啰，党和同志们对我这样关心爱护，我万分感谢。不过，我也给你们提个意见，希望你们不要在我的身上花费过多的心血了，抢救其他的伤员要紧呀！”

“杨团长，医院里旁的伤员，你不必担心，我们会想办法把他们治好。抢救你的生命，是我们的责任。杨团长，军团首长很关心你的伤势，叫我代他们向你问好哩！”

“感谢首长……”

杨团长的脸上露出了激动的神色。他正要再说什么，突然又猛烈地咳嗽起来，脸色突然变得煞白，虚汗直往外冒。

彭医生一怔，连忙吩咐：

“打强心针！”

又有几个医生、看护闻讯赶来了。十几个人，在病床旁边围了个圈圈，屏住呼吸，望着杨团长。

杨团长环顾了一下屋里的人说：

“同志们，你们这是干什么？很多伤病员需要你们照顾，而你们都来围着我……”

彭医生做了一个手势，叫大家走开一下，然后弯下腰来对杨团长说：

“杨团长，你安静一下！”

杨团长看见我的眼角上挂着几颗晶莹的泪珠，把我拉到他的身边，一边给我擦眼泪，一边用低得几乎只有我一个人才能听到的声音说：

“你忘了我给你讲的那个故事了？哭，这多不好……”

说着说着，他那只给我擦眼泪的手痉挛了一下，又无力地垂了下来，眼睛半张半闭，神色安详地望着大家。

看护长愣住了，大声喊着：

“杨团长！杨团长！”

只听得啪的一声，彭医生用镊子把强心剂的玻璃瓶嘴敲掉，把药吸进针里。他正要给杨团长注射，却被杨团长用手堵了回去。

“彭医生，强心剂这样贵重的药品留给别的同志用吧！多挽救一个同志，革命就多一分力量。我不能再为党工作了。同志们，希望你们握紧枪杆，打出一个新中国来。”

他停了停，又对我说：

“小兰，你年纪小，要好好学习，努力工作。总有一天，穷人会坐天下的。到了那时，办工厂，开矿山，修铁路，就是你们的事了。小兰……”

杨团长的话还没有讲完，头一歪，就睡着了，安详地睡着了，永远地睡着了，在他的嘴角上，还留着一丝笑容。

杨团长牺牲的当天晚上，我含着眼泪去收拾他的遗物。他只有一个蓝布小包，包里有一套打了补疤的军装，两本卷了角的油印小书，都是毛主席的著作，一本是《湖南农民运动考察报告》，一本是《星星之火，可以燎原》。我翻开《星星之火，可以燎原》那本油印小书，只见上面用红铅笔画了许多记号，在书的最后一面的空白处，还模模糊糊地能够辨认出这样几个用铅笔写的字：

为党的事业战斗到底！

从这时起，我突然发现了一个秘密：世界上有一种最光荣、最伟大的人，他们在自己的岗位上踏踏实实地为革命工作，为劳苦群众谋福利，从不计较个人得失，从不考虑个人安危；他们在战场上冲锋陷阵，英勇顽强；他们对待自己的同志关怀备至；他们对革命胜利充满了信心，他们是真正的革命乐观主义者，即使在生命垂危的时候，还给同志们讲战斗故事，讲革命道理，唱《国际歌》。这种光荣的人、伟大的人，他们的共同称呼，就是：共产党员。

| 第十章 |

一

一阵紧急集合的号声，划破了黑夜的寂静，把我从睡梦中惊醒。我一个翻身爬起来，拍了拍身边的温素琴，急促地喊：

“喂！紧急集合了！”

温素琴坐起来，一连咳嗽了几声。也许是怕别人听见了吧，她连忙扯住被单捂住了嘴。

“是不是受凉了？”我低声问。

“不……”温素琴含含糊糊地说出了一个字。

天还是黑蒙蒙的。稍带凉意的夜风，从门口灌进来，使我禁不住打了个冷战。我用熟练的动作迅速穿好衣衫，打好绑腿，把全部的行李都背上，就跑步到外边的禾坪里去集合。

天上没有月亮，只有疏疏落落的星星，把它们的微弱的光亮散布到大地上。禾坪里有好多黑影，悄悄地跑过来跑过去，除了不整齐的脚步声和急促的呼吸声以外，再也听不到别的声音。

我站到排尾，习惯地扯了扯身上的军装，摸了摸扣子。这时候响起了立正的口令声。快要轮到我报数的时候，温素琴气喘吁吁地跑了来，一边扣扣子，一边报出了最后一个数。紧接着就出发了，整齐的行军队伍在狭窄的山路上疾进。

最近，部队加紧了军事训练，我们医院也不例外，白天操练，晚上还经常进行紧急集合和夜行军。刚开始，我们半夜里一听到紧急集合号就慌了手脚，不是穿错了衣衫，就是摸不到鞋子；要不，就是部队集合好久了，才慌慌张张地赶去。如今大家都习惯了，动作也非常快。这天，从听到集合号声到队伍出发，所有这一切，是在短短几分钟的时间内完成的。

结束夜行军回到医院驻地，天已经大亮了。田野里，山坡上，铺上了一层银白色的霜花。

吃过早饭，我到病房去，经过药房，只听得彭医生在里面喊：

“小兰，来帮帮忙！”

我走进药房，只见里面热气腾腾，一股股药味直冲鼻孔。桌子上摆着许多瓶子、盆子，凳上的盘子里放着许多切碎了的大黄、薄荷等中药。在屋里的东北角上，摆着一个可以抬动的小灶，锅里熬着中药。彭医生卷起衣袖，手里拿着个小铁瓢，正在锅里搅动。他扭头交给我一个漏斗说：

“你把这些救急水，装到小瓶子里去。”

我拿起漏斗，一边往瓶子里装救急水，一边高兴地说：

“彭医生，你这药房成了一个制药工厂啦！”

彭医生回答说：

“药品不够，只好想些土办法来克服困难。”

我又好奇地问：

“这回怎么制这么多药呢？”

彭医生拿把扇子在灶面前扇着火，回答说：

“闲时准备急时用嘛！多准备一些总有好处。”

我又试探地问：

“是不是部队要行动了？”

彭医生严肃地回答说：

“不晓得！”

帮彭医生装完药，从药房里出来，我就默神：从上河溪到桑植的这段时间里，部队又扩军，又筹粮筹款，又抓紧进行军事训练，那天还把一批重伤员寄在群众家里，如今彭医生又赶制药品，是不是又有什么大的行动呢？我想，这个事王德民可能知道，就决定去找他打听打听。

我走进伙房，看见墙壁上整整齐齐地挂着一排排新米袋子，就试探地问正蹲在灶门口烧火的王德民：

“王班长，你们搞这么多米袋子做么子？”

“装米嘛，傻丫头，这还不晓得？”王德民往灶里添了几块柴，拍了拍手上的灰，站起身来回答说。

他这一句话就把我的嘴堵住了。我思索了一下，又问，“王班长，这几天的夜间演习怎么这么多呀？”

“这个……”王德民的两个眼睛笑眯眯地盯着我回答说，“平时多训练，战场上多打胜仗。怎么，受不了啦？”

说完，他又走到案板旁边切起菜来。

我噘着嘴不高兴地说：

“哪个讲受不了啦？我只是随便问问。”

“你们一老一少，在念什么经？”严院长不知是什么时候进来的，站在我们面前。

王德民放下菜刀，挺直身子，不服气地说：

“院长，不要说我老，我今年才四十挂零，要是活一百岁，如今还不到中年哩！”

“哈哈哈！”严院长指了指王德民，又指着我笑着说，“你们两个，真是一对，一个装大人，一个装小孩，有意思！”

我连忙为自己申辩说：

“院长，我没有装，我本来就是个大人嘛。到明年，我就有王班长这么高了。”

“你们两个都顶乐观呀！好，算你们有理。”严院长一边说，一边接过王德民手里的菜刀，咔咔咔地切起菜来。

严院长切了一阵菜，又对王德民说：

“怎么样？炊事班的工作，你们几个人忙得过来吗？”

王德民满有信心地说：

“院长，放心，我们忙得过来。”

“家具呢，缺不缺呀？”严院长又问。

王德民忙回答说：

“行军锅是新领的，菜刀、锅铲、盆子这些家具，一样也不少。”

严院长满意地点了点头。

王德民凑到严院长的身边，做了一个神秘的样子，轻声探问道：

“院长，我当了几年兵，也会观个风色。看样子，我们要插翅膀，走远路，是不是？”

严院长立时瞪了王德民一眼，收敛了笑容说：

“王德民同志，可不准胡猜乱说，这是纪律。”

严院长说罢，就走了。

王德民看见严院长走远了，眯了一下眼睛，回过头来对我笑了笑说：

“小兰，你多准备几双草鞋吧，我的卦八九成是灵的。”

我也笑着说：

“你的卦灵不灵，到时候看吧！”

二

弯弯的月牙，挂在西山背后的天边。寒风像一把锋利的剑在夜空里飞舞，吹打着树叶，发出尖利的叫声。时令已经是寒冷的冬季了。

在忽快忽慢、忽远忽近的行军中，最恼火的要算陈真梅、温素琴和我了。陈真梅的体质还不错，可是有个小宝拖脚。不爱讲话的温素琴呢，偏偏在这节骨眼上害了肺炎。至于我，人小腿短，体力又差，咬着牙坚持走，也还是跟不上。只有柳莹精神特别好，像一阵风一样，在行军队伍中穿过来穿过去，一会儿抢着替陈真梅背宝宝，一会儿又扶着温素琴上山下岭，一转眼，我的小包包又到了她的身上。不知道她在想些什么，老听得她咯咯咯地笑个不住，一点忧虑也没有。

队伍可能早就宿营了，我们几个人还在后面蹒跚地赶路，这怎能不着急呢？

从昨天起，也就是一九三五年十一月十九日，我军从贺老总的故乡桑植出发，已经走了整整两天了。这次行军总使人有一种和往常不同的感觉：“轻装工作”比哪一次都做得彻底，每天的路程也特别远。昨天天不亮就开始走，月亮上来老高了才宿营。今天的路程和昨天一样，明天是不是还要更远呢？

温素琴一路走，一路不停地咳嗽。柳莹搀扶着她，安慰说：

“再坚持一下吧，到宿营地就好了！”

陈真梅背上的小宝又哭起来了。我正要过去哄他，侦察队的张队长从后面匆匆赶了上来，一句话没有讲，就从陈真梅手里接过小宝放在自己的背上。小宝不哭了，我们减轻了负担，就加快速度向前走着。

小刘背着他那支乌黑发亮的小马枪向我们跑来，上气不接下气地说：

“哎呀！你们这些掉队老爷啰唆鬼。我们饭都吃完了，你们还在这里迈四方步！快走，院首长说有事要找你们三个人谈谈。”

小刘一边说，一边把我背着的那个小包包抢了过去。

“院首长找我们有么子事情？”我问。

“我怎么知道？反正是有事情嘛！”小刘严肃地回答。

院部驻在一个逃跑了的土豪的大院里。

到宿营地，我放下小包包，就和陈真梅、温素琴一起到院部去。一路上，我忐忑不安，老在猜想院首长为什么偏偏找我们三个人去谈话？到底有什么重要的事情呢？

到了院部，严院长让我们坐下，郑重其事地说：

“今天晚上，我有一件事要和你们谈谈。”

严院长为人精明强干，对下级爱护关怀，只是不大喜欢多说话，脸上习惯地现出一种严肃的表情。这时，虽然他笑着说话，我看得出来，他的脸色和举动都是挺严肃的。

“同志们，我们成天行军打仗，你们受得了吗？”

“首长，放心吧！”陈真梅把小宝紧紧靠在自己的身边，好像也在代表他说话一样。“天大的困难，我们也不怕。”

“首长！”温素琴喘着气，用有些发沙的声音回答说，“怕苦就不当红军了，我们走……走……走得动。”

严院长点了点头，转过头来问我：

“小兰，你呢？”

“我？跟她们两个一样，部队走到哪里，我也跟到哪里！”

“好！”严院长平时讲话的声音很高，现在一下变得低沉了，嘴里像堵住个什么东西。沉默了一会儿，他才从牙缝里挤出了一句话：“现在组织上决定让你们暂时回家去！”

我们都腾地站了起来。

昏暗的灯光一闪一闪，照着我们三个人的紧张的面孔。几分钟的时间，我们像失去了知觉的木头人，呆呆地站在那里，短促的呼吸声都听得清清楚楚。

寒风在门外呼啸，发出骇人的声响，窗户纸被震得噗噗地颤动。

我的心咚咚咚地猛跳，两眼发黑，脑子里嗡嗡作响。我看着屋，屋打转，看着桌子，桌子打旋。脚下的花砖地面，也好像变成了稀泥烂浆，渐渐往下陷落。滚烫的眼泪，簌簌地落了下来。我忍耐不了这闷人的沉默，右手不停地绞动着衣角，哽哽咽咽地说：

“院长，我……我……我不回家。”

陈真梅抬起头来，向严院长哀求着：

“我能走，我把孩子交给老赵带。”

温素琴也吃力地说：

“我的病会……会马上……好的！”

严院长一清二楚地知道二方面军撤出根据地、转入外线的行动计划，以及要动员我们回家的原因。但是，在白色恐怖下，在敌人重重的包围里，党的纪律不允许他将这些情况告诉不应该知道的人，这样，他只能转弯抹角地跟我们讲。他看到我的眼睛里含满了泪水，就把我拉到身边，像母亲一般地用毛巾给我擦眼泪。

“坐下，同志们，坐下！”严院长双手微微颤动着，激动地说：“这不是领导上狠心把你们甩掉，党和上级在什么时候也不会这样。你们想想，党就像母亲，母亲对儿女，哪有不疼爱、不关心的？可是，过去我们行军是停停走走，走走停停，每天走几十里，百把里，走几天也还有个休息的机会。这次的行军就不同于以往任何一次了。眼下你们三个人小的小，病的病，陈真梅身边还拖着个吃奶的小孩，怎么能跟上部队？这里离你们几个人的家都不远，那一带还有政权机关。党决定让你们暂时回去，以后有了机会再回部队来。这是为革命的长远利益着想，也是为你们着想，懂吗？这个，你们以后会明白的。再说，只要你们一心向着党，向着红军，回到家里，也一样可以为革命做工作。”

严院长苦口婆心地跟我们讲呀讲呀，一直讲到半夜，口讲干了，喉咙讲哑了。说实在的，从感情上来说，谁又舍得我们离开红军呢？领导上这样决定，也实在是形势所逼呀！

陈真梅抬起头来，看了我和温素琴一眼，激动地对严院长说：

“我们坚决服从组织决定。我们回去以后不会闲待在家里，一定去找政府，继续为革命工作。”

我也被严院长的耐心解释说动了，勉强地点了点头。只有温素琴，面对墙壁，低头坐在那里，一句话也不说。

看护长早就从严院长那里知道要动员我们回家的消息，第二天一清早，她就找来了。她一边帮我们收拾东西，还轻声叮嘱我们说：

“在路上要互相照顾，多留神。一回到家，就去找地方组织，依靠组织继续坚持革命斗争……”

平素爱说爱笑的王德民听说我们要走，一整天没有讲过一句笑话，一有空就到我们这里来，像个长辈一样，语重心长地对我说：

“党的主张是从长远利益出发的。听党的话，按党的意图去做，就不会错。小兰，你记住，碰到天大的困难，也要把头抬起来。”

柳莹老守在我们身边，一边偷偷抹眼泪，一边强装笑脸地安慰我们说：

“服从组织决定，先回家去吧，往后形势好转，再接你们回来！”

小刘见我们要离开红军，坐不是，站也不是，总围在我身边打转转，有时好像有好多话要对我讲，但又不知道从哪里讲起。一直到晚上，他把一双用布条打的草鞋塞到我手里，憋了半天，好容易说出了一句话：“小兰，不要难过，我们以后还会见面的。”

大家正在用热情诚挚的言语向我们告别，陈真梅的爱人赵云胜匆匆进来了。他走到陈真梅的跟前，接过小宝来吻着。陈真梅呆呆地望着他，低声说了句：

“你也来了！”

“嗯！”赵云胜点了点头，“来送送你们。”

看到这情景，我和温素琴悄悄地从房里退了出来。

过了好久，我跟温素琴走进去的时候，只见赵云胜和陈真梅紧挨着，小宝站在他们中间。他们俩的脸上浮现着的不是愁苦，而是欣慰的微笑。赵云胜看见我跟温素琴进来，才转过脸，微笑着说：

“小兰，温素琴，明天我不来送你们了。路上保重吧！”

三

第二天，部队出发了，侦察队张队长奉首长命令，带着十几个侦察员来送我们。他们把我们三个人送过大庸，到了桑植境内，又向我们交代了一番，才转身回去赶队伍。

我们怀着对部队留恋的心情，拖着沉重的脚步，继续往回走。走了不远，气氛不同了，路上再也看不到戴八角帽的人，原有的苏维埃政府也转移了。

这天，小宝还像往常行军一样，睁着两只明亮的眼睛东看西看，高兴得小手不停地往陈真梅的头上乱拍乱打。我们三个人呢，各人都在想着自己的心事。

快要出山口子了，陈真梅突然停住了脚步，心情沉重地望着我们说：

“我们把八角帽藏起来，装做讨饭的打扮吧！”

我在一个半截的树墩子上坐下来，缓慢地取下头上的八角帽，望着上面的红五星愣住了。我第一次戴上这顶缀着红五星的八角帽站在井沿上照影子的情景，又重新浮现在眼前。红五星，这是红军的标志，是光荣的象征，它在我的头上日夜陪伴着我已经十个月了。如今，我怎么舍得把它拿下来呢？我再一看陈真梅跟温素琴，她们手里也都拿着八角帽，在那里发呆。

沉默了好久，陈真梅一咬嘴唇，说：

“离开了自己的队伍，再把它戴在头上也不行，还是藏起来吧！”

我拿着八角帽的手，止不住微微颤动，眼睛也湿润了。我擦了擦眼睛，望着陈真梅说：

“我们把红五星藏到棉衣里好不好？”

陈真梅思索了一下，点头说：

“要得，只是要藏好！”

我把红五星从八角帽上拆下来，拿着棉衣犹豫起来了。藏在什么地方好呢？想了一阵，我说：“就藏在胸前吧！”

陈真梅赞同地说：

“对，应该藏在胸前！”

我在棉衣的胸襟上撕开一条小口，小心翼翼地把红五星缝到了里面。缝好了，我穿上棉衣站起身来，手按着突突跳动的胸口想：这里面不仅缝着红五星，还缝着我的心呀！

我们穿的是打土豪得来的大襟棉袄，因为穿的时间久，已经很破旧了。我们把红五星缝好以后，又把棉袄撕了好几条口子，把头发也拨得乱蓬蓬的。这一打扮，真像是讨饭的一样。

收拾好了，陈真梅背起小宝，对我和温素琴说：

“走吧，记住，我们变成讨饭的了！”

出了山口，就看到一块不大的场坪。场坪旁边，满地都是烧黑了的砖瓦土墙和正在呼呼冒烟的木柱，一股焦臭味直冲鼻孔。瓦砾堆上，躺着十几具大人小孩的尸体。瓦砾堆旁边的一棵大树上，并排吊着好几个人，都已经僵硬了。在大树的树干上，贴着国民党的“宁可错杀一千，不准放走一个”的布告。我看到这情景，心里像刀绞，眼珠也好像要从眼眶里跳出来了一样，愤怒和仇恨，使我难以忍受。

陈真梅瞪着一双充血的眼睛，脸上露出激愤的神情说：

“看样子，这些屠夫刚过去，我们要赶快离开这里！”

我们又顺着山脚下的石板路往前走。走了不远，只听得陈真梅喊了声：

“敌人！”

我往前一看，可不，几十个背着枪的白匪军摇摇晃晃地向我们这里走来。我们想都来不及想，转身就往山上跑。白匪军发现了，就对准我们开枪。子弹像黄蜂一样，在我们后面跟了上来。温素琴摇摇晃晃地走不动了，陈真梅把小宝交给我，背起她就往上跑。小宝听得枪响，吓得哇哇直哭。

后面传来了匪兵的喊叫声：

“站住！站住！”

我们跑到山上树林稠密的地方，白匪军也追到了山边边上。

翻过一块大岩石，忽然听见了潺潺的流水声，过去一看，原来是一条小涧，两边荆棘杂草丛生。陈真梅拨开刺丛，招呼我们说：

“我们就躲在这里吧！”

谁知我们刚一钻进山涧，一根刺挂住了小宝的手，我一着急，也顾不得把刺扯开，就往前猛奔。这下糟了，小宝的手被刺挂出了血，哇地又哭了起来。我心里突突突跳得更厉害了，这种时候哭就等于给白军引路啊。

陈真梅刚刚扶温素琴坐下，听得哭声，连忙从我手里接过小宝，解开衣扣，把奶头塞到了他的嘴里。小宝嗡嗡两声，才不哭了。

一切都静下来了。我一边退着走，一边把我们踩倒的杂草扶了起来。

“噫，明明跑上来了，怎么影子都没得了呢？”

“一定藏在树林子里，快搜！”

接着传进我耳朵里的，是白匪军的脚步声，怒骂声。

突然，一个声音在我的头顶上响开了：

“一定是藏在这水涧里了，下去搜搜看。”

我的眼睛紧盯着外面，心里就像捶鼓一样。要是被他们搜出来，我自己倒不怕，只是温素琴是个病人，陈真梅又带着个孩子……

草被拨得沙沙响。显然，匪兵们下涧来了。我顺手抓起一块大石头，心想：真要被发觉了，也不能让他们占便宜，就是用石头，也要砸死他们几个。我再一看陈真梅、温素琴，她们手里也拿着石头，愤怒地望着草丛外面。

“哎哟，娘卖 × 的，刺把老子的脸都挂出血来了！”

“这刺窝里怎么藏得住人？算了吧，到上面去搜！”

他们在上面咋咋呼呼地闹了一气，没有搜查出结果，有几个家伙又跑到水涧旁边来了。只听得一个声音在上面大喊：

“出来，我都看到你们了，还往哪里跑？”

“再不出来就开枪了！”

紧接着，啪啪就是几枪，子弹打在我面前的石头上，冒出了火星。

这震耳的枪声把小宝吓得一怔。他松开那含着奶头的嘴，一抽一抽地，就要哭起来了。陈真梅连忙又把奶头硬塞进了小宝的嘴里，紧紧堵住。小宝手舞脚打，小脸憋得通红，一会儿又变成了青色。陈真梅还是紧紧抱住，不敢松手。

“跑到哪里去了呢？”

“可能没有躲在这里，走吧！”

匪徒们你一句我一句地说着，脚步声由近而远地消失了。周围也渐渐安静下来。

陈真梅把奶头从小宝的嘴里抽了出来。低头一看，小宝白眼珠一翻一翻，脸色煞白，哭也不会哭了，张着小嘴急促地呼吸。陈真梅轻轻拍着小宝，几颗晶莹的泪珠，滚落在他的脸上。

温素琴摸着小宝的头，难过地对陈真梅说：

“你……你把他堵得太紧了。”

陈真梅用低低的声音说：

“要哭出声来，四条命都没得了。”

我还不大放心，就先从刺丛里钻出去，机警地到处看了看，见那些家伙确实走远了，才对涧里轻声喊道：

“上来吧！”

陈真梅和温素琴上来了。我们一看小宝，他的呼吸均匀了，脸色也好了许多。陈真梅缓了缓气说：

“走大路危险，我们还是走山路吧！”

我也说：

“往后万一碰到敌人，我们不要乱跑，能混过去的时候就混过去。”

温素琴也点了点头。

这一场惊骇使我们更加警觉了。我们不再走大路，就在深山里穿行。

四

这里山连着山，峰叠着峰，云雾缭绕，怪石钻天。我们在这深山里走走停停，停停走走，离开了红军，两条腿有千斤重，跨一步就像翻过一座大山那样艰难。

太阳从山顶沉下去了，远处的山林影影绰绰。也不知道是什么时候，天空布满了一层黑沉沉的乌云，就像一口大锅扣在头顶上。

“要落雨了，快走，找个地方躲雨去！”陈真梅着急地说。

我背着小宝，陈真梅搀着温素琴，加快了脚步往前走。

也许是走得太急的缘故吧，走了不久，温素琴又猛烈地咳嗽起来，脸涨得通红。她停住了脚步，抬起那双焦虑的眼睛望着我们，嘴巴张了几回，好像想讲话，又没有讲出来。陈真梅知道温素琴的性格，一边搀着她高一脚低一脚地往前走，一边安慰她说：

“不要急，素琴，不要急！”

三个人还没有走出这深山密林，冷风呼呼怪叫，豆大的雨点就哗哗地打了下来。

小宝哪经得起这寒风暴雨的袭击，浑身发抖，高声哭叫。我刚想去哄他，温素琴又滑倒在地上，艰难地喘着气，喉咙里像拉风箱一样，呼呼直响。

“真梅，小兰，你们……先走吧！”

温素琴说完，昏了过去。

“素琴！素琴！”陈真梅抱着她的身子用力摇晃。

“素琴！”我跪了下来，用手抚摸她的胸口。

寒风夹着雨点向我们袭来，就像针扎在我们的身上。树上窝里的鸟儿冻得吱吱地叫个不停。

陈真梅费力地把温素琴背到一棵大树下，不知所措地揉擦着她的脖子。过了好久，只听得她的喉咙里发出呼噜呼噜的响声，但仍然不见醒过来。

“小兰！”陈真梅突然变得快活起来，“找到了，找到了！”

“找到么子？”我丈二和尚摸不着头脑，莫名其妙地望着她问。

只见陈真梅把温素琴的身子倒转过来，放在自己的腿上，然后用手从她的胸脯轻轻往脖子上推。推了好一阵，温素琴突然噗的一声，吐出了几口浓痰。像放开了闸门，温素琴的喉咙顿时畅通了，呼吸也逐渐正常起来。温素琴慢慢张开眼睛，看了看我，看了看陈真梅，又挣扎着坐起来，紧紧搂住陈真梅的脖子，激动地叫了声：“真梅！”

温素琴倒在陈真梅的怀里睡着了。

陈真梅用衣角轻轻给温素琴擦着脸上的泪珠，掀下披在自己身上的被单盖在她的身上，就倚在树干上，长长地吐了口气。

我凝视着陈真梅，才突然发现她的样子大大地变了。她原先长得很丰满的两颊凹陷了下去，一头黑亮整齐的头发变得乱蓬蓬的，只是那双眼睛仍然那样炯炯有神。

离开部队的这些天来，我们三个人中间，数陈真梅操心最大，吃的苦也最多。她从没有一句怨言，从没有说过一个“苦”字。在医院的时候，我就听人说过她的身世。她家原先住在永顺县的王村镇，一家人靠丈夫赵云胜做铜匠过日子。只因为国民党政府的苛捐杂税名目繁多，催逼又紧，赵云胜说了几句气愤的话，镇公所就说他是共产党，派两个差狗子要抓他去问罪。他母亲上去阻拦，被差狗子猛踢一脚，正踢在心窝里，被踢死了。赵云胜、陈真梅气不过，拿起扁担把那两个差狗子打倒在地，空着双手跑到湖北鹤峰参加了红军。红军使她获得了新的生命，使她懂得了只有打倒土豪劣绅，打倒蒋介石，才能把仇恨刨光挖净。她说她只要一想到红军，一想到在部队中同生死共患难的战友，身上就像长了翅膀，有了无限的力量。现在离开了红军，离开了战友，她没有忘记党对她的教育，部队对她的教育。她自觉地担起了这副沉重的担子，毫无畏惧地经受了这一切艰难的考验，并且用她的这种坚毅的力量影响了我们。

山那边传来了刺耳的虎啸声。我跟陈真梅挨得更紧了，两只冻僵了的手也紧握着拳头。好像这样，就能打退任何豺狼虎豹。

温素琴醒来了，陈真梅把她搀起来说：

“走吧！”

我们三个肩挨着肩，手挽着手，艰难地往前走。我们的脚踩在腐叶上、杂草上，发出咔嚓咔嚓的响声。我们的心，随着阵阵的寒风，突突跳动，我们的眼睛，寻找着前进的道路，我们的耳朵，倾听着周围的动静。

小宝在我背上哭得声音都嘶哑了，还在连声喊着“妈妈”。我束手无策，只是重复地说着：“小宝，莫哭，莫哭！”

温素琴又停住了，她望着气喘吁吁的陈真梅，费力地说：

“我……我不能……连累你们，你们……先走吧！”

陈真梅头一摆：

“不要再这样讲了！”

说罢，她身子一弓，背起温素琴就往前走。温素琴在她的背上大喊：“快放下我！快放下我！”

陈真梅好像没有听到，摇摇晃晃地迈着大步向前奔去。

五

船到桥头自会直，我们终于走出了浩瀚的林海。

“前边有屋！前边有屋！”

我喜出望外地指着前面不远的一个有亮的地方说。陈真梅用衣袖擦了擦汗珠，加快了脚步，高兴地说：

“快走，到了前面就有办法啦！”

到了山下一看，原来是一座古庙。我们相跟着走进去，只见院内杂草丛生，墙壁上满是青苔。供桌上亮着一盏小油灯，暗淡的光亮照着坐在神位上的观世音菩萨。

我端起小油灯，看见供桌上摆着一碟供果，一碗冷饭。我们肚子里早就空荡荡的了，看到这些，我忙把这些供品端下来说：

“我们是活的观世音菩萨。来，领了这份情吧！”

供果和冷饭优待了小宝和温素琴，我和陈真梅就吃身上带的生番薯。

肚子里填了些东西，好过多了。我想再在庙里找出点什么吃的东西来，但找了很久，什么也没有找着。

“烧点火吧！”我提议说。

我和陈真梅捡了一些干柴茅草，在堂上烧起了一堆红通通的火。我们一边烤着被雨水淋湿了的头发和衣衫，一边谈论着。

干柴茅草烧光了，火熄了，只剩下一堆闪着火星的灰烬。

小宝倒在陈真梅的腿上睡着了。我们坐在铺了草的地上，背靠着背，互相借体温来取暖。

夜，静悄悄的。

离开了红军，比离开了亲娘还难过。亲娘只给了我身子，红军给了我灵魂。记得在家里的时候，三里路以外的事情我都不晓得。在刘家当童养媳受折磨的时候，我甚至想过，活在世上还不如死了的好。自从参加红军以后，在短短的十个月里，我知道了世界上的多少事啊！

我想起了杨团长，眼前又出现了他那坚定的面孔，耳朵里又响起了他那雄壮动人的歌声。我想起了医院里的同志，想起了参加红军后认识的许多人……

我想起了这一切，百感交集。我生是红军的人，死是红军的鬼，我怎么能够离开红军呢？虽然回家也可以坚持革命斗争，但是在这个时候，红军不是更需要人么……想着想着，我怎么也闭不上眼，轻轻地咳嗽了一声。

“还没有睡着吗，小兰？”陈真梅轻声地问。

“没有。”我怕吵醒温素琴，也细声细气地回答。

“我也没有。”温素琴动了动身子说。

“你们在想么子呢？”陈真梅问。

“我不回家，要回部队去！”我激动地说。

“我也这么想。”温素琴说，“可是我这个病……唉！真梅，小兰，你们先去追队伍吧。我等病好一点，也一定会赶上去。”

我不高兴地说：

“你又来了，往后不要再说这种话。”

陈真梅也坚决地说：

“我们是革命同志，在任何情况下都要同生死，共患难，决不能丢下你不管！”

温素琴不再说什么了。我猜得到她的心情，离开部队以来，她总觉得连累了我们而感到不安。其实，我们三个人的命运已经连在一起了，怎么会嫌她“连累”了我们呢？

“追上红军，要是又把我们送回来怎么办呢？”温素琴轻轻咳嗽了两声，发急地问。

陈真梅顺手摸到了一根柴棍，拨了拨火灰。火星闪烁着，光亮驱走了黑暗，照亮了我们的脸孔，照亮了我们焦虑的心。

“追！追！”陈真梅用棍子使劲往火灰上一敲，斩钉截铁地说，“哪怕追到天边边，追到地角角，也要找到红军。组织上动员我们暂时回家，是怕我们跟不上队伍。要是我们赶上去了，首长看我们三个人决心这样大，志气这样高，就会同意我们归队的！”

“对，追！”我也激动地说。

我们三个人本来是背靠着背的，可是狂喜使我忘记了这些，我霍地站了起来。陈真梅、温素琴的背一落空，就倒了下去。小宝被惊醒过来了，茫然地哭着喊妈妈。

“追！可这伢伢怎么办？”陈真梅又发起愁来了。

是呵，背着这么个伢伢，怎么能够追赶得上红军呢？

第十一章

一

醒来的时候，不大不小的雨点，滴得庙顶上的瓦片嘀嗒嘀嗒地响。等雨稍停，我们就出了庙门。这时，天还没有亮。

往哪里走呢？我们离开部队的时候，队伍是往辰溪方向走的。我们想，朝着这方向追，总会追得上的。

天还是黑糊糊的，好像再也不会亮了。我们一个扯着一个的衣衫，在泥泞路上探索着前进。

走到一个大茅草丛旁边，只听得嗥的一声，一只黑乎乎的东西钻出草丛，猛扑了过来。我对后面的陈真梅、温素琴大声喊："狼！"紧抱着小宝倒在地上，就势滚了下去。滚了不远，一棵小松树挡住了我。小宝掉在我的旁边，大声哭叫。狼听到了小宝的哭声，紧跟着向我们扑了过来。我吓得身上冒出了冷汗，紧紧抱住了小宝。只见上面的石头一个接一个地打过来，有一个显然是打中了狼。那家伙吼叫了一声，就跳下去跑了。

“小兰，小兰！”

上面传来了陈真梅的焦急的喊声。

“我在这里！”我紧抱着小宝大声回答。

“快上来吧，狼被我打跑了！”

陈真梅一边说，一边伸手拉住我往上拖。

总算上来了。温素琴过来关切地问：

“没有跌伤吧？”

“没有。”

我一边回答，一边望着小宝。小宝也许是吓呆了吧，这时也不哭了。

我们又往前走。走了一会儿，远远传来了鸡叫声。我深深地吐了一口气，高兴地说：

“离有人家的地方不远啦！”

陈真梅也高兴地说：

“天就要亮了，快走！”

风停雨息。灰蒙蒙的浓雾消散了，天也大亮了，现出一大片蓝天。东边的山顶上，升起了红艳艳的太阳。一缕缕炊烟从山下的竹林里袅袅升向天空。在我们面前，出现了一栋土墙瓦屋。

一个五六岁的女伢从屋里跑了出来，瞪着大眼惊奇地看了我们几个人一下，就一边往屋里跑，一边喊：

“公公，有人来了！有人来了！”

“么子人？”

随着声音，出来了一个身穿棉袄、满头白发的老头。他眯着眼睛细心地打量了我们一番，就问：

“你们是……”

“讨饭的！”没等他把话说完，我连忙回答说。“老公公，我们是讨饭的！”

老头疑惑地看着我们：

“讨饭的？嘿嘿，三个年纪轻轻的一起讨饭……”

我们哑口无言。怎么原来我们就没有想到这一点呢？

老头叹了口气，低声地说：

“是从红军里下来的，对不对？”

说罢，他扯着他的小孙女走进屋里，把门啪的一声关上了。

我像被当头打了一闷棍，脸都气红了，愤愤地说：

“这顽固老头，定不是穷人！”

陈真梅沉住气，平平和和地对我们说：

“走吧，这里原先是苏区，总会找到好人家的。”

我刚要转身，一眼看到门板上贴着张绿色的纸，上面写着四行大字：

资助共匪者与共匪同罪，

窝藏共匪者杀全家！

捉一名共匪赏洋五十，

放一名共匪罚洋一千！

纸条提醒了我们：必须赶快隐蔽，不能暴露自己，更不能连累群众。

出了竹林子，陈真梅就说：

“往后到了人多的地方，我们就分两起走，要不，太显眼了！”

二

“家贫不算贫，路贫贫死人”，这话一点也不错。我们四个人，穿着单薄的衣衫，空着肚子，再加上小的小，病的病，行动起来真难呀！

穷人总是怜惜穷人的。有的穷人虽然自己家里吃番薯稀粥，但是刮净锅底也要分半碗给我们。有时，实在弄不到吃的，我们只好到山里找些野果野菜来充饥。为了不连累老百姓，晚上我们就睡在山洞或古庙里。

翻过一山又一山，走过一村又一村。温素琴的病越拖越厉害，小宝越拖越瘦，我和陈真梅也越来越感到吃力了。凭这个样，我们要哪年哪月才能赶上红军呢？

陈真梅说：“我们一定要找一户可靠的人家住下来，把温素琴的病诊好，再想办法去追红军。”

这天天黑的时候，我们在山口子上的路边，看到了一个孤零零的茅棚。

这一路的经历使我变得特别警觉。我打了一个手势叫陈真梅她们停下来，就一个人跑过去，弯着腰从茅棚的缝隙往里面张望。只见地上的火坑里烧起一堆火，在一张小木桌上，亮着一盏桐油灯，昏昏暗暗的灯光下，一个满脸皱纹的老婆婆靠床坐着，凝神地望着睡在床上的一个伢伢。

我踮着脚尖走回来，把看见的情况告诉了陈真梅。陈真梅偏起脑壳想了想说：

“可能是好人，进去试试看！”

我推开门，老婆婆猛地站了起来，大声咒骂：

“你们这些挨刀砍、遭红炮子穿心的保安队、白狗子又来了。我也不打算再活了，跟你们拼了吧！”

从她的话里，我们知道这老婆婆是个好人，对国民党匪军和保安队怀着深仇大恨。陈真梅连忙走上去，扶住了老婆婆，直截了当地说：

“老人家，我们不是保安队，也不是白匪军，我们是红军。”

“红军？”老婆婆的脸上掠过一丝惊喜的神色，随即又沉下脸来，厉声说：“管你么子红军、白军，快出去！”

她一边说，一边就用手推我们。

小宝看到老婆婆那个凶狠的样子，吓得哇哇大哭。我的一肚子火又升上来了，心想：看样子这个老婆婆也是个穷人，为什么我们说了是红军，她还这样凶狠呢？我扯着陈真梅的手，气呼呼地说：

“何苦在这里受气呢？走，我不信这一带就找不到一个好人！”

温素琴连连咳嗽了几声，也望着陈真梅说：

“走吧！”

陈真梅没有动，她的眉毛紧皱着，一言不发。停了一下，她把棉袄一撕，从里面拿出了红五星，转身送到老婆婆的面前说：

“老人家，你看，我们真是红军！”

老婆婆怔住了。她用微微发颤的手从陈真梅手里接过红五星，眼泪扑簌簌地掉了下来。她把陈真梅拉到自己的跟前，摸着她的蓬乱的头发，激动地说：

“你们真是贺龙的那个红军呀？”

我抢着回答说：

“我们就是贺龙的红军，是赶部队去的。”

老婆婆点了点头，那布满了皱纹的脸上，立即堆满了笑容。

“哎呀，你们怎么弄成这个样子？”老婆婆一边搬凳子招呼我们到火坑边烤火，一边问。

陈真梅把事情的原委讲了一遍。老婆婆擦着眼泪说：

“我被那些保安队害苦了。刚才看到你们，我还以为是他们搞鬼来诈我的，错骂了你们，千万莫见怪哪！”

我们三个人连声说：

“我们不会怪你老人家。”

老婆婆突然像想起了什么事情，连忙站起身来说：

“你们受了苦呀！到我屋里，就像在自己屋里一样，千万莫客气。你们坐着歇口气，我就给你们煮饭吃。”

老婆婆的热情深深感动了我们。我心里也好像搁了盆火。

老婆婆往火坑里添了几块劈柴，把火烧得旺滋滋的，给我们煮了满满一鼎锅包谷饭。我们的肚子早就咕咕乱叫了，端起碗，就大口大口地吃起来。

老婆婆坐在一边，笑眯眯地说：

“多吃点，要吃饱呀！”

“这是么子地方？”我端着碗问老婆婆。

“这叫白果山，属桑植县管。”老婆婆回答说。

吃完饭，陈真梅一边帮着老婆婆收拾碗筷，一边问：

“老人家，刚才我们一进来，你就骂保安队、国民党，定是受了他们的气吧？”

老婆婆脸上的笑容顿时消失了，嘴角不停地抽搐，刚才欢乐和谐的气氛，一下子变得沉闷起来。她咬着牙，低沉地说：

“前几天，保安队那伙土匪到我屋里，硬说红军从这里路过的时候，我儿子回家了，要我交出人来。我交不出人来，他们把我打了个半死不活，还抄了我的家……儿媳妇吓得跑回娘家去了……”

我挨近她的身边，忙问：

“你儿子也是红军吗，老人家？”

“是呵！红军一到桑植，他背起梭镖，跟上贺龙走了！”

“他过去在家里是做么子的呵？”陈真梅问。

老婆婆出了口长气说：

“唉，讲起来，话又长了！我那一根独苗，可真是一个命苦的人呀！细时节，自己裤子都扎不稳，就到松柏溪的大财主冯老五屋里看牛，受的苦、遭的罪真是扳着指头也数不清……”

老婆婆说到这里，我联想到自己给金阴人看牛遭的罪，鼻子一酸，差一点流出泪来。

“大一点子，就在外边做长工。穷得没法子，一直到三十几岁才成亲。第二年，生下了这个后。”

老婆婆指了指睡在床上的那个伢伢。

“以后呢？”温素琴睁大眼睛问。

“以后，他就当上红军啦！”

“他在哪个单位，叫么子名字？”我站了起来，迫不及待地问。

“他叫王哈哈。在哪个单位，我也不晓得。”

“王哈哈？怎么取了这么个名字？”陈真梅笑了。

老婆婆身子往床沿上一靠，脸色也舒展了许多，低声说：

“这也有个来历。穷人屋里的伢伢，不起名字那是常事。我这伢儿一生下来，我们就喊他叫‘毛伢子’。他从小不发愁，肚里盛着蕨根野菜，溜光的屁股露在外边，他也总是乐呵呵的。七岁那年，他到冯老五屋里去看牛。有一回，冯老五碰到他正在唱山歌，就问他：‘你这穷光蛋，怎么一天到晚这么快活？’你们猜他怎么回答？他打了一声长哈哈说：‘嗨，真稀奇，就准你们财主快活，我们穷人就快活不得呀？’冯老五一听火了，凶狠狠地骂道：‘你这个小兔崽子还敢顶嘴，我割掉你的舌子！’我那伢儿眉毛都没有动一下，笔直站着，握着两个拳头说：‘哼！你敢碰我一下，我一把火烧了你的狗窝！’冯老五晓得他的脾气，怕他真的放火烧屋，软了下来，无可奈何地说：‘我不要你看牛了，你回去吧！’我那伢儿见冯老五服输了，哈哈打得更大，眼泪都笑出来了，大声讲：‘回去就回去，老子早就不想干了！’”

老婆婆说得有声有色，把我们逗得哈哈大笑。几天没有露过笑脸的温素琴，也忍不住咯咯地笑了起来。

“这伢儿长大了，经常和财主作对，给穷人打抱不平，天不怕，地不怕，那个喜欢打哈哈的老脾气也还是一样。地主土豪又恨他又怕他，说他是‘铁砣子’，是‘不怕死的程咬金’，穷打哈哈。我那伢儿一听这些话，又哈哈大笑起来。打这以后，‘王哈哈’的名字就在我们这一带喊开了。”

“王哈哈”，真行！我真想见一见这个快活人。一直到我睡在床上，还在想着王哈哈这个人。

三

“起来，快起来，有人来了！”

我们正睡得迷迷糊糊，突然被婆婆的急促的喊声惊醒了。陈真梅搀着温素琴，我抱起小宝就要往外面走。婆婆一把拦住我们说：

“往哪里走？快跟我来！”

老婆婆把我们领到茅棚背后，拖开一捆茅柴，指着里面轻声嘱咐说：

“定又是保安队来了。你们进洞去吧，我来对付他们。”

说罢，她又盖上茅柴走了。

山下边的狗汪汪地吠着，紧接着，洞外传来了一阵阵的打门声和杀猪似的叫喊声：

“共匪婆，你家里窝藏共匪没有？”

“你自己没有长眼睛，不会看呀！”这是老婆婆坚定的回答。

接着，又听得一个公鸭嗓子慢慢吞吞地说：

“没有？哼！昨夜有人看见从山里下来了人，定是你藏起来了。快老老实实把人交出来，要不就烧了你这茅棚子！”

“你们想怎样就怎样吧！我这里么子人也没有来过，没有，没有！”老婆婆越说越激昂，越说声音越大。

这时，又听得传来了啪、啪、啪的几声，显然是那些匪徒在打老婆婆。我气得牙齿咬得咔嘣响，真恨不得冲出去咬死那些家伙。

沉默了一阵，那个公鸭嗓子又开腔了：

“小青子，有人到你屋里来过没有？你告诉我，我给你糖吃！”

“没有，没有！”这是小青子那尖尖的声音。

“你不讲，我把你丢在河里淹死。”

“淹死我也没有人来过！”

接着，就是翻箱倒柜、踢凳敲碗的呼通哐当的响声。过了很久，屋里才清静下来。

“那些强盗走了，出来吧！”老婆婆搬开了茅柴，在外面喊。

我们走了出来，天已经亮了。这时候，我看见老婆婆的脸上有几条红红的手指印。

我们跟着老婆婆走进屋一看，弄得不像个样子了。老婆婆对这些好像习惯了，满不在乎地说：

“这些家伙三天两头来胡闹，像群疯狗一样！”

停了一会儿，她又叮嘱我们说：

“往后你们千万不要露面。要是被这些遭红炮子穿的看见了，那就不得了。”

小青子也插嘴说：

“昨夜你们一睡，婆婆就守在门外边，一夜都没有睡觉。”

我们三个人都感动得不知说什么才好。我懊悔地想：我们也太大意了，只顾睡觉，要不是老婆婆在这刺骨的寒风里为我们打望，那就出大问题了。

“他们都是些么子人？”温素琴问。

“千刀砍的保安队！像鸭公子叫的那个家伙，就是冯老五。”

以后，我们就藏在土洞里。这个洞是当年游击队秘密集会的地方，里面又宽又大，有入口，有出口，隐蔽得很好，不晓得底细的人是找不到的。

老婆婆给我们在洞里铺了些稻草，还点了盏桐油灯。她每天按时送饭来，有时是包谷糊糊，有时是荞麦粑粑，有时还有鸡蛋汤。总之，她把家里好一些的东西都拿来招待了我们。

老婆婆还请来了一个白胡子郎中，给温素琴诊病。这个郎中也是个红军家属，婆婆才放心把他引到洞里来的。

温素琴吃了几副药，病情逐渐好转，不发烧了，也不喘了。这天，老婆婆给温素琴来送蛋汤。温素琴激动地倒在老婆婆的怀里，连声说道：

“老人家，我好了！我全好了！”

老婆婆也像慈母一样地抚摸着温素琴的脸庞说：

“好了我就放心了。”

温素琴的病好了，我们的心里像放下了一块千斤重的大石头，轻松了许多。这一整天，我们三个人在洞里有说有笑，温素琴的话也比原先多得多了。小宝看我们这样高兴，也跳跳蹦蹦。

温素琴把小宝抱在怀里，亲了又亲，吻了又吻，高兴地说：“小宝，你又快看到你爹爹了。”

多逗人喜爱的小宝啊！长得秀气端正，一对水汪汪的眼睛一闪一闪，好像两颗小星星。这小家伙，样子多像赵云胜啊！

“小宝，喊姨姨，喊，喊！”我用手轻轻拧着他的脸逗他。

“姨……姨。”小宝半生不熟地喊着。

“喊我，喊我！”温素琴高兴得把我的手掰开，弯着腰对小宝说，“大声一点！”

小宝两只小手向温素琴伸了过去，嘴里尖声地叫着：

“姨，姨！”

我和温素琴逗小宝玩了好久，回头一看陈真梅，只见她低着头坐在那里，脸上没有一丝笑容。

她又在想什么呢？我们像坠入了五里雾中。

四

茅屋里，传来了小青子的声音：

“婆婆，鸡婆生蛋了没有？”

“没有！”这是老婆婆的声音。

“生了，我天天听见鸡婆咯咯咯、咯咯咯地叫呢！”

“那是鸡要吃食。”

“婆婆，你看，锅里不是蒸着鸡蛋吗？”

“伢伢，这是给红军姨姨吃的。她们吃饱了，好打冯老五，打保安队，打白狗子。”老婆婆压低声音说。

“那我就不吃了。”

“听话，好伢伢！”

老婆婆端着四个热喷喷的鸡蛋，满脸笑容地走进洞来：

“伢儿，没有好的吃，来，一人一个。家里东西都被抢光了，只剩了一点点包谷、荞麦和两只鸡，他们没有找着，要不，我还没得东西招待你们哩！”

陈真梅故意问：

“老人家，你们吃了吗？”

老婆婆笑呵呵地点着头，连声回答说：

“吃了！吃了！”

她这句话明明是哄我们的。但是，她的话里又包含了多少难以用言语表达出来的感情啊！我感动得流下了眼泪。

住到第五天，我们在洞里开了个小会，决定立即动身去找红军。

温素琴勉强可以走了。剩下一个小宝，我想我们三个人轮流背着他走，尽管这样会累一些，总可以坚持下去的。我刚一提到小宝，陈真梅沉默了一会儿，她一个字一个字地说：

“我想把小宝留给老婆婆！”

我和温素琴都怔住了，眼睛不约而同地望了望熟睡的小宝，又望着陈真梅。

温素琴拉住陈真梅的手说：

“小宝是你身上掉下来的一块肉，寄不得。真梅姐，我病好了，路上我来帮你背小宝吧！”

“不，素琴，你病刚好，哪里还有力气来背呢？”我说完又转身对陈真梅说：“小宝不能寄，赵师傅最喜欢小宝，他要是晓得也不会答应的。真梅姐，还是带上他一块走吧，我帮你背！”

陈真梅昂起她那饱经风霜的坚毅的面孔，激动地说：

“这个，我清楚。素琴、小兰，我忍心寄下自己的孩子吗？我也舍不得！我爱小宝，我疼小宝，他是我一把汗一把泪抚养大的啊！可是，我们要爬山过水，寻找红军，拖着个一岁多的细伢伢，能行吗？那回在路上碰到敌人，枪一响，他哭起来，差点把四个人的命都送了。往后还不晓得会碰到一些什么样的艰险，带着他多危险。我离开部队的时候，老赵千叮咛万叮咛要我带好孩子。我懂得他的心，他爱小宝。但我想他一定比我更清楚，为了革命，为了千千万万个孩子，为了全中国受苦受难的阶级弟兄，为了光辉灿烂的未来，我把孩子寄了是对的！”

刚劲的北风，像一匹不驯服的野马在呼啸。我往火堆里加了几块干柴，红色的火舌一伸一缩，照着熟睡的小宝，小脸显得更加红艳可爱。

“你真的舍得吗？”温素琴呆呆地望着陈真梅关心地问。

“舍得，舍得，一千个舍得！”陈真梅更加激动起来。“我把孩子交给一个最可靠的革命母亲，这比我自己带着还放心。将来革命胜利了，我和老赵再一起来接孩子，这不是很好吗？那时我还要请你们两个到我家里喝团圆喜酒哩！”

说完，她又爽朗地笑了起来。

“真梅，我的好姐姐！”温素琴激动地扑到陈真梅的身上，我也抱住了陈真梅，三个人紧紧地偎依在一起。

五

在这里和老婆婆住亲了，一旦要走，真是舍不得，老婆婆心里也一定会难过。我们只好瞒着她老人家，做上路的准备，想到临走的时候再告诉她。

我们每人准备了两双草鞋，还把我们的那个小布袋补了补。可什么都瞒不过这位细心的老婆婆，她常常摸进洞来，不言不语，看看这个，望望那个，好像一眼看穿了我们的心思。

话总是要讲的。这天，老婆婆刚一进来，陈真梅就把她拉到自己身边坐下来，由远而近地说：

“老人家，革命现在还没有成功，眼下这世界，到处是虎狼当道……”

陈真梅想用革命道理来擦亮老婆婆的眼睛，就给她讲起红军打仗的故事，讲起光辉灿烂的未来，最后才讲到我们要离开这里去寻找红军。

老婆婆听得入神了，激动地说：

“我就巴望有那么一天，把这些土豪跟白狗子打倒。红军得了天下，稳坐江山，我死也能闭上眼睛了。你们是红军的人，应该回红军去。可是地盘这么宽，你们又大大小小一群，往哪里去找呢？”

我肯定地回答说：

“我们一定能够找到的，老人家！”

陈真梅说：“红军从桑植才走不几天，一定能寻找到的。”停了停，又低声地说：“好婆婆，你老人家要好就好到底，替我们做件好事吧！”

婆婆惊异地望着陈真梅：

“么子事情？只管讲吧，莫把婆婆当外人。只要是做得到的事，舍了这条老命，我也要帮你们做到。”

我连忙插了上来说：

“我们要去找红军，路上行走吃住都不方便，真梅姐想把小宝交给你老人家带着。”

“噢……”老婆婆愣住了。

空气顿时沉静下来。

温素琴也说：

“老人家，带上吧！”

老婆婆双手搭在陈真梅的肩上，摇了摇头说：

“亲骨肉，分离不得的！”

陈真梅端详着老婆婆脸上的每一个微小的变化，又说：

“你老人家比亲骨肉还亲，我一百个放心。好婆婆，小宝就算是你老人家的小孙子吧！”

老婆婆用衣襟擦着滚出来的眼泪，像一棵古松矗立在我们面前。她说：

“为了革命，你做娘的舍得把伢伢寄到我这里，我还有什么话呢？放心吧，真梅，只要有我老婆子在，就一定要亲手把这伢伢带大。”

“谢谢你！好婆婆！”陈真梅嘴里喃喃地说着，和老婆婆挨得更紧了。

“留下你男人的姓名吧！”老婆婆说，“日后革命胜利了，好让伢伢去找你们！”

“好婆婆，小宝长大了，要问我和他爹爹的名字，就告诉他：妈妈是红军，爹爹也是红军。叫他长大了也去当红军。”

停了一会儿，陈真梅又从口袋里拿出一张小纸条塞到老婆婆手里说：

“我们的名字都写在这上面。”

这一夜好像特别短。灯里的油熬干了，我们还坐在火边说着知心话。不知不觉，天已经麻麻亮了。

饭吃完了，一切都收拾好了。陈真梅倒在老婆婆的怀里，亲昵地喊了一声：

“妈妈！”

“妈妈”，这是多么亲昵的字眼，包含了多少革命的崇高感情啊！尽管我年纪小，不够把老婆婆叫做“妈妈”的资格，但我也只好借用这个字眼，来抒发自己对这位红军母亲的尊敬和爱戴，和温素琴不约而同地喊出了一声：“妈妈！”

“妈妈，我们要走了……”我们抱着老婆婆，恋恋不舍地说。

老婆婆把我们拉在身边，摸摸这个，亲亲那个。我们四个人一颗心，紧紧挨在一起，谁也不想撒手。

老婆婆沉醉在幸福的向往里。是呵，她的儿子远离她当红军去了，可是得到了千千万万个儿女。

“好，伢儿，给红军的同志们带个信，给我儿子王哈哈带个信，叫他们早日打出个天下来，让我们穷人出一口气。”

陈真梅像宣誓一样地说：

“我们一定会打回来，革命一定会胜利。妈妈，等着吧！”

我和温素琴也几乎同时说：

“我们都记住了你老人家的话！”

老婆婆又从厨房里拿出一个大口袋，送到陈真梅手里说：

“这里面装的是荞麦粑粑，给你们带到路上去吃！”

陈真梅激动地接过了口袋。老婆婆随即又转过身，从里边屋里拿出一个小包包，双手端着对陈真梅说：

“这是前年子我那伢儿打家门口路过时留下的。你们回到队伍里后，替我打听打听，带给他吧！”

借着洞外透进来的一线晨光，陈真梅打开一层又一层的红布，两个圆形的亮晶晶的铜牌牌滚了出来。

我抢了过来，高兴地喊：“奖章！你们看！”

这是两枚红军的奖章，一枚是刻有镰刀斧头的“模范共产党员”奖章，另一枚是红底白字，刻有战刀和步枪的“战斗英雄”奖章，都是二军团政治部发的。

“这是么子牌牌，你们这么高兴？”老婆婆不解地问。

陈真梅回答说：

“这是有钱都买不到的宝，对革命有功的人才配戴这牌牌。王哈哈同志真光荣，在这里边，也有你做妈妈的一份光荣呢！”

“好，这个，妈妈晓得了，快把这包东西带上吧！一路上要多长个心眼，千万莫叫白狗子、保安队识破呀！”

陈真梅包好奖章，塞进了破棉衣缝里。她又走到床前，看了看熟睡的小宝，用嘴亲了亲，用手摸了摸，多么可爱啊！脸蛋红得像玫瑰，熟睡的笑脸像朵花。我们看着这情景，心里酸、甜、苦、辣都有。

陈真梅轻轻地亲了亲小宝的脸蛋，趁着老婆婆没有注意，把领导上给我们做路费的几块光洋放在小宝的枕头旁边。最后，陈真梅狠了狠心，牙一咬，说了声：

“娘！我们走了。”

刚出洞口，小宝醒了，嘴里呼叫着“妈——妈”！

我们停住了脚步，陈真梅轻轻地呼了一声“宝——宝”，想转回洞里，但一迈脚又缩了回来：

“走！”

老婆婆跑进洞中，抱出了小宝。小宝眼泪汪汪，好像知道我们要走似的，嘴里“妈——妈”“姨——姨”叫个不停。

我们的心都快碎了，挪动着沉重的脚步，从山背后走出去。转过头，我们看见小宝秀气端正的脸，挺直的鼻子，明亮的眼睛，还看见老婆婆花白的头发，深粗的皱纹，坚定的神态。我们走上山腰，看见老婆婆和小宝挥舞着手。再走上山顶，什么也看不到了，什么也听不到了。

金色的阳光，冲破了黎明前的黑暗。我们迎着朝霞，迈着坚毅的步伐向前走去。

第十二章

一

我们离开了白果山老婆婆的家，紧紧追赶红军。一路上，时常能够看到红军路过的痕迹。这些痕迹，像一条用来攀登绝壁的铁索，紧紧抓住这条铁索，就能登上顶峰。我们三个人跟随着这些痕迹，默默地挪动两条腿，只是向前、向前……

前两天路上还算顺利，但是进入大庸境内以后，情况大不相同，见到的白军、保安队越来越多了，就像路边上的驴马粪一样。为了避免发生意外，我们就绕着偏僻的山路前进。

这天，我们钻进了一座人迹罕至的深山老林。

虽然已经是冬季，山里仍然是一片青翠。魁梧的樟树像一把把撑开了的大伞，枫树上的片片红叶点缀着绿色的山林，只有经不起寒风吹打的梧桐树，剩下光秃秃的树枝，无声无息地立着。林子里阴暗得很，从那茂密的树叶缝里漏下来的阳光，显得那样苍白无力，斑斑点点，如同初春的残雪。

地下铺了一层厚厚的落叶。我们深一脚浅一脚地在上面走着，像是走在沙滩上一样。

森林里静得出奇，只能听到汩汩的流泉声和鸟的啼叫声。我拄着竹棍，正低着头往前走哩，一只毛茸茸的野兔崽崽，从岩石背后一蹦一蹦地跳了出来。我一眼看见，大喊着扑了过去，陈真梅、温素琴也嗨嗨笑着追了过来，把兔崽崽围住了。

这兔崽崽似乎还从来没有碰见过人。它并不害怕，溜溜转的两只红眼睛，惊奇而又狡黠地望望我们三个，一扭身，连蹦带跳地溜走了。

我们三个一齐挥动手里的竹棍，劈劈啪啪地往地下敲打着追过去。这兔崽崽也许是被突然的袭击吓昏了吧，跑了不远，一头撞在树干上，身子往后一退，四脚朝天地翻倒了。就在这一眨眼间，我飞跑过去，双手用劲把它按住了。我高兴得朝陈真梅、温素琴大声喊叫：

“捉住了！捉住了！”

我掀起棉袄的前襟，把兔崽崽放在里面，一边哄伢伢似地轻轻拍打着往前走，一边一本正经地问它：

“你这兔崽崽怎么单独行动？你妈妈呢？”

兔崽崽眼珠一转一转，四只脚在棉袄里乱蹦乱抓。

有了这个兔崽崽，我们走路也更加轻松了。我一路走，一路对它又说又笑，好像这个小小的动物也能懂得我的话一样。

温素琴加快脚步赶了上来，和我并肩走着，笑着问：

“你在跟它讲么子呀？”

我睒了睒眼睛说：

“我在问它，我们到什么时候才能赶上队伍。”

“它怎么说？”温素琴认真地问，好像真的相信这个兔崽崽能回答我们的问题一样。

我用肯定的口气回答说：

“它说只要我们每天多走点路，不要半个月就会赶上。”

“它还讲些么子？”

“它讲你的病刚好，要是累狠了，怕又会呼哧呼哧地拉风箱。”

温素琴头一偏，说：

“你告诉它，莫替我操这份空心，我就是用两只手在地下爬，也要赶上队伍。”

陈真梅习惯地用手把搭在额上的一绺头发往上一抹，睁着一双明亮的眼睛说：

“你们猜，医院这时候在做么子？”

一提到医院，那一张张熟悉的面影，又迅速地在我眼前闪过。我仿佛看到：看护长身上背着药包，跟着担架连，默默地往前走着，不时地替躺在担架上的伤员掖一掖毯子，推一推枕在头下的包袱。柳莹跨着矫健的脚步，穿梭似地走在行军队伍里。担架刚一放下，她从水壶里倒出一杯清水，一匙一匙地喂到一个伤员的嘴里。彭医生手里拿着听诊器，蹲在路旁，正在给一个病号看病。还有王德民，他担着伙食担子，一边甩动左臂大步往前走，一边还在唱。小刘背着小马枪，像一只小老虎一样领着警卫班雄赳赳地走来了……想到这里，我就回答说：

“在行军！”

温素琴说：

“不，天快黑了，他们宿了营，准备开饭了。”

“对了，你看，王胡子班长满头大汗地端着饭菜送来了。他又该说了：人是铁，饭是钢，吃饱饭，好行军，好打仗。”我学着王德民的那个粗嗓子，瓮声瓮气地说。

温素琴真的回过头去看，我和陈真梅都忍不住笑起来。笑饱了，陈真梅拍拍干粮袋说：

“他们开饭，我们也该开饭了。来，吃点东西再走吧！”

我们找了一个干净的地方坐下，就吃着从婆婆家里带来的荞麦粑粑。

阴云越来越厚，树林里也越加暗淡了。吃完粑粑，我们三个人又拄着竹棍往前走。

起风了。走了一阵路，浑身发热，微风吹来，使人感到格外凉爽。

一刹那，阴暗的山林里像降下了一道黑色的幕布。天地合成了一体，徐徐的微风，一下子变成了怒吼的狂风。树叶刷刷地响着，一簇簇地落在地下，粗大的树干狂摆着，树枝发出咔嚓咔嚓的响声，被劈下来抛到空中。整个树林里就像有千军万马正在进行一场你死我活的搏斗。我们的头发被狂风吹得乱飞乱舞，衣角被掀得上下拍打。我的身子也好像前面有人撑着，后面有人拖着一样，走几步就要后退一步。

紧接着，又下起了倾盆大雨，打得我们眼睛都睁不开。雨水像一条条毛虫，在我的脸上、手上和胸前爬动。不一会，我们浑身就好像泡在水里一样，冻得直打哆嗦。

周围更黑了。我们像瞎子走路一样，用竹棍在地下探索着往前走。在大雨中走了一阵，陈真梅附着我们的耳朵大声说：

“不要往前走了，就在这里过夜吧！”

天这样黑，再往前走可能迷失方向，我们只得靠着一棵树，紧挨在一起坐了下来。我伸手去拧身上的湿衣服，才发觉放在衣襟里的那只兔崽崽已经不见了。

我们拧完了衣服，都默默地坐着，好久好久没有说话，也睡不着觉。

我觉得身上更冷了，多么想烧团火来烤烤。在这个鬼地方，到处都被大雨浇得湿漉漉的，到哪里去找干柴火呢，这可真是办不到啊。我只得站起身，来回跳动。

不知道过了多少时间，林子里又恢复了宁静。积水在腐叶下面悄声地流动，树梢上的水珠，啪嗒啪嗒地掉在我们的脸上和手上。

陈真梅咳嗽了一声，打破了长时间的寂静，又小声地对我们说：

“我们离开大路，又走了三天了吧？”

我回答说，

“是呀，整整三天了。”

陈真梅说：

“我真有点担心……”

“担心么子？”没有等陈真梅把话讲完，我就接上去问。

陈真梅说：

“部队为了甩开敌人，是绕着弯走的。我们呢？这几天净走山路，也不晓得方向对不对。”

温素琴着急地说：

“那怎么办啊？”

我也有些担心了。是呵，世界这么大，路又是这样长，我们走得对不对呢？

过了一会儿，陈真梅才说：

“先坐下来，等天亮下山探探情况再讲吧！”

我们三个人又沉默了。不知不觉，我就靠在树干上睡着了。

我不知道睡了多久，就冻醒了。睁开眼睛一看，在离我们不远的地方，从上面投下了桐子大的白色斑点，一个、两个……像是扣在我们身上的那口大锅被人钻了几个眼，漏了亮了。我腾地蹦起来，大声说：

“你们看，这是么子？”

陈真梅、温素琴被我的喊声惊醒了，几乎同时站起身来，高兴地喊：

“天亮啦！”

我们三个人又上路了。

走到山顶上，我爬上一棵大树，拨开树枝往下一看，远处的村庄升起了炊烟，是煮早饭的时候了。我从树上跳下来，对陈真梅说：

“下边有村子，我下山去看看吧！”

陈真梅点头说：

“要得。一定要把情况搞清楚，免得走冤枉路！”

我们捡了些干柴火，用藤子捆好，横搁在从老婆婆家里带来的背篓上。我卷起裤腿，背上背篓正要走，陈真梅又把我喊住了。

“你一身这样湿淋淋的，怎么能下山？”陈真梅摸着我的棉衣说。

我说，“没得关系，我不冷。”

陈真梅又说：

“不是冷不冷的问题，你这个样子下山会被人识破的。”

我望着自己这湿漉漉的一身，也忍不住笑了。真是，我怎么就没有想到这一层呢？

太阳出来了。我把穿在里面的一件黑色的单衣脱下，搭在树枝上晾起来，棉衣就穿在身上晒。直到下午，单衣干了，我把它罩在棉衣上面，背起柴火下山去。

下山以后，一连走了好几个村子，都没有找到红军路过的痕迹。我转弯抹角地问老百姓，他们也都连连摇头说没有看见过红军。我心里焦急起来：莫非我们真的走错了路？

我又翻过好几个山坡，远远看到了一个紧靠着山脚的村庄。

我在村口的一个茅屋跟前停住了。只见两扇木板门紧闭着，门口堆着许多稻草、牛粪，看样子很久没有住过人了。我正要往村子里走，又听得响起了一阵紧促的锣声。随着锣声，一个缠着黑头巾的矮子一跛一跛地走过来，站在我对面的小土坡上，拖长声音喊叫起来：

“共匪猖獗，为害百姓。政府有令，如发现掉队散匪，应立即送政府法办；发现形迹可疑的人，也应立即报告。窝藏共匪不报者，与共匪同罪。”

喊完以后，又是一阵紧促的锣声。

打锣的跛子刚过去，又有几个提着刀、背着枪的家伙，押着两个绳捆索绑的农民模样的人走了过来。有个歪戴着一顶灰帽子的匪徒走到我面前，贼溜溜的眼睛直往我身上打转。我预感到再往村子里走，很难探听出什么情况，就转身往村边走去。

我在村边的一栋独立的瓦屋面前停住了。青砖墙上显出了红军留下的标语痕迹。这些标语都被石灰水刷过，但模模糊糊的还可以辨认出来。

“这是我们部队到过的地方。我们现在走的方向可能不对。”我心里暗想。

光知道红军来过这里，不知道往哪里去了也不行呀。我转头一看，在屋背后的竹林边上，有一棵大酸枣树，一个十二三岁的男伢立在水牛背上，正在用一根长长的竹篙打树上的酸枣。一个八九岁的女伢，弯腰把打落下来的酸枣捡放到篮子里。我想，这两个伢伢也许晓得红军的去向。伢伢是不会讲假话的，我就朝他们走去。

那个正在弯腰捡酸枣的女伢听得有脚步声，猛然抬起头来，用一种不信任的眼光打量着我，把两手一摊，大声说：

“酸枣是我哥哥打下来的，不准你捡。”

我一边往前走，一边笑眯眯地说：

“小妹妹，放心，你就是把那一篮子酸枣送到我手里，我也不要。”

“真的吗？”女伢睁着两只大眼，疑惑地问。

“哄你的是这个。”我伸出了小拇指。

女伢对我不存戒心了，就弯下身去捡酸枣。

我把身子一偏，把柴火放下来，指着墙上的标语故意问她：

“墙上那些左弯右拐的，是画的么子啰？”

“这还不晓得，红军写的字嘛。”男伢从水牛背上敏捷地跳了下来回答说，“就是贺龙的那个红军，你没有看见过？”

接着，他又滔滔不绝地跟我讲起红军到这里的时候，怎样跟白军打仗，红军对老百姓怎样好……等他讲完了，我又问：

“红军到哪里去了，你晓得吗？”

“我亲眼看见他们往慈利那边去了，不信你问我妹妹。红军开差那天，我还跟着走了好远哩……”

“真的，我也跟了四五里路哩！”女伢抢着说。

我高兴地拉住了他们两人的手，又问：

“他们走了好久？”

“有五六天了。”男伢说，“他们开差那天，正下毛毛雨。”

我问清了情况，把柴火往酸枣树上一靠，背上空背篓，转身就走。男伢大声问：

“你到哪里去呀？”

我边走边回答说：

“我山上还放着一捆柴，要赶快去背下来。”

我一路小跑着走，黄昏时分，才赶回山上。陈真梅、温素琴隔老远看到我，忙迎上来问：

“怎么样？”

“往慈利那边去了，才走了五六天。”我指着东南方向说，“我们要往那个方向走才对。”

陈真梅、温素琴的脸上都露出了高兴的神色。

二

我们日夜兼程地顺着红军走的方向前进，一路上跋山涉水，风餐露宿，绕过来转过去，二十多天走过了桑植、大庸、慈利、辰溪四个县的地域，来到了沅陵境内。

天阴沉沉的。我们站在山顶上，远远看见前面出现了一道波光闪闪的河面，弯弯曲曲的，像一条白色的带子。那就是酉水。陈真梅指着那条河说：

“我们下山去找渡口过河吧！”

我们在泉水边洗了脸，梳理了蓬乱的头发，又把穿在里面的干净一些的单衣脱下来，罩在棉衣外面。收拾好了以后，我们就往山下走。

我们三个人从山谷里出来，走进了一个茶亭子。亭子的屋柱上和墙上贴满了国民党那各式各样盖着大红印的布告。长条凳上坐着一个老人和一个年轻人。老人头发花白，满脸皱纹，穿着一身深蓝色的粗布衣衫，手里拿着一根旱烟杆。他一边吸烟，一边和坐在他身边的那个年轻人说话。从他们放在身边的那只盛满了东西的腰篮子来看，他们好像是走亲戚去的。老人看见我们三个人走进去，抬起眼睛上下打量着我们。

亭子里摆摊子的老板娘，手里提着个烘笼子从屋里出来了。老人跟年轻人站起身来，向她打招呼。

“老板娘，生意好呀！”老人拱着手，笑眯眯地说。

老板娘挨着那摆着糖、香烟、瓜子的小摊子坐下来，苦笑着说：

“好么子啰！有了那些背时保安队，就莫想安心做生意。”

老板娘提起保安队，引起了我们的注意。我们也在长条凳上坐下来，留神听着他们的谈话。

老人吸了两口烟，又低声问老板娘：

“渡口还卡得那样紧吗？”

“紧，紧得很！”老板娘机警地往四周望了望，又细声细气地说，“来往的人只要有一点点可疑痕迹，就说是红军，是共产党，还要解到县衙门关起来。”

老人又用低沉的声音问：

“听人讲，昨天又抓起两个，还有个十几岁的伢伢，是吗？”

“是呵！”老板娘头一扬，有点气愤地说，“那两个人就是口音有点不对，保安队硬说人家是红军留下来的。其实，那个十三四岁的伢伢，是么子红军喽！”

老人沉默着，两只眼睛鼓得更大了。那个年轻人从凳子上站立起来，气呼呼地说：

“捉一个红军领得几十块钱的赏。那些丧尽天良的家伙，管你是不是红军，有钱，他们么子事情都做得出来。”

老人大声咳嗽了两声，年轻人停下不讲了。我转头一看，只见一个穿长袍、戴礼帽、背盒子枪的矮胖子，大摇大摆地走过来了。他的脑壳圆滚滚的，脸上臃肿得眼睛嘴巴挤作一堆，活像肉铺里架子上挂着的猪脑壳。

在他的身后边，跟着好几个提刀背枪的家伙。

猪脑壳走到亭子中间，停住脚，一双阴鸷的眼睛扫视着我们，冷笑了几声，神气十足地走了。

猪脑壳刚走，年轻人就朝那方向“呸”的一声，愤愤地骂了起来。老人还是在低头吧嗒着旱烟杆。

我们这时才知道，这个渡口是一个不好过的难关。如何才能渡过这一关呢？在他们谈论的时候，我们都在苦苦思索这个问题。我想，如果有本地人带我们过去，那就好了。从刚才的谈话中，我觉得这个老人和年轻人都是好人。他们肯不肯带我们过去呢？我向陈真梅使了一个眼色，就转过头来，故意问老人说：

“老伯伯，前头有个渡口吗？”

老人抬起他那双发光的眼睛望了望我，又望了望陈真梅和温素琴，才拖长声音问：

“你们不是本地人吧？”

我挨靠着温素琴回答说：

“我们两姐妹是从大庸那边来，到沅陵城里去看亲戚的。”

老人的眼睛里露出了疑惑的神色，又问：

“兵荒马乱，你们两个年轻轻的，怎么敢这么远来走亲戚。”

温素琴皱着眉毛说：

“没有想到路上这样难走呀！”

“你呢？”老人又转头问陈真梅。

我回答说：

“她是我们在路上碰上的。她也要到沅陵去。”

陈真梅连忙说：

“我男人在沅陵街上的布铺里当厨子，我去看看他。”

“在哪个布铺？”

“在……在……”陈真梅支支吾吾地说，“我也记不得在哪个布铺，到那里再去问嘛！”

“叫么子名字？”

“叫赵师傅。”我想都没有想，就抢着回答说。

陈真梅急得直用眼睛瞪我。温素琴也装出一副姐姐的样子教训地对我说：

“你这嘴巴真多。”

我这才意识到自己跑了嘴，忙掩饰地指着陈真梅说：

“她在路上不是讲过，她男人姓赵吗？”

老人又问了我们许多话，好像是有意识地在探测我们的身份。我们呢，也在探听老人的口气，想弄清楚他是不是可靠的群众。我们互相套问了很久，老人那两条长长的眉毛紧锁起来了。他摇了摇头说：

“这个渡口，只怕你们过不去！”

我看着老人的神色，又试探地说：

“这个渡口不好过，那就找别的地方过呗！”

“别的地方？”老板娘说，“这一线的船，都被保安队收走了，渡口也都被他们卡住了，哪里都是一样。”

陈真梅装出一副焦急的样子，哭丧着脸说：

“那怎么办？我这么远走来，莫非又要打转身？”

这时，我忘记了自己的身份，从长凳上猛冲了起来，气愤地说：

“过不去也要过，看那些保安队能把我们怎么的！”

老人又定定地望着我，眼睛里闪出了逼人的光芒。他把手里的旱烟杆往条凳上一敲，像指挥员在战场上下达作战命令一样地对我说：

“坐下，你这个不懂事伢伢！这样冒里冒失，会惹出祸来的！”

老人这样一说，我只得慢慢坐下来，无意识地摆弄着自己的手指。那个年轻人望了望我们，也说：

“莫急，总要想办法过去的！”

我们沉默了。老人和年轻人互相对望着，好像正在为我们打主意。

老人的眼睛转动了几下，突然抬起头来，把旱烟杆往腰上一插，说：

“好，我们父子俩带你们过去！”

听他说要带我们过去，我心里一阵高兴。我刚想对他说几句感谢话，只听得陈真梅说：

“要是被保安队查出来，连累了你老人家跟这位大哥，那怎么办？”

老人头一偏，不高兴地说：

“不要啰唆，快商量商量怎么过去吧！”

老板娘也高兴地说：

“你们三个算是走了运了。跟着他们父子俩过渡，只管放心。”

我们几个人商量了一阵，老人提起腰篮子，站起身来说：

“走吧，到了渡口，不要慌张，一切按照我们刚才商量的去应付。”

宽阔的酉水出现在我们面前，河水发出哗哗的响声。渡口上闹嚷嚷的，等待盘查的大人、小孩、男的、女的，排成了长长的队伍，背着枪的保安队在大喊大叫：

“依秩序，一个个地来。哪个乱挤就是红军，就是共产党，抓起来砍他的脑壳！”

河面上没有来往的船只，只有一只带篷的渡船停靠在码头口上。几个保安队的家伙正在搜查盘问等待过渡的人。

我伸出头往前一看，他们搜查得真仔细，身上穿的，手里提的，肩上担的，都搜遍了。有一个商人模样的人，身上带着十几块光洋，被他们放进了自己腰包里，一个妇女走人家送礼的一只鸡婆，也被他们提走了。

轮到搜查我们前面的那个人了。这是一个瘦削的脸色黧黑的壮年人。他身上穿着一身破烂的黑布衫，脚上穿着草鞋，手里什么也没有拿。两个保安队的家伙盘问了他大半天，又在他身上摸了一气，没有发现任何可疑的地方，才不耐烦地吼道：

“滚！”

那个壮年人连忙往渡船上跨，他的右腿突然一拐，身子晃了两下，又退了回来。接着，他又用力往上跳，两只脚刚刚踏上船头，只听得一个怪里怪气的尖喉咙大喊了一声：

“回来！”

我转头一看，刚才在茶亭子里碰到的那个穿长袍、戴礼帽、背盒子枪的猪脑壳，满面杀气地从码头上面跑下来了。他眯起一双猪眼睛，站在那个壮年人面前喘着气。过了好一阵，他突然扑过去，抓住那个壮年人的右裤腿猛力一撕，撕开了一条大口子，膝盖上面就露出了沾有血迹的绷带。猪脑壳一连往壮年人的脸上狠狠打了几耳光，大声骂道：

“他妈的，共匪！”

接着，又跑过来几个匪徒，紧紧扭住了壮年人。

壮年人一边挣扎，一边对正在等待过渡的人群大喊：

“我是红军，我就是红军。我们红军要抗日救中国，可是，国民党卖国贼不光自己不抗日，反而诬红军是匪，来打我们抗日的红军。乡亲们，你们请看，我腿上的伤口就是国民党打的。这就是他们卖国投降的罪证。”

猪脑壳气得满脸的横肉挤成一堆，猛地踢了一脚，把那个壮年人踢倒在地上，叉叉着腰，凶狠狠地问：

“这里还有哪些是你的同伙？快讲！”

壮年人胸一挺，头一抬，气昂昂地说：

“全国到处都有红军！你们想消灭红军，消灭革命，那是白昼做梦……”

他的话还没有讲完，几个匪徒扑上去，用手捂住了他的嘴，拳打脚踢地把他押走了。

我浑身的血管都好像要炸开了，一双愤怒的眼珠好像要从眼眶里跳出来一样。我恨不得一步跨过去，把那些凶神恶煞一个个打倒，把那个同志救出来。但周围都是荷枪实弹的匪徒，怎么能够敌得过他们呢？我只得眼睁睁地望着匪徒们把那个同志押走了。我看看老人，他也紧咬着牙齿，显然是在极力控制自己的感情。

猪脑壳偏着头，背着手，在人群里走过来走过去，东看看，西看看，那神气，就像一只寻食吃的饿狼。

轮到盘查我们了。老人的儿子跟陈真梅在前头，老人自己在中间，我和温素琴跟着老人走在后面。

我只想那个猪脑壳快些走开，他偏偏又过来了。他瞪着老人的儿子跟陈真梅，慢慢腾腾地问：

“从哪里来？”

“冬田湾。”老人的儿子毫不犹豫地回答。

“到哪里去？”

“送我堂客回娘屋里去！”

“你们真是冬田湾的吗？”猪脑壳又逼近了一步。

老人连忙走了上去，笑眯眯地回答说：

“他是我们湾里的孙篾匠，好手艺。我屋里还请他做过工夫哩！”

猪脑壳撇开了陈真梅他们，把一双狡黠的眼睛移到了老人的身上。

“你也是冬田湾的？”猪脑壳厉声问。

“嗯，”老人连连点头说，“我住在冬田湾那个石板桥边上，队长还在我屋门口歇过气。记得吗？那是正月间……”

“这是你么子人？”猪脑壳打断了老人的话，指着我和温素琴问。

老人连忙回答说：

“是我二女跟满女[1]。我堂客生了四个女，只剩了这两个。我那大女生下来只有几个月就得病死了，三女前年也……”

猪脑壳把手一甩，不耐烦地说：

“我又不是给你修家谱，啰嗦么子！你们三个人到哪里去？”

“到他舅舅屋里去呀！我这二女嫁在辰溪那边，轻易不回来，回来了，理当去看看她舅舅。队长先生不晓得，她那舅舅把她看做亲生女一样……”

猪脑壳走到温素琴身边，温素琴装着害羞的样子低下了头。猪脑壳嘿嘿笑了两声，伸手就来掰温素琴的下巴。温素琴猛地抬手把他的猪爪子推开，把脸转向一边。猪脑壳脸色陡地一变，满脸杀气地向温素琴扑来。

我连忙上去，拦在温素琴面前厉声说：

“不许欺负我姐姐！”

人群里也有人气愤地骂起来：

“畜生都不如！”

“痞子！”

[1] 满女：即小女儿。

猪脑壳的脸上红一块白一块，胖下巴颤动起来。他抓了抓后脑勺，又转过身，气愤愤地问老人：

“这真是你女儿？”

“女儿还有假的？”老人大声反问说。

“是住在冬田湾？”猪脑壳又厉声问。

“不信你就跟我们去看！”老人说。

猪脑壳掏出手帕擦了擦脸上的汗珠，又吩咐身后的两个匪徒说：“搜！”

两个匪徒在老人身上搜了一气，没有找出什么；在我们身上搜了半天，也没有搜出什么来。猪脑壳只得喊了声：“滚！”

我们早就想走了。我忙说了声：“爹爹，走吧。”和温素琴搀住老人，就往渡船上跨去。猪脑壳还在码头上大喊：

“老头子，等下我还要到冬田湾去查问，要是有诈，当心你的老命啦！”

老人在船头上坐了下来，大声回答说：

“去吧，去了我还要泡壶茶招待队长哩！”

渡船离开了码头，一摇一摆地往河对岸驶去。船头上激起一个又一个浪花。我望着码头上那些背着枪的匪徒，想起刚才被他们抓去的那个同志，心都气得紧缩起来。

上了岸，老人父子俩又送了我们一段路。分手的时候，我们问他们父子俩的姓名，老人笑了笑说：

“你们只要记住：在红军到过的冬田湾，有这样一个老头和一个后生子，不管在么子时候，他们永远与红军和共产党是一条心的。快走吧，伢伢们，希望你们早些追上红军。”

说罢，他们就转身朝旁边的小路走了。我们三个人呆呆地站在那里，直到看不见他们的身影了，才继续往前走。

三

太阳从浓密的云层里钻出来了。我一个人探索着往前走，不时环顾四周。陈真梅、温素琴在我后面不远的地方跟着。

翻过大山，就来到一个三岔路口。

三岔路口有一棵枝叶干枯了的古树，树下面有个土地庙。我想坐下来歇歇气，一抬头，看见土地庙的墙上用土红写着几个耀眼的大字：

毛主席万岁！

红军医宣

我呆呆地站在标语跟前，看过来看过去，好像总也看不够似的。看着看着，我情不自禁地啊了一声。这秀丽的字体，这又长又直的惊叹号，不是柳莹的笔迹吗？我以为自己看花了眼，撩起衣角擦了擦眼睛，这些字在我的眼里更加熟悉、更加亲切了。没有错，这正是柳莹写的。要是陈真梅、温素琴也看见了这标语，她们会怎样地高兴啊！我右手按着激烈跳动的胸脯，在树下坐下来，焦急地等着陈真梅和温素琴。

陈真梅和温素琴刚一上来，我就迎上去，指着墙上的标语说：

“你们看，这……这……”

“柳莹的字！”温素琴喊了起来。

“真是柳莹写的！”陈真梅也兴奋地说。

我又说：

“标语的颜色还这样鲜艳，看样子，写上去没得好久。”

陈真梅也点头说：

“国民党最怕红军的标语，一看见就涂掉了。这条标语，他们动都没有动，我们部队很可能是刚从这里过去。”

温素琴睁大眼睛说：

“说不定我们部队前天才离开这里。不，也许是昨天才走的。”

离部队的距离越近，我心里也越加着急，恨不得长出两个翅膀，一下子飞回部队去。我高兴得用力抓住了陈真梅的手，大声说：

“真梅姐，就顺这条路赶上去吧，不要再在山沟里钻来钻去了！”

温素琴也说：

“真梅，我们走大路赶吧，部队就在前头哩！”

陈真梅没有立即表示态度，她陷进了沉思里。过了一阵，才说：

“离红军越近，路上敌人也越卡得紧。我们不能冒失，还是弄清情况再决定吧！”

第二天，我们在山上远远看到一群群像绿头苍蝇似的白匪军，往溆浦方向开去。

这一路上，探听情况，到老百姓家里去要吃的东西，都是我的事，因为我人小，出去应付方便，危险性也小一些。可是这一回，陈真梅非要自己下山不可，拉也拉不住，我们只好让她去了。

太阳偏西的时候，陈真梅气喘吁吁地回来了。她用衣袖擦着额上的汗珠，指着远处一座黑黝黝的大山，兴奋地说：

“我们到了溆浦管的地方，翻过那座大山不远，就有我们的队伍。路我都问好了。”

我张开双手，抱着陈真梅使劲摇晃。温素琴望着我们，兴奋得呜呜地哭起来了。她一边哭，一边用颤抖的声音说：

“真的要……要……赶上队伍了呀！”

等我们稍微平静了一些，陈真梅才郑重地说：

“这是我们赶上队伍的最后一关，也是最难闯过的一关。刚才听老百姓讲,这一带敌人的岗哨很多,封锁严密,白天过不去,只能晚上偷着过去。”

我们研究了通过敌人最后一道封锁线的行动计划，决定天黑以后，从茅柴山那边偷偷爬过去。

我们三个人坐在树林里，等待着天黑。往常移动得很快的日头，这时好像故意和我们作对，半天也不动一动。我和温素琴急得坐立不安，独有陈真梅镇静如常，手里拿着根树枝在地下画着什么。

日头落山了，山谷里蒙上了一层灰白色的雾气，冷风吹得树叶沙沙作响。我站起身来，对陈真梅说：

“走吧，真梅姐！”

陈真梅仍然坐着，抬起头望着我说：

“莫急，再等一等！”

月亮刚刚露出脸来，又被铅色的云层遮没了。陈真梅站了起来，像下命令似地喊了声:“走！”就迈开大步往山下走去,我和温素琴紧跟在后面。

下了山，四周传来了狗的吠叫声和匪兵们的吆喝声。走在前面的陈真梅敏捷地迈动脚步，不时回过头来用手势招呼我们。

夜风一阵阵地吹来，四周黑漆漆的。虽然天黑看不清路，我们心里还是希望天越黑越好，这样就能更好地掩护我们通过敌人最后一道关卡。

我们刚从茅草丛里钻出来，走到狭窄的小山路上，只听得传来了推枪栓的响声和凶狠的吆喝声：

“口令？”

我们三个人迅速就地卧倒下来，没有多久，只听得一个嘶哑的声音回答说：

“前进！”

我知道敌人的哨兵没有发现我们，才放下心来。等周围都静下来了，我们弓着腰，又顺着山边边的小路往前走。出了这个山口，涉过小河沟，就是茅柴山。翻过茅柴山，就脱离险境了。我一路走，一路想：只要在山口子上和过小河沟的时候不被敌人发现，上了山就好办了。

我们很顺利地过了山口，来到了小河沟边上。四周更静了，闪着白光的溪水发出潺潺的响声。我们隐隐约约看到前面不远的地方有一条小木桥，正想走去，一个黑影在小木桥上出现了，手里好像端着枪，显然是敌人的哨兵。

我们又靠着左边的山脚往上走。走了不远，陈真梅向我们做了个手势，我们停了下来，准备从那里蹚水过去。突然“通”的一声，温素琴没留神，绊了一跤，把一个石头踢下河沟，滚进水里。这一下，惊动了正在小木桥上放哨的匪兵，我和陈真梅刚刚扶起温素琴，就有两只手电光往我们这里射来。两个黑影一边往我们这里跑，一边大声喊着，“站住！站住！”

上边是山，但是隔着小河沟，坳高过不去。我们只好撒开腿，继续顺着山脚往前跑。敌人在后面大声喊叫，子弹在我们背后和左右发出可怕的啸声。我回头一看，后面的黑影已经不是两个，而是十多个了。这一整天，我们只吃了一些生萝卜，又饿又累，跑了不远，两腿连连打战，气喘吁吁，眼看支持不住了。后面的匪兵越来越逼近了我们，还大声喊着“抓活的”。我只得咬紧牙，拼命地往前奔。我再转眼看陈真梅、温素琴，她们虽然也是摇摇晃晃，脚步还是越跨越快。

也不知道跑了多久，突然在我们的右边也响起了密集的枪声，像放鞭炮一样。我心里想：糟糕，右面又出现了敌人，我们可能是被包围了。在这一瞬间，许多情景飞快地在我的脑海里闪过。好多天来的希望眼看就会破灭，想到这里，我的心里一阵阵地绞痛。我们不能在这里等着当俘虏呀，只要还有一点力气，就还要跑。我们三个人用尽了最大的力气往前跑呀，跑呀，跑得心都好像要跳出来了一样。奇怪，我们跑了一阵，才听出枪声离我们越来越远，也响得更密了。我们三个人都不约而同地停住了：这到底是怎么一回事呢？我们正要蹚水往对面山上跑，只听得温素琴用小而紧张的声音喊了声：

“又追上来了！”

我回头一看，可不，又有三个黑影飞快地朝我们这里追来。他们没有打枪，只是喊道：

“前面什么人？”

陈真梅一边跑一边回答说：

“老百姓！”

后面又响起了另一个声音：

“是老百姓就不要跑，我们是红军！”

我怔住了。喊话的不是侦察队张队长的声音吗？我对陈真梅、温素琴大喊了一声：

“不要跑，是侦察队的张队长！”

我们三个人一齐站住了，胸口扑通扑通地跳着，浑身也筛糠一样地哆嗦起来。等那几个人走到我们面前，我辨认出了走在前面的那个高个子就是张队长。我鼻子尖一酸，喊了声“张队长”，就扑到了他的怀里，说不出话来。我的两条腿再没有力气了，软酥酥地往地下蹲去。张队长连忙搀住了我，直喊“小兰，小兰……”陈真梅、温素琴也围了拢来。

张队长把手里的驳壳枪往腰上一插，背起我，就对另外两个人说：

“搀着她们过河去吧！”

过了小河沟，到了茅柴山上，张队长才把我从背上放下来。陈真梅、温素琴也坐下来了。我大口大口地喘着气，抬起头来问：

“这不是做梦吧？”

张队长拍着我的肩膀说：

“小兰，不是做梦。刚才，我们到这一带来侦察，听见枪响就赶下山来了，一看那些白匪军正在追赶你们，我们就向他们开了火……”

我和陈真梅、温素琴三个人高兴得紧紧地抱住了。

停息了一阵的枪声又响起来了。不一会儿，只听得窸窸窣窣的，从茅草丛里钻出来十多个穿着便衣的侦察员，有一个走到张队长面前说：

“队长，敌人的大队人马追来了，我们走吧！”

张队长站起身来，对我们说：

“走吧，翻过那座大山，就有我们的警戒部队了！”

我站起身来，望着山下舒了一口气，好像把压在心上的一块石头撬掉了一样，心里顿时轻松了。一个月来，我们历尽了千辛万苦，终于赶上了自己的队伍，这怎能不使人兴奋呢？

我们跟着侦察队往山顶上走去。这时，山下的枪声更加激烈了。

四

侦察队的同志把我们送到了军团政治部。政治部的首长决定还是让我们回医院去。

三个女红军千辛万苦赶队伍的消息，像一阵风似的在部队中传开了，也很快传到了我们医院。第二天吃过早饭，我们刚走出政治部的大门，就碰到了小刘。他还是背着那支乌黑发亮的小马枪，穿着那身整齐合身的军装，腿肚上扎着灰色的绑腿，只是个子好像长高了，比原先更加精神了。他看到我们，连蹦带跳地迎了上来，跟陈真梅、温素琴握了手，又过来紧紧握住了我的手，兴奋地说：

"院首长派我接你们来了！"

我们三个人跟着小刘一路走，一路不停地向他问这问那。

他把我们领到医院驻地门口，就对里面大喊：

"小兰她们回来了！"

这一声喊，惊动了医院里的人。彭医生、看护长他们一齐迎了上来，把我们三个人围在中间，问长问短，柳莹还高兴得拖住我转圈圈。我看到他们，也像一个离家在外很久的人，突然回到了家里，看到了自己的父母、兄弟、姐妹一样，兴奋得把我在路上准备好了的一些话，都忘得精光了。

大家都争着要和我们谈话，我不晓得先回答哪一个才好。一个中年人拔开众人走了进来，挨个握着我们的手，连声说：

"好同志，你们回来了。你们赶上来了！"

我定睛一看，这不是我们的严院长吗？已往我见他比较严肃，总觉得有点怯生生的，但这时，我就像见到了自己的亲娘一样，激动地喊了起来：

"院长，我们又回娘家啦！"

严院长显得有些激动地对我们说：

"在桑植、大庸一带，我们把重伤员寄下了，把你们这些年小、有病而家又离得近的同志动员回家，这也是出于不得已。现在，你们三个既然有坚强的革命意志，千辛万苦来寻找队伍，组织上也非常欢迎。"

陈真梅、温素琴和我并肩站着，用有力的声音回答说：

“谢谢首长！”

大家都为我们三个人赶上了队伍而高兴地鼓起掌来。我只觉得眼睛发潮，鼻子发酸，一股暖烘烘的热流，通过了全身。

进了屋子，同志们又抢着给我们打水、开铺，小小的屋子里，挤得人碰人，顿时沸腾起来了。

王德民人还没有进来，他那爽朗的哈哈声已经先送进来了。我望着门口，只见他用锅盖端着三碗热乎乎、香喷喷的面条，满面笑容地走了进来，大声说：

“你们三个回娘家来了！刚才我正忙，没有去接驾。来，给你们接接风吧！”

柳莹呢，总守在我们身边，滔滔不绝地给我们讲这一个月来医院里的一切情况。她从医院的医疗讲到行军打仗，从严院长、彭医生讲到看护长……她这话匣子一打开，好像再也关不住了似的。王德民在一旁看见我们只顾听柳莹说话，忙打岔说：

“柳莹姑娘，面条都冷了！”

柳莹鼓起大眼睛抱歉地说：

“哎呀，我都忘了，你们快吃吧，吃完了再讲。”

我们刚吃完面条，小刘气喘吁吁地跑了进来，瞟了陈真梅一眼，说：

“你们猜，哪个来了？”

“我晓得。”王德民慢吞吞地说，“两只手，两条腿，两个肩膀顶着个脑壳的人来了！”

王德民说罢，又哈哈大笑起来。

王德民的哈哈还没停下来，赵云胜穿着一身油渍渍的衣服，满面汗珠地跑了进来。不知道是惊奇呢，还是兴奋，他和陈真梅面对面地站着，像钉住了的铁钉子一样，半天不动一动，也不说一句话。

柳莹故意咳嗽了一声说：

“怎么，你们两个不认得呀？”

赵云胜这才好像清醒过来，望着我和温素琴笑了笑，腼腆地说：

“啊，你们两个也回来了！”

王德民摸了摸浓黑的胡子：

“你们两个千万莫像《说岳传》上的牛皋，打几个哈哈就快活死了！”

赵云胜不自然地笑了笑，往周围扫视了一眼，就问：

“小宝呢？”

陈真梅咬着嘴唇，用手把垂在额前的头发往脑门心上推了推，然后抬起头来，斩钉截铁地回答说：

“留在家里了！”

“留在家里了？你哪里还有个家？”赵云胜身上好像触了电，猛然抽搐了一下，睁大眼睛望着陈真梅。

“我们为了跟上部队，把小宝寄到了一个红军妈妈家里。”陈真梅一边回答，一边密切注视着赵云胜的表情。

“寄在么子地方？”赵云胜问。

“桑植县白果山。”没等陈真梅开口，我就插上了嘴。“那个红军妈妈才好哩！我们住在她家里，她老人家就像亲娘一样招拂我们。要是没有她老人家，不光温素琴的病诊不好，小宝没得地方安身，嗨，兴许我们也不能在这里追上红军了。”

温素琴怕赵云胜还不放心，忙补充说：

“那个婆婆把你们两口子的姓名也留下了，说是将来革命胜利了，再给你们把小宝送回来！”

“真好！”小刘高兴得往赵云胜的肩上猛地拍了一下，又转过头问我，“那个红军妈妈叫什么名字？”

“不晓得叫么子名字，我们就喊她老婆婆。”我说，“她有一个儿子叫王哈哈，一九二九年就参加了红军。”

“王哈哈！”小刘重复了一遍。

“那个王哈哈才有味道哩！”

接着，陈真梅就把王哈哈给地主看牛时如何跟地主顶嘴，如何喜欢打哈哈，以后怎样离家当了红军，冯老五怎样带着保安队三天两头到他家里胡捣，他的堂客又怎样被吓得逃回娘家的这些事从头至尾、详详细细地讲了一遍。

陈真梅的话刚说完，王德民把旱烟杆往地下一摔，像是被黄蜂狠狠地蜇了一口，呼地从板凳上蹦了起来，握紧拳头往桌子上砰的一拳，震得桌子上的碗都跳了起来：

“哈哈，冯老五呀冯老五，你这老不死的杂种，好，这些我都给你挂上账了，将来再一起跟你算总账。”

满屋子的人都怔住了。

我仔细打量着王德民，好像是头一次看见他似的。他那粗壮的身躯，那开朗的性格，那坚忍的意志，还有他那爽朗的笑声，不就是我印象中的王哈哈吗？我如梦初醒，惊喜地说：

“王班长，王哈哈就是你呀！”

王德民点了点头，脸上显得特别严肃。

陈真梅用颤动着的手从棉衣里掏出那个红布包，郑重地送到王德民面前说：

“这是妈妈托我们带给你的。她老人家还要我们带信给你，让你跟同志们一起，早日打出个天下来，让工农劳动群众当家做主。”

王德民双手捧着红布包，呆呆地望着，说：

“我一定不会辜负她老人家的期望。”

我指着红布包说：

“把奖章戴起来呀，多光荣！”

王德民慢慢地打开了红布包，拿出了一个奖章，刚要往胸前挂去，手又停下来了。

“不。”他激动地说，“等跟一方面军会了师，见了毛主席，我才挂上它们！”

王德民又用红布把奖章包起来，放在口袋里。他转过脸来，拍拍赵云胜的肩膀，又笑着说：

“老赵，我有个儿子，你也有个儿子。让他们在风浪里长大吧！等到全中国都插遍了镰刀斧头红旗，我们请个假，一起回到桑植去看他们，你看要得吗？哈哈哈哈……”

赵云胜紧紧握住了王德民的手，激动地说：“好，王班长。”

满屋子的人望着他们，都感到一阵兴奋。

第十三章

一

蓝蓝的天上镶着朵朵白云，清澈碧绿的河水静静地流动着。

冷风吹来，河面上掀起了一层鱼鳞似的涟波。扬着白帆的木船驶向远方。一群群的鸭子发出嘎嘎嘎的叫声，不时翘起尾巴，把头伸进水里去寻食。河边的沙坪里，传来了正在操练的红军战士整齐有力的喊声。

我和温素琴蹲在河边的跳板上，正在洗着衣服和绷带。我抖开一件血迹斑斑的军上衣，涂了些茶枯[1]，使劲搓着。河水冷得咬手，我的两只手搓得通红。温素琴在我一边正闷着头一棒一棒捶衣服，突然她像发现了什么似的，拿着我的手，吃惊地说：

“看你的手，冻得真像个红萝卜了！快歇一下，我来搓！”

[1] 茶枯：茶子榨过油的渣结成的枯饼，可以代替肥皂用来洗衣。

我把手从她的手里抽出来，指着她的手说：

“你不看看你自己的手，快冻成紫茄子啦！还说人呢！”温素琴把头一扬，我俩不由得一起笑开了。

正在这时候，陈真梅匆匆跑来了。她一边往跳板上走，一边说：

“好呀，你们这两个死丫头！又瞒着人收了这么多衣服、绷带洗来了，对我也保密了！”

“你不是在给伤员换药吗？”我说。

“换完了！”陈真梅一边拿起温素琴捶过的衣服浸到水里搓洗，一边说：“你们两个也真是气人！领导上三番五次地叫你们休息，你们反倒抢着做事情，真不听话！”

“那么你呢？在病房忙完，又跑到这里来干什么？”温素琴噘着嘴说。

陈真梅一挺胸说：“我？我身体好呀！”

我接过陈真梅的话说：

“我们又不是回来做客的！大家都忙得上气不接下气，我们怎么能抄着手坐在一边看热闹？”

我们三个你一句我一句正说得热闹，突然叭叭叭叭，叭叭叭叭，从不远的地方传来阵阵的枪声。我们三个抬起盛衣服的箩筐就往回跑。

远远地就从院里传来严院长的声音：

“借了老百姓的东西，赶快送还！纪律检查组的同志，马上分头去检查群众纪律！”

看这情况，部队要出发了。我们抬着箩筐飞跑进院里，正好迎面来了看护长。我一把拉住了她，着急地问：

“看护长，要出发了？”

“嗯。”看护长回答。

“怎么马上出发？”我又问。

“敌人请我们走呀！”看护长笑笑说。说罢，她就和王德民、小刘一起检查群众纪律去了。

枪声越响越激烈，越响越近。我们送还了在老百姓家里借的东西，上好门板，把院子打扫干净以后，就到外面去集合。

队伍马上开始了急行军。

我们的队伍刚走到溆浦河边，尾随在我们队伍后边的敌机就赶了上来，在河边的橘林上空盘旋，激起一阵阵疾风，把金黄色的橘子刮得啪啪啪地落了一地。紧接着，又是扔炸弹，又是机枪扫射，只见火光四起，烟雾冲天。后面的部队隐蔽在河边的橘林里，前面的部队仍然沉着地分批抢渡。

敌机刚一走，严院长站在高处大声向我们打招呼：

“同志们，脚下留神！不要踩坏了老百姓的橘子。”

直到天黑以后，我们才渡过溆浦河。

二

在赶上部队的那天夜里，我的右脚背被一块尖石头碰破了一条口子。彭医生给我进行了突击治疗，但是时间短，口子没有愈合，走了几十里路，变得又红又肿，痛得更加厉害了。宿营以后，我躺在地铺上翻来覆去，总睡不着。我很担心：脚肿成这个样子，明天怎么行军呢？

睡在我旁边的看护长也没有睡着。她见我老翻身，就轻声地问我：

“兰伢，你怎么啦？”

“没得么子，看护长。”

“是不是脚痛？”

“有一点点痛，没有关系。”

我怎么敢把真实情况告诉她呢！

第二天鸡叫头遍，我们就起来了。我点着火把，一跛一跛地正要去给伤员换药，碰上了看护长。她看清是我，就说：“刚才院长说，要你今天骑牲口走。”

“好好的人，骑么子牲口，牲口让伤员骑吧！”我说。

看护长一把拉住了我，认真地说：

“你脚痛，不骑牲口，掉了队怎么办？”

“不，不骑牲口，我能走！”我说。

看护长想了想，又说：

“那你就去吃饭，跟打前站的同志先走吧！”

我还是不依，硬要跟担架照拂伤员。

看护长脸一沉，说：

“担架有人跟，你先走，万一掉队也好办，不掉队更好！”

我怕看护长又要让我骑牲口，也就答应了。于是我就跟打前站的先走了。这时候，天还黑蒙蒙的。

才走了几步，脚背就像裂开了一样，心里麻辣火烧，痛得眼泪都出来了。我命令自己，“跟上！跟上！千万不能掉队！”但是，那些彪壮结实的战士，走起路来个个像踏上了风火轮，一步跨出去好远。我怎样用劲赶，也还是慢慢落下来了。这时候，我急得差点要哭了！上回领导上动员我回家，还不是怕我行军跟不上队伍吗？如今才归队不几天，开始行军就掉队，这还像话呀？刚才看护长要我骑牲口走，可是，有好些伤员都还没牲口骑，我骑牲口？哪有这个道理！我想：掉队也不能怪我，我的脚痛呵！想想又觉得不对！看护长那么大年纪了，还是双解足脚，都能跟上队伍，我为什么就跟不上呢？只怪自己不争气！我咬紧牙关，紧往前走着。但走了一阵，右脚背实在痛得太厉害，又慢下来了。收容队的一个同志瞧了我一眼，做了个鬼脸，笑咧咧地说：

“哈哈，你这个小鬼，早晨轰台，晚上压轴，唱的什么戏呀？”

我本想回答说我脚痛，可是没有说出来，又勉强加快脚步往前走着说：

“不怕压轴，只怕不出台。”

“别打肿了脸充胖子啦，我背上你走吧！”他说。

我连忙把身子闪到一边说：

“不！你也没多长两条腿，谁要你背！”

“告诉你，你要再往后掉，后面可就没有收容队了。”

“收容队跟我有么子关系？部队到哪里宿营，我也赶到哪里宿营，保证跟上队伍。”我说。

我嘴上不服软，可是越走越困难了，脚上的伤口痛得一跳一跳的。我正想坐下来稍微歇一歇，小刘跨着大步从前面走过来了，看见我就说：

“小兰，走不动了吧？”

“走得动。你又回来做么子？”我问。

“来接你呀！”

说着，他走到了我的跟前，搀着我往前走。

每次行军的时候，小刘总是帮这个，帮那个，走的路比别人多得多。一到宿营地，警卫班担任放哨，他还要带班，通宵也睡不了多少觉。论年纪，他比我也大不了多少，怎么好意思让他为我再受累呢！想到这一层，好像打了一针兴奋剂似的，脚也不痛了，我挣脱了他的手，往前快走了几步，对他说：

“你看，我不是走得挺好嘛！”

话音还没落地，一个趔趄，差点儿栽了个跟头。小刘在我背后一把扶住了我的肩膀，粗声粗气地说：

“稻草人似的，一阵风能把你刮上半天空，还嘴硬！”

到了宿营地，看护长连忙迎上来，拉着我的手，悄悄地说：“要你骑牲口你又不肯，看，掉队了吧！”

我刚刚在地铺上坐下，她转身从外边端来一大盆热气腾腾的水，送到我的跟前说：

“兰伢，先洗洗脚。”

我洗完脚，小刘又端着一碗饭送来了，说：

“吃吧！王班长还在饭下边打了点埋伏哩！”

我双手接过饭碗，挑开上面的饭，就露出了两个煎荷包蛋。我望着看护长和小刘说：

“你们真的把我当成伤员了呀！”

我吃完饭，正要到病房里去看伤员，看护长端着个脓盘，走进来了，脓盆里放着镊子、瓶子和一些刚刚换下来的纱布和绷带。

“看护长！给伤员换过药了？”

看护长笑了笑说：

“现在该给你这个伤员换药了！”

我用火柴把小油灯点着。看护长坐在我的身边，给我换药。在灯光下，看护长的脸色显得又黄又苍白，额上满是细密的汗珠，半张着眼睛喘着气。换完药，我扶着她说：

“看护长，你也累翻了，歇一歇吧！”

看护长强打精神地回答说：

“累么子？大家都一样嘛！”

“不累也要你歇一歇，让我给你捶捶背吧！”

说罢，我就扶她在凳子上坐下，轻轻给她捶起背来。她弓着身子，两只手撑在膝盖上，发出长长的呼吸声。

捶了一会儿，看护长用力拖住我的裤脚。我不知道是怎么一回事，抬头一看，原来是严院长进来了。看护长一把把我拉到她怀里，假装生气地说：

“你这兰伢真调皮，不是在这里打打，就是在那里捶捶，一双手总也闲不住。”

严院长笑着说：

“你就要有这样一个调皮伢伢给你捶捶打打，活动活动筋骨呀！”

三

这天，我们出发不久，天空突然阴暗起来，大块大块的乌云往一处挤，凝成了一块，好像就会从空中掉下来。

“下雨了！”不晓得是哪个喊了一声。

这一声喊，正在行进着的行列里顿时热闹起来，我们的脚步也迈得更快了。

紧接着，就下起了倾盆大雨。

看护们七手八脚地忙把手边一切能遮雨的东西：斗篷，雨伞、雨布、雨衣……往担架上盖。我什么遮雨的东西也没有，只好在归我照拂的那个伤员的担架上，支了几根树枝，把自己的一条被单蒙在上面。才过了一会儿，被单就变成了筛子，雨水滴到了伤员身上。这可把我急坏了，正巧路边有一棵大芭蕉树，我过去摘了两张芭蕉叶子，盖在伤员的身上。

我紧紧地跟在担架后面走，浑身水淋淋的，像是才从水缸里钻出来似的。湿衣服贴在肉上，冻得直打战。路也不好走，一路上老跌跤。

这两天来，我脚上伤已经封了口，不再做收容队的“客人”了。严院长今天不光让我跟大家一起走，还答应让我跟担架。虽说雨下得这样大，路是这样难走，可是我心里格外舒畅。

雨下得更猛了，就像一片从天上倾泻下来的瀑布，那哗哗的响声，淹没了行军路上的人喊马嘶，淹没了天地间一切声音。

在那大雨中，只见一个披着黄雨布、腿肚上扎着绑腿的人，从后面大步走来。他挺着胸，步子走得又稳又有力，一转眼就赶过了他前面的好几个人。这个人多精神啊！他在狂风暴雨的山路上走着，就像走平地一样。他是谁呢？在雨网中怎么也看不清。在他后面十几步远的地方，还有几个背着盒子枪的人，也和他一样地快步走着。

我的脚踩了一个石头，打了个趔趄，猛抬头，见前面耸着一段壁陡的窄路，抬在前面的那个担架员刚刚跨了上去，没站稳脚，又踉踉跄跄地退了下来。我一步抢上去搭上一把手，担架还是上不去。正在这时候，那个披雨布的人几步跨了过来，接过了担架的一头，一只脚踏在路中间，一只脚顶在路边的一个树兜子上，喊了声“起”，两手就用力往上抬。等到后边那几个背盒子枪的同志赶上来帮忙，他已经把担架送上去了。

我转身望着这个披雨布的人，正想说几句感谢他的话，只见他又跨到担架旁边，把盖在伤员身上的芭蕉叶子揭掉，把湿被单掀下来，拿下自己身上的雨布，抖了抖水，轻轻盖在伤员的身上。

他把湿被单拧了拧，交给我说：“小鬼，披上！”

这时，我才看清，这人不是别人，正是我们的贺老总。他昂然站立在风雨中，那宽大厚实的身躯，就像一座岩石。他满脸水漉漉的，可是神色仍然那样坦然。我望着他，想把雨布还给他。他似乎已经猜透了我的心思，向我摆了摆手，意思好像是说：走吧，不要惊动伤员。他走了一步，又转过头来，笑着问我：

“小鬼，跌跤没有？”

“没有。”我说。

贺老总又指着我身上问：

“这么多泥巴哪里来的？”

我不好意思地笑了。

贺老总又边走边问：

“小鬼，你说，雨天行军好呢，还是晴天行军好？”

我想都没想，就说：

“当然晴天行军好啰！”

“当然？”贺老总又笑了，“我看不见得。晴天国民党的飞机老跟在头上嗡嗡叫，讨厌得很，不如雨天走路来得痛快。”

“雨天路不好走呀！”我提出了我的理由。

“要看你怎么走！我告诉你一个走烂泥巴路的秘诀，腿不要抬得太高，脚要落得实，身子要正，步子要匀，踩到地下后，脚趾头要钩着点，这样走就省劲，少跌跤。”他一边说，一边走给我看。

我学着他的样子走，果然轻松多了。

路边有根竹棍，他一弯腰捡起来，用手擦了擦竹棍上的泥巴，递给我说：

“拿着吧，给你加上一条腿！好好走，不要再跌跤了。”

说罢，他又加快了脚步，往前走了。

这时，雨已经小些了。行军队伍里又响起阵阵的歌声。

| 第十四章 |

一

贵州这地方真是天无三日晴，地无三尺平。我们一进入贵州境内，就不断地下雨，经常走山路。

这天，又不紧不慢地下着牛毛雨。长长的行列，在那狭窄的山路上行进着。我们来到一座大山脚下。我停住脚，抬头往上一看：银色的山峰就像个竹笋，上面溜尖溜尖的，钻进云层。山腰围着白蒙蒙的雾气，起起伏伏，忽高忽低，就像滚滚的波涛。

我们快来到山顶，牛毛雨突然变成了纷纷扬扬的雪花。只见满山满岭铺上了一层厚厚的白雪，树枝上挂着一串串的冰凌。寒风夹着雪花，迎面扑来。我伸开手板，攥着飘落下来的雪花，兴致勃勃地说：

“真怪，山下边明明落雨，这里怎么飘起雪来了？”

看护长接上说：

“数九寒天，山高风大，雨被风一吹，就变成雪了嘛！”

陈真梅紧皱着眉毛，走几步，停一停，半张着嘴直喘气。我问她是不是病了，她摇摇头，坐在路边一块积雪的岩石上，身子往前一弓，呕吐起来了。不知道她到底得了什么病，急得我忙喊："看护长，快来。"

看护长匆匆走上来，一手托着陈真梅的前额，一手给她捶背。

"看护长，真梅姐怎么啦？"

"怀孕了！"看护长悄悄地对我说。

我睁大眼睛啊了一声。在这时候怀孕，那可是伤脑筋呵！

我和看护长扶着陈真梅走到山顶上，突然前面响起了乒乒乓乓的枪声。原来敌人占领了前面的一个山头，跟我们接上火了。我们只得在山顶上停了下来。这时候天已经快黑了。

北风卷着雪花，发出吓人的吼叫。我把包里的衣服都穿上了，被单也披上了，还是不顶用。四围都是冰雪，连个避风的地方也找不到。我们一个个冻得像筛糠似的，坐下又站起，站起又坐下……正在这时候，小刘披着满身白雪跑来，说在前边找到了一个避风的地方，院长要大家都去。

我们跟着小刘走进了一个两边都是山崖的凹地，抬头一看，只见崖顶上结着一层厚厚的冰块，闪闪发亮；倾斜下来的石壁上，吊着一排排的冰凌，地上是尺把深的积雪。王德民担着伙食担子走了进来，乐呵呵地说：

"嗨，我们都变成东海龙王，进水晶宫了。"

看护长就说："来，把这水晶宫收拾收拾吧！"

我们用手和木棍刨着地上的雪和冰块，刨出了一个不大的地方，把伤员安顿好了，然后有的撑雨伞，有的顶被单，在地上背靠背地紧挨着坐了下来。风还在往这里灌，雪还在往这里飞旋，不过和外边比较起来，这还真是一个"王宫"哩。

我跟陈真梅顶着被单、背靠着背坐在一棵松树下，没有多久，我就睡着了。

一阵清脆的号声把我从睡梦中惊醒了。我睁开眼睛一看，天已经亮了，一个个“雪人”正在用棍子拍打着身上的积雪。小刘口里喊着“嘿呀嘿”，两只脚在不停地用力猛跳。

柳莹尖着声音喊起来：

“看呀，王胡子班长成了全福寿菩萨啦！”

我一看王德民，可不，他的胡须上、眉毛上都结了冰花，裤腿下半截也结了硬邦邦的一层冰块，一迈脚就咔嚓咔嚓响。

奇怪，这时候我一点也不觉得冷。

严院长走到我的跟前，弯下腰推了推我说：

“快起来动弹动弹，暖暖身子。拦路的敌人被我们打跑了，下山吃早饭去！”

可是我怎么也起不来了。我往下面摸了摸，吓了一大跳，惊叫起来：

“哎呀，我的腿呢？”

在我的跟前站着一个高个子的中年人。他上身穿着打补丁的棉军衣，下身穿着单军裤。他看到我那个惊讶的样子，指着地下说：

“你这小鬼，这不是你的腿吗？”

“睡得这样死。”严院长笑了笑，又指着那个中年人说：“要不是他把你露在外边的腿抱在怀里暖了半夜，只怕你真要找不到腿了！”

我看看，腿是还在我身上长着，可是没有知觉了，就说：

“这腿不是我的！”

“这小鬼真有意思，连自己的腿都不认账了！”

那个中年人说着，就扳起我那麻木了的腿用劲搓揉好一会儿，又用手搀我起来。

我往上一蹦，像是有人抓住了我的头发，把我扯倒了。原来我的头发和地下的杂草冻结在一起了。弄得我真是哭笑不得，就大声骂起来：

“天老爷真混蛋！”

那个中年人从小刘手里接过一把刺刀，往粘住我头发的冰块上砍。他一边砍，一边笑着说：

“看我挖的这个大人参精哪！”

我这个“人参精”终于被挖出来了。

那人扶着我，让我慢慢站起来，但是腿还有点麻木。他松开手对我说：“走几步试试看！”

我走了几步，腿才恢复了一些知觉。这时，队伍又出发了。

我头上还挂着一串串冰块和杂草，一走动，小冰块互相撞击，发出叮叮当当的响声。王德民从我后边赶上来，开玩笑地说：

“哈哈，这是哪家下聘礼，真大方，送了你一头白玉首饰！”

柳莹也凑趣地说：

“这一打扮可真漂亮！快上轿吧！”

逗得大家都笑了，连我自己也忍不住笑起来。

走了一会儿，头上的冰块融化了，冰水顺着脖子一直流到背上，冰凉冰凉的，怪不好受。

下山的路更不好走了，一路上尽绊跤。我的手上、脚上划了好几道小口子，鲜红的血在雪地上留下了一个个的印记。我望着前面的行军队伍，正要加快脚步，不料一脚踏了个空，哧的一声滑了下去，眼看前面是条深沟，要是掉下去，那就糟了……正在这时，一双有力的大手一把把我拉住了。我回头一看，原来又是早晨挖“人参精”的那个中年人。他扶着我坐下，看了看我的双脚，从小包里拿出一双崭新的布鞋塞到我的手里说：

“小鬼，脚出血了，快穿上吧！”

鞋，在这个时候，是多么珍贵的东西呵。他自己脚上穿的还是脱了耳的草鞋，我怎么好意思收下他的布鞋呢？本来我的脚在阵阵发痛，可是我装作满不在乎的样子说：

“我穿着天生的皮鞋，磨不破，穿不烂，好得很呀！”

中年人笑了笑，扳起我的脚，就把鞋子往上套，脚短鞋长，穿上去空了一大截。他又从口袋里拿出两根蓝布条，用刀在鞋面两边穿了两个小眼，把布条系上。这一来，鞋子就穿得稳稳当当的了。他站起身来，拍了拍我的肩膀说：

“小鬼，换了掌子，就快马加鞭吧！”

我很感激他，望着他微微一笑，起身往前走。我一边走，一边问他：

“同志，这是不是我们常说的那个大雪山呀？”

他嘿嘿笑了两声：

“大雪山？早得很哩，这是大雪山的弟弟。”

“没有听说过大雪山还有弟弟！”我也咯咯地笑了起来，“那大雪山比它弟弟还要高得多啰？”

“当然。”他把眼睛紧盯着我问：“怎么样，害怕吗？”

我把手一甩，说：

“不怕，不怕，拄着拐杖的伤员都能过，我就不能过呀？”

他笑了笑说：

“对了！任何困难在我们红军面前都会低头的。莫要说小雪山、大雪山，就是刀山火海，我们红军也要闯过去。”

我心里甜丝丝的，心想这个同志不光对人好，懂得的道理也多。我想问问他叫什么名字，在哪个单位，做什么工作。但没等我再张口，他就迎着风雪，消失在行军的行列里了。

二

擦黑，我们到了一个有百十户人家的村子。

一到宿营地，我们就忙开了。看护长带着几个男看护挨家挨户去借门板、稻草，给伤员们搭铺。彭医生、何医生、李医生带着陈真梅、温素琴她们给伤员们打针，换药。我到伙房里抱了几抱茅柴，在天井里烧起了一堆红旺旺的大火，又找几根小竹竿搭个架子，烤着刚刚给伤员洗过的衣服、绷带。有几个吊着胳膊、拄着拐杖的轻伤员看见我一个人忙不赢，也过来帮忙。

晾好了衣服、绷带，我就想到门外的井里去打些水来洗脚，刚走到拐弯的地方，看见小刘打着火把，柳莹左手提着一个小洋铁桶，右手拿着个小棕刷子，正在墙上写标语。我轻手轻脚走了过去，在柳莹的肩膀上拍了一下，笑着说：

“嘿，到底读过几年‘人之初’，这字写得多秀气，多有劲。”

小刘高兴地指着墙上说：

“不光写了标语，还给小日本和蒋光头画了像哩！”

我一看，可不是，在“打倒日本帝国主义”的标语下边，画着一个打着膏药旗的矮矮的日本鬼子，旁边画着一个卑躬屈膝的奴才——蒋光头，在他们前面，一个高大威武的红军战士正举着枪，横眉怒眼地对着他们。看着真叫人心里痛快，我忍不住对柳莹说：

“柳莹，想不到你还有这一手，蒋光头这副奴才相，被你画到家了！”

我烤干了衣服、绷带，把明天早晨要用的镊子、探针、注射器都准备好了，正要去睡觉。经过伙房门口，看见王德民点着盏小油灯，弓着腰面对着灶门口坐着，看不清他在干什么。我走进去站在他背后一看，只见他叉开脚趾头当草鞋马，正在编草鞋，这草鞋比他的脚要小一半。我弄不清是怎么回事，就问他：

“这么点点长的草鞋，你那大脚板怎么穿呀？”

王德民指指我的脚笑着说：

“我的是大脚板，那里还有双小脚板呀！”

我忙对他说：

“王班长，你还是早点休息吧。今天有人送了我一双布鞋，可以穿几天。”

“哪个送你的呵？”他问。

“就是今天清早说我是‘人参精’的那个人。王班长，他是哪个单位的？”

王德民挤了挤眼睛，贴着我耳边说：

“你这个官僚主义！你还不晓得他是谁？”

“什么？官僚主义！”他的话把我弄糊涂了。

“那就是昨天调到我们医院来的罗政委。”

“罗政委？”

“是呀，”王德民说，“这个政委一到医院就打听谁叫什么名字，哪里人，有什么脾气，一天工夫，医院的情况他就摸了个大概。一看就知道是个好首长。”

“我好像在什么地方看见过他。”我说。

“他原先在战斗部队当团政委，后来负了重伤，伤好以后才调到我们这里来的。你怎么就认识他了？”

“当过团政委？”

终于，我想起来了，他不就是在龙家寨庆祝胜利的大会上给我们讲话的那个团政委吗？对了，是他，正是他。我仿佛遇到了什么大喜事，心里很兴奋。

这时候，王德民已经把那双草鞋编完了，往我手里一塞，说：“拿去吧！”

三

部队进入了贵州的崇山峻岭中。在这连绵起伏的深山里，经常几十里路看不到人烟，吃的就发生了困难。这天我们每人只分了半碗炒熟了的包谷粒，出发的时候吃了一些，剩下的就装在口袋里。到路上，实在饿得不好受了，就吃上几粒。看护长还编了个顺口溜，念给我们听：

金包谷，
银包谷，
吃上一把好走路，
一粒包谷一口水，
十粒包谷顶到黑。

一路上大家有说有笑，蛮有精神。休息的时候，担架刚在树林里停下来，我从身上取下干粮袋，走到担架跟前扶起伤员说：

“同志，吃点东西吧！”

那个伤员睁眼一看，是炒包谷粒，就摇了摇头说，不想吃东西。这是个重伤员，这两天有些发烧，口里干渴，硬邦邦的包谷粒实在是吃不进去。但是，在这人烟稀少的深山里，能吃上包谷粒已经不容易了，哪能弄到别的能吃的东西呢？我只得对他说：

“同志，咬着牙吃点吧，今天的路还远呀！”

伤员点了点头。

我侧着身子蹲下，用匙子把包谷粒慢慢送进他的嘴里。谁知他刚嚼了几下，噗的一声，包谷粒从嘴里全喷了出来，接着，猛烈地咳嗽起来，苍白的脸憋得通红，身子前后摆动。

可把我急坏了，不知道怎么办好。正在这时，罗政委来了。他急忙从身上取下水壶，给这伤员喂了些水，伤员才慢慢停止了咳嗽。罗政委紧握住他的手，抱歉地说：

“我们没有把伤员同志照顾好……”

我听了这句话，心发跳，脸发烧。罗政委虽然说的是“我们”，可是这里边也有我的一份责任呀！

等那个伤员缓过气来了，罗政委又拿起匙子，亲自给他喂包谷粒。我蹲在旁边扶着伤员，看到罗政委那个认真耐心的样子，心里很受感动。

晚饭吃的还是炒包谷粒。这一带除了包谷，就没有旁的粮食。我们倒没有关系，可是总不能让伤员们一顿接一顿的吃炒包谷粒呵！这可把我们愁坏了。这天晚上，我睡下不久，突然传来了一阵阵嗡嗡的声音。莫非是敌人的飞机来了？仔细一听，又不像。这是怎么回事呢？我从地铺上赶紧爬起来，循着声音，一直走到了后面的一个茅棚子里，只见地下烧着一堆忽明忽暗的火，有一个人正在推磨。他穿着一件单军衣，头上冒着热气。呵！这不是罗政委吗？他怎么一个人深更半夜地跑到这里来推包谷啦？我走了过去，低声说：

“政委，我来帮你推吧！”

他抬起头来，看见是我，把脸一板说：

“你这小鬼，这时候跑来干什么？快睡觉去！”

“你怎么这时候还不睡？”我说。

罗政委这才笑了，说：

“哪能让伤员老吃炒包谷粒呢？磨成粉，煮成糊糊就好吃一些了，是不是？”

我听了罗政委的话，感到很激动，又感到惭愧。原先我也想过这事，总是往难处想得多：找不到磨子啦，没有时间啦……困难一大堆。可是罗政委，怎么就找着了磨子，半夜深更为伤员来磨包谷粉呢？

我一边同罗政委一起推磨子，一边问：

“政委，你认得我吗？”

罗政委扑哧一声笑了：

“怎么不认得你这个大人参精呢！”

“我是说原先你认不认得我？”我说。

“原先……”罗政委极力回忆着，然后摇了摇头，“不认得。”

“你不认得我，我可早就认得你了。”

“你什么时候认得我的呀？”

“龙家寨战斗结束以后呀！”我说，“那回你还说了，等我长大以后给我一条枪哩！你忘了吗？”

罗政委想了想，突然哈哈大笑，兴冲冲地说：

“对对对！想不到是你这个调皮鬼，到底参加了红军啦！”

我们一边讲，一边推包谷。到鸡叫头遍的时候，就把半箩筐包谷推完了。

| 第十五章 |

一

我们行军到云南边境，已经是三月艳阳天了。山坡上遍地都是鲜花：火红的杜鹃花，雪白的野蔷薇，黄澄澄的清明花，点缀在葱绿的野草中间，飘荡着醉人的芳香。

休息号一响，我拉着温素琴的手，就往山上跑。她边跑边问：

“小兰，拖我做么子去呀？”

我指着那些花对她说：

“多好看的花呀，我们摘去！”

走了不远，温素琴站住了，眯着眼睛，望着这一片景色。微风吹拂着她那长长的头发，她的嘴角上浮现出微笑。

我摘下一枝雪白的野蔷薇，一枝火红的杜鹃花，对温素琴说：

“莫动，我给你打扮打扮！”

说着，我就把花插在她的头上。她说：

“小兰，你又调皮了。我们还是摘些花送给伤员吧！”

我们两个人一口气摘了好多花，一束一束地扎起来，分送给伤员们。一个伤员接过花束，放在鼻子面前闻了闻，又插在担架边上，笑着说：

“谢谢你，小兰。你喜欢花吗？”

“喜欢。”我指着山坡上说，“你看，这多像个大花园呀！”

担架连迅速地到树林子里隐蔽起来。嗡嗡嗡，三架苍蝇似的大肚皮飞机，从山那边钻出来了。它们飞得很低很低，连机翼上那个国民党狗牙徽都看得一清二楚。

小刘站在一棵大松树下，右手拿着小马枪，左手打着眼罩，抬头瞪着嗡嗡叫唤的敌机，愤愤地说：

“他妈的，你有胆量再飞低一点，老子一枪就把你打下来！”

敌机像走马灯似的围着大山打了几个圈圈，又嗡嗡嗡地腾空飞走了，半天空里留下了一大团一大团密密麻麻的纸片，徐徐飘落下来。

我们不知道是什么东西，满山遍野追着去收捡。捡起来一看，原来是反动传单，上面还印着一个斜扎着皮带，肩上顶着两个大绒球，光着尖脑壳，拄着文明棍的鬼里鬼气的人像。我问小刘：

“这个光脑壳是哪个？”

“这还不认得？冤家死对头——刽子手蒋该死王八蛋！”

小刘说完，把纸片撕得粉碎，用劲丢在地下，用脚踩了又踩：

“去你娘的吧！”

王德民拿着个大口袋，像捡菌子一样地把纸片一张张收集起来，装进口袋里。他看见小刘把纸片撕了，就说：

“看你这个大马虎，留着有用。”

“有个屁用！”

“屁用？”王德民还在一张一张地收捡反动传单。“做揩屁股的纸还要不得？”

我们听了，都哈哈大笑起来。温素琴笑得眼泪都出来了。

二

今天天气格外晴朗，风和日暖，万里无云。这几天来，敌人的飞机天天来捣乱，今天到这时候还没露过面，因此显得很清静。

到该吃午饭的时候了，我从挎包里拿出一茶缸子米饭，正要喂给伤员吃。温素琴站在前边的一块岩石上，兴冲冲地大声喊着：

“今天改善生活，快到我这里来给伤员领菜啦！”

柳莹对温素琴咧了咧嘴，偏起脑壳说：

“你这个老实人，怎么也学会骗人啦！”

“不信你们看。”温素琴说着，从挎包里掏出了一个纸包，打开一看，是一大块煮熟了的火腿。

我三脚两步赶了过去问她：

“哪里来的火腿？”

温素琴一边用刀子切着火腿，一边说：

“宣威带来的嘛！”

宣威是产火腿出名的地方。部队到那里的时候，没收了一个官僚资本家的火腿公司，把好多火腿分给了当地的群众，我们自己也留了一部分，可是到前天，都已经吃完了。温素琴哪来的火腿呢？

“素琴，分给你的火腿，你一点也没有吃吗？”我直截了当地问。

温素琴笑笑说：

“不要啰唆了，快给伤员送去吧！”

我刚给伤员喂完饭，只听得嗡嗡嗡的声音，敌机又来了。我抬头一看，天上黑乎乎的一大片，有十多架，一飞到我们头顶上，就投弹、俯冲、扫射。轰！轰！轰！一个烟柱接着一个烟柱从地面冒起，夹着泥土、沙砾、树枝飞向天空，大杉树齐腰截断，石头炸成了粉末，烟雾遮住了太阳，遮住了眼睛，整个大地都好像在晃动。

我搀着一个重伤员正紧挨着小土坡往下爬，一架敌机嗤的一声，在我们的头顶掠了过去，接着，一个个的黑葫芦旋转着向我们这里落下来。我紧张地喊了一声“炸弹”，抱着那个伤员滚到了旁边一个大土坑里。刚着地，黑葫芦就好像长了眼睛一样跟来了。我连想都顾不得想，伏在那个伤员的身上，闭上了眼睛。只听得轰隆一声巨响，不知是什么东西，沉甸甸地压到了我的背上，耳朵里也嗡嗡乱响。我以为自己负了伤，一摸，才知道是压了厚厚的一层土。

我把那个伤员扶起，让他坐在那里，急忙去救护被炸伤的同志。罗政委、严院长、彭医生、看护长也都在树林里东奔西跑，抢救伤员。

我刚给一个手上负了伤的同志包扎好，忽然听得旁边的小树下有人哼哼，跑过去一看，原来是温素琴。她趴在担架边上，右腿还搭在伤员身上，被炸得血肉模糊。我的心像碎了一样，连忙扑过去，大声喊道：

“素琴！素琴！”

躺在担架上的那个伤员也咬着牙坐起来，一脸滚滚的汗珠，激动地说：

“都怪我，都怪我。她为了掩护我才负伤的……”

彭医生和陈真梅匆匆地跑来了。彭医生看了看温素琴的伤势，马上给她注射了一针止血剂，我和陈真梅忙给她包扎伤口。

那个伤员眼睛里噙着泪水，还在大声地对彭医生喊道：“医生，只要能把她的伤治好，就是把我的腿割下来给她，我也心甘情愿。”

罗政委闻讯跑来了。他走到温素琴的身边，弯下腰来，双手紧紧握住了温素琴的右手，低声喊道：

“素琴同志！素琴同志！”

温素琴紧闭着眼睛，一动也不动。她已经昏迷过去了。

罗政委直起身来，激动地对彭医生说：

“我们一定要把她的伤治好！”

担架来了。罗政委和彭医生轻手轻脚地把温素琴放到担架上，亲自抬起担架就往前走。我和陈真梅紧紧地跟在担架后面。

三

温素琴的伤稍好了一点，但是骨头被炸断了，受伤的右腿残废了。她从来没有在人面前掉过一滴眼泪，仍然和过去一样不愿意闲着，总是坐在床上给伤员缝补衣服、做袜套……

这天部队宿营后，我给伤员去换药，只见在温素琴的地铺旁边，有好几个轻伤员围在那里。我问：

“你们这里做么子呀？”

一个伤员回过头来，笑眯眯地望着我说：

“温素琴在给我们换药！”

我走近一看，温素琴坐在地铺上，盘着左腿，上了夹板的右腿伸得直直的，手拿着镊子夹着药棉正在给一个伤员洗伤口。我等她刚要把镊子伸进瓶子里去蘸硼酸水，一把夺过她手里的镊子，对她说：

“你这个人怎么老是不听话！”

温素琴嘻嘻一笑，哀求似地说：

“小兰，把镊子给我！”

我拿着镊子背过手去，对她说：

“我们忙得过来，你还是休息吧！”

“我不累……”

“不累也要你休息！”

她见我执意不肯让她工作，脸一下涨得通红，激动地说：

“我的腿残废了，可是心没有残废，手也没有残废。你凭什么不让我做事情呢？”

叫她这么一说，我一时倒不知道该怎样回答了。

部队行进到了一个苗族聚居的村庄。

部队为了甩掉敌人，早日到达抗日前线，将要进入一个更加艰苦的行军阶段。领导决定将一些重伤员和短期内无法治好、行动不便的伤员暂时寄放在这一带。温素琴正属于这样的伤员，领导上也决定把她留下了。

我一听到了这个消息，就和陈真梅一起去看望她。我有一肚子的话想和她说，我要好好安慰她。我们两个刚走到阶沿下，正好碰上她夹着两根拐杖，拖着右腿，吃力地走来了。

我和陈真梅跑过去扶住了她，不知道该说什么好，她倒先开口了：

“你两个知道了吧？我留下了！”

她没等我们两个回答，接着说：

“你们放心好了！哪里有穷人，哪里就有我们立脚生根的地方。刚才罗政委跟我谈了，说上级决定把我们留下，不光是为了省几副担架，而是交给了我们一个重大的任务。”

她说得那么平静，那么有信心，反倒安慰起我们来了。

陈真梅激动地说：

“对，素琴，只要心是红的，到哪里也有我们战斗的岗位。”

我知道这不是流泪的时候，可是鼻子一酸，眼睛里冒出了激动的泪花。我忙转过脸去，只听见陈真梅说：

“素琴，常想想我们三个人一起找队伍的事，你就会增加力量的。”

温素琴把斜靠在拐杖上的身子直起来，斩钉截铁地说：“放心吧！我永远也不会掉队的……”

这天夜里，我们三个在一起谈了很久。温素琴不但话特别多，还有意说些逗笑的话，完全不像明天我们就要分别了。

第二天，部队快要出发的时候，温素琴和其他留下的伤员拄着拐杖来送我们。

严院长和罗政委一人搬着一个大木箱子走过来，放到温素琴的跟前。严院长指着木箱子，语重心长地说：

“素琴同志，给你们留下的药品器材不多，不过，我们医院的家底子你是清楚的。希望你好好利用这些药品器材，使留下的伤员同志们早日恢复健康。”

罗政委接着说：

“你们现在都是伤员。可是你们都很明白，你们是久经战争考验的革命战士，留在这里不仅对养伤有好处，而且还能播下革命的种子，让它在这里发芽、生根、成长、开花结果。党永远不会忘记你们的。同志们，我预祝你们胜利。”

“我们一定听党的话！”

“我们要革命到底！”

“我们的心永远是红的！”

伤员们一个个争着回答。这都是他们从内心发出的最朴实、最忠诚的誓言。

我仔细观看温素琴，只见她拄着拐杖挺胸站着，一双眼睛显得特别明亮，脸上露出了一种刚毅的表情。她从罗政委那坚定的语言里，获得了更大的信心和力量。

进军的号声响了。我连忙跑过去，紧紧握住了温素琴的手，像粘住了一样。

“小兰，到革命胜利的那一天，我们再见吧！”温素琴把我的手使劲握了一下。

我也感情激动地说：

“再见！那一天很快就会到来的！”

| 第十六章 |

一

吃过晚饭好大一阵，我和柳莹在病房里给伤员换药。王德民扯起系在腰上的围裙擦着手，匆匆忙忙地走进来说：

“柳莹姑娘，有么子任务，你下命令吧！”

柳莹转过头咯咯地笑了，好一会儿才说：

“不敢当！我这个看护，哪有资格给见习指导员下命令？”

王德民立即回敬了她一句：

“你有资格给我封官，当然也有资格给我分配工作。”

我也凑趣地说：

“王班长，大家都讲你最会给别人做政治工作。当个见习指导员，那还是称职的！”

王德民向柳莹翻了个白眼，就在屋子里转来转去，看看这里，摸摸那里，总想找些事情做。我连忙拦住了他，认真地说：

“王班长，炊事班的工作就够你们忙的，往后你不要老来给我们帮忙了。”

王德民叹了口气，一屁股坐在地铺上，掏出旱烟杆指着我和柳莹说：

“你们这些丫头就是小气，生怕把你们的事情做了。自己的工作做完了，到你们这里帮点忙，有么子关系？”

有一个伤员正斜靠着墙，看看王德民，就大声对旁的伤员说：

“欢迎王班长给我们摆龙门阵，好不好？”

“好！好！”

满屋子里的人都噼噼啪啪地鼓起掌来，这个要他讲“武松打虎”，那个要他讲“单刀赴会”，还有的要他讲“洪秀全金田起义”，七嘴八舌，一个声音比一个声音大，差点没把整座屋子抬到云彩里。

王德民是个故事篓子，他肚子里的故事，十天十夜也讲不完。他讲故事总是有板有眼，有根有梢的。他要讲一个人，那个人的相貌、声音、服装、脾气，都交代得清清楚楚；要是讲到打仗，什么天气，什么地形，什么武器，怎样打，怎样冲，怎样杀，都讲得活灵活现。他连讲带比画，眉毛眼睛一齐动，听他讲故事，比看戏还过瘾。他一不讲妖魔鬼怪，二不讲脏话脏事，三不讲捡便宜发洋财，大都是讲的英雄好汉的故事。正因为他的故事讲得清楚、生动，又有意义，所以格外受欢迎。现在一听到同志们要他讲故事，我也来了劲，守在他身边催他快讲。

王德民两眼往屋子里扫了一圈，咳嗽了两声，摆开架势刚要开讲，忽听得看护长在门口喊我。我连忙问有什么事，看护长说，隔壁老百姓家的一个小伢病了，让我跟彭医生去看看。

当我回到病房的时候，王德民的故事已经讲完了，只见伤员们一个个都在笑，柳莹笑得弯起了腰。

我望着他们问：

“讲的么子故事，这样好笑啰？”

一个伤员忍住笑回答说：

“讲的贺老总与陈渠珍[1]打仗的故事。”

这时，王德民又开讲了：有一次反动派陈黑扬言要与贺老总决一死战。贺老总把陈黑的情况摸得一清二楚，为了杀一杀陈黑的反动气焰，便在一天晚上，突然闯入陈黑的指挥部，把陈黑的枪缴了，还命令陈黑把他送出敌人的兵营，然后扛上缴来的枪，大摇大摆地回到自己的部队。

彭医生站在王德民的旁边，笑眯眯地说：“我们贺老总，按照毛主席的出其不意、攻其不备的教导，以他的机智灵活、沉着勇敢的气魄和胆略，斗倒了陈黑，战胜了一个个貌似强大的敌人……”

我靠拢王德民，恳求地说：“王班长再讲一个吧！”他回答说：“不讲啦，再讲就要把柳莹的肚子笑破啦！”

可是王德民自己没有笑。他坐在地铺上，吧嗒他那旱烟杆，嘴里喷出一股股白烟。一看这样子，我又想起了他在家时的那个有趣的名字，就问：

“王班长，你原先叫王哈哈，参军以后怎么又改名了？”

“嘿，这个吗，那要从头讲起。”王德民把旱烟杆往地下敲了两下，咬着烟嘴吹了吹，慢慢腾腾地说：“一九二九年，我一听说贺老总带领红军到了桑植，就跑去投红军。一个团长对我说，你年纪不算大，也不算小了。上有老母，下有妻儿，就在家里吧。我说，蒋光头不垮台，豪绅地主不打倒，我在家里也待不住。团长两个眼睛一转，二话没讲，就让我参加

[1] 陈渠珍，湘西军阀。

了红军。团长又问我叫什么名字，我说叫王哈哈。团长听了哈哈大笑，连连摇头说这个名字不好。我说，‘团长，那就请你给改一改吧！’团长闭一闭眼，马上说：‘叫王德民要得吗？‘民’是‘人民’，‘德’是‘忠心’，‘王德民’要为人民尽忠！’我一高兴，竟忘了和我说话的是我们首长，啪的一声拍了一下巴掌：‘要得！我就叫王德民！’”

王德民话音还没落地，屋子里又爆发了一阵大笑。

二

我做完了一天的事情，躺到地铺上，已经是半夜了。

外边传来了淅淅沥沥的雨声，一只老鼠索落落地从我的身边穿过。

今天夜里，我翻来覆去，总也睡不着。我想到王德民，又想起了他的家，想起了那位好心的老婆婆……

只听得吱呀一声推门的声音，这是谁呀？我两手撑在地下，爬了起来，从板缝往隔壁伙房里一看，王德民手里提着盏小马灯，轻手轻脚地走进去了。他刚走到灶门口，一只小黑猫从灶上蹿了下来，往屋角里跑。他拿起根拨火棍，跑过去把那小黑猫赶走了，就轻轻地把门关严。他又弯下腰看看，捡了块砖头堵住了门槛脚下的一个小洞。然后，提着灯到处照一照，看看这，摸摸那，回头又把锅盖盖严实。他把伙房里的事情收拾得熨熨帖帖，一手捂嘴打了个哈欠，又推开侧门走到我们这边来，轻手轻脚地给这个扯扯被单，给那个扳扳当枕头的小包袱。他看大家的草鞋都是湿的，又弯下腰一双双地捡起，正要走回伙房去。我故意翻了个身，被单滚到一边去了。王德民踮着脚走拢来，自言自语地说：

“看你睡的这个样，像个大虾公一样，哪像个姑娘？”

他正准备给我扯被单，我故意咳嗽了一声。王德民一看我睁着眼睛，轻声笑着说：

“丫头，怎么还没有睡着？”

我坐起来，把头一偏：

“就怪你，深更半夜的提着盏破灯东照西看，把我惊醒了。”

我说这话只是想叫他早点休息，哪知道他以为我讲的是实话，一声不吭，转身就走了。

我踮着脚，悄悄跟在他背后走去。

王德民走进伙房，把收来的那些湿草鞋，一双双地在灶边上摊开，就揭开锅盖，往里面添了几瓢水，正要烧火，扭头看见我站在他面前，就问：

“你这丫头，跟来做么子？快睡觉去！”

“我来帮你烧火！”说着，我就在灶门口坐下来，用火钳拨着灶里的火灰。

王德民劈手夺过我手里的火钳，说：

“明天要行军，快，睡觉去！”

“我睡不着嘛！”我说。

王德民无可奈何地叹了口气，说：

“好，好，你就帮我烧火，烧着了马上去睡觉，啊！”

我把一大把焦干的茅柴塞进灶里，用吹火筒吹了吹，火就燃起来了，发出了噼啪的响声。通红的火舌在灶门口一伸一缩，把伙房都照亮了。

三

一双双的湿草鞋全烤干了，王德民又提着这一大串草鞋，送回我们那边屋里去。一大锅水也开了。正在这时，传来了一阵叭叭的枪声，紧接着又响起了隆隆的炮声。我连忙起身往屋里走，才到伙房侧门，碰到王德民回来了。我就问：

“王班长，怎么回事？”

王德民不慌不忙地说：

“大概是敌人想捡便宜，又跟上来了！”

屋里的人们全起来了，什么药箱子啦，担架啦……啰里啰唆一大堆东西，全都拾掇好了。我们把伤员们一个个扶上了担架，光等一声“走”了。

严院长立即率领我们医院的警卫班抢占了屋侧面的山头。罗政委带着担架队，往后背山上转移。这时，四周都响起了密集的枪声。

打了好大一阵，天亮了。我们清清楚楚地看到白匪军和团防队像潮水一样向我们部队占领的几个山头上涌来。

发了疯的敌人像一大群鸭子，叫着喊着。我们打退一批，紧接着又上来一批……

严院长带着警卫班掩护我们往前卫部队的侧翼转移。

被白匪军官赶着的一队队穿着便衣的“团防”，挥着大刀，端着杂牌枪，像茅坑里爬出的大头蛆一样，摇头摆尾地蠕动着，直往我们阵地的前沿上爬。白匪的正规军在后边紧随着。我们抢占的都是大山头，泰山压顶，居高临下，一阵猛打，敌人滚的滚，爬的爬，从坡上直退到山脚下，胡乱地往山头开枪。

枪炮声暂时稀落下来了。我们和伤员在土坎下面隐蔽着，注视着周围的动静。

柳莹见王德民踮起脚，不知他在看什么，就问：

“王胡子班长，看见么子了？”

王德民头也不回，答道：

“不要讲话！”

我们刚一伸头，王德民把手一挥，大声喊道：

“又是一个！”

“是小刘打的？打死了几个？”我问。

“抽一袋烟的工夫，就干掉了他三个。”王德民伸出大拇指说。

柳莹又问：

“还有白狗、团防吗？”

“活的不多，躺在地下的倒不少。”王德民说。

等王德民转过身来，我又问：

“这些家伙吃了亏，还会不会来？”

“让他们来吧！我们的枪又不是吃素的，来一个干掉他一个！”王德民说。

罗政委不声不响地走过来，刚在我身边蹲下，严院长就从小山包上跑下来，气咻咻地说：

“敌人从正面攻不上，有一支团防从背后偷偷向我们这里上来了。我带警卫班掩护，你们赶快转移。”

罗政委霍地站了起来对我们说，“担架跟我走！”

担架队头尾相连，像一条活动的铁链，跟着罗政委在山谷里蜿蜒蠕动。医生和我们看护，还有炊事班，紧紧跟在担架队的后面走。

枪炮声、喊杀声、号角声混成一片，在山谷里震响。

敌人越逼越近，严院长领着警卫班硬顶着打。小刘一边射击，一边大喊：“打呀！不让敌人冲上来！”

一颗手榴弹嗤嗤地落在我们队伍里边，直冒白烟。王德民手疾眼快，飞起一脚，把手榴弹踢向山下。轰的一声，手榴弹在敌群里爆炸，几个“团防”在烟雾中倒下了。

“你们快撤！”离我们只有二十几步远的严院长大声向我们喊道。

敌人离山头越来越近，警卫班的战士纷纷在枪上插上了刺刀，准备肉搏了。可是警卫班才十来个人，敌人比我们多好多倍。正在这个紧急关头，王德民左手拿着菜刀，右手拿着手榴弹，大喊一声：“炊事班跟我来！”迈开大步往前走去。平素嘻嘻哈哈的王德民，一下变得威风凛凛了。

十多个炊事员，有的拿锅铲子，有的拿扁担，一个紧跟着一个，由王德民率领着奔了上去。警卫班的同志看见来了援兵，打得更起劲了。

敌人凭着人多，终于有几十个提刀拿枪的“团防”，大喊着冲了上来。山坡上展开了一场激烈的肉搏战。

我们英勇的红军战士，一个人抵挡着好几个敌人。刺刀拼弯了，就用枪托打，枪托打断了，就用石头砸。炊事班的同志没有枪，就挥动着锅铲、扁担，和敌人搏斗。警卫班的朱副班长被六个敌人团团围住，眼看抵挡不住了，他就拉响了一颗手榴弹，和敌人同归于尽。

子弹在纷飞，手榴弹在爆炸，刺刀在闪闪发亮，谁也没有后退一步，大家只有一个念头：掩护伤员脱离险境。

王德民抱着一个拿花机关的“团防”，在一起翻滚扭打。只见他用膝盖顶住那个家伙的肚子，右手用劲卡住了他的脖子。突然，那个“团防”猛翻过来，压住了他。他狠狠咬住了那个家伙的肩胛，那家伙哇的一声，松开了手。王德民趁这个机会举起菜刀，对准他的脑壳用劲劈了下去。只见那家伙伸了伸腿倒在一边，鲜血喷了王德民一脸。王德民吐了一口唾沫，骂道：

“王八蛋，送你回老家去！”

爬上来的“团防”越来越多。正在这万分紧急的时刻，我们战斗部队的一个营打过来了。在狭小的山谷里，展开了一场激烈的战斗。

王德民端起从敌人手里夺来的花机关，上了一梭子子弹，突突突地向敌人群里扫射，敌人成片地在山坡上倒了下去。他一边打，一边骂：

“让你们到阎王殿报到去吧！”

王德民越打越起劲。他把八角帽往后脑勺一推，站在一块大岩石后面，端着花机关猛扫一气。我远远看到这情景，不禁高兴地叫起来：“打得好，王班长，打得好！”

正在这时，突然一颗炮弹在他站着的那块岩石旁边爆炸了。他身子摇晃了几下，就倒在岩石上。

我弯着腰一口气奔跑过去，只见他手里紧紧地握住那挺花机关，躺在岩石上，左肩膀的衣服被打得稀烂，冒出了一股股的鲜血。在他旁边五六步远的地方，摆着他那把缺了口子的菜刀，刀上沾满了血迹。我正要去扶他，他突然挣扎着爬起来，把花机关搁在岩石上，右肩胛顶住枪托，又向敌群突突突地扫去。他刚打完一梭子子弹，彭医生气喘吁吁地上来了，拉着他就往下走。我连忙从岩石上捡起了枪，紧跟上去。刚走了几步，王德民一用劲，从彭医生手里挣脱了，转身从我手里夺过枪，又要去扫射。彭医生用劲把他拖住了，命令地说：

“走，下去包扎伤口！”

王德民右手一甩：

“现在哪有时间？”

彭医生厉声说：

“你负伤了，要听医生的命令。”

说罢，彭医生在前面拖，我在后面推，好不容易把他拉下了火线。激动人心的冲锋号声在各个山头不断地传来，我们部队全面反击了。

红旗招展，枪炮声、喊杀声震撼山谷，山林里成了翻滚沸腾的火海，大地在颠簸、颤动。

“同志们，冲呀！”

严院长带着警卫班、炊事班和一些男看护，跟着部队狂风暴雨般地往山下冲去。

四

屋子里点起了几根洋蜡。暗淡的光亮，照着躺在床上的王德民。

小刘和我默默地站在王德民的跟前。只见他半睁着眼睛，脸色苍白，牙齿咬得咔嘣咔嘣响。

罗政委、严院长进来了。严院长问正在给王德民检查伤口的彭医生：

“怎么样？”

彭医生解开王德民左臂上那血迹斑斑的绷带，低声说：

“肩胛里的弹片一定要取出来才行！”

罗政委默默地脱下了身上的军衣，盖在王德民的身上。

彭医生转过头吩咐说：“陈真梅，准备器械！小兰，到司药那里去拿麻药！”

陈真梅拿来了手术器械，可是我空着两手回来了。我们的麻药本来就很少，近来动手术又比较多，已经用光了。

没有麻药怎么能够开刀呢？我们都感到不安起来。王德民一听说没有麻药，伸出右手，一把拉住了彭医生，坚决地说：

“来吧，彭医生，没有麻药还不是一样开刀。小兰，去，把我包里那条毛巾拿来。”

他脸上一颗汗珠都没有，要毛巾干什么呢？他既然要，我只得给他拿来。

王德民接过毛巾，下命令似地说：

“彭医生，开刀！”

说完，他把毛巾往口里一塞，两个眼睛鼓得圆圆的，望着彭医生点了点头，好像是说：“来吧！”

我怔住了。世界上哪有这样开刀的？不用说没看见过，就是听也没有听说过呀！

彭医生拿着手术器械，呆呆地望着王德民。

我们的眼光都集中在彭医生的身上。

到底开不开刀呢？根据王德民的伤势，需要马上作出决定。彭医生轻轻地扯了扯严院长的衣袖，他两个走到手术室外，过了一会儿，又一前一后地进来了，只听得严院长说：

“……那么……就在这块硬骨头上试试吧！”

彭医生向我和陈真梅看了一眼，说：

“准备动手术！”

大家马上紧张地忙碌起来。小刘从房东那里借来一块门板，铺上被单，这就变成了手术台。我们抬起王德民，放到了“手术台”上。

彭医生戴上了他自己用白粗布缝成的口罩，我和陈真梅就端着手术器械站在旁边。周围的人都屏住了呼吸，凝视着“手术台”。

彭医生紧张地动手术，头上热气腾腾，额上的汗珠直往下滚。罗政委掏出手巾，轻轻替他擦额上的汗珠。

我只觉得身上麻酥酥的，好像刀子在我的身上割一样。

王德民两只眼睛鼓得更圆了，汗珠顺着太阳穴成串地往下流，聚集在两鬓的头发上，闪闪发光。

时间也好像过得特别慢，我也紧张得出了一身大汗。

经过一阵紧张的手术操作，弹片从王德民的肩胛里夹出来了，总共有三块。彭医生把它丢到了脓盘里。

罗政委从王德民的口里拉出毛巾，抖开一看，湿漉漉的毛巾上，满是蜂窝似的牙印。

王德民脸上露出了一丝笑容：

“彭医生，弹片给我。”

彭医生觉得很诧异，问道：

“你要这东西做什么？”

“有用。”他伸出右手，接过弹片放在手板心里，看了又看，愤愤地说，“他妈的，我老王的肉是香的，是甜的，好吃？”

罗政委笑着说：“王德民同志，弹片没有伤着你的骨头，还算给你留了一点情面哩！”

王德民哼了一声，咬了咬牙说：

“这又得给蒋光头记上一笔账！”

王德民让我从他的挎包里拿出那个包着奖章的红布包，把三块弹片包在里面。他接过小包摸了摸说：

“好，留着做个纪念吧！”

五

王德民动过手术的第二天清早，部队快要出发的时候，我领着一副担架，正要去抬王德民，只见他吊着胳膊，匆匆忙忙地走来了。我拦住他说：

“王班长，上吧！”

王德民偏着头，假装糊涂地问我：

“上么子？”

我指着担架说：

“上担架呀！”

“两条腿好好的，坐么子担架？”

我指着他吊着的胳膊说：

“你流了那么多血，昨天晚上又刚动了手术，院长让你坐担架！”

“走路又不是用胳膊走，这点点伤有么子关系？”

我身子向后一转，生气地说：

“院长分配我来照拂你，你就要听我的……”

他爽朗地笑了起来，说：

“我们是老熟人，讲点子情面嘛！”

严院长过来了，一见这情况就对我说：

“他不肯坐担架，就让他走吧。路上你好好照顾照顾他。”

行军的时候，我默不作声地紧跟在他的身后。他步子跨得很大，走一会儿又转过头来看看，只怕我跟不上。

“丫头，还在生我的气吗？”他等我走到他身边，望着我笑眯眯地问。

我嗯了一声。

“生气多了，老得快，十三四岁的丫头，就像个老婆婆一样，那才划不来哩！”

我又说：

“叫你坐担架你不坐，把伤口走得化脓了，看你怎么办！”

“不会的，小兰，走吧！”

他往前走了一段路，又回转头来问：

“我的伙食担子哪个担了？”

“你放心吧，有人担的。”我说。

他笑着说：

“伙食担子在肩上压惯了，如今一走空路，轻飘飘的，总觉得不自在。”

彭医生背着十字药包，大步走上来了。王德民看见，一把拉住他，恳求地说：

“彭医生，人家老百姓都称你是妙手神医，你就快些给我治好这伤吧！炊事班的人少，搞不赢手脚呀！”

彭医生笑着说：

“王班长，心急吃不得热粥，诊病比不得做工夫。两天的工夫，加一把子劲一天做得完。但是，两天的药不能一天吃呀！”

一天到晚乐呵呵的王德民，这时现出了一副愁眉苦脸的样子，说：

“一天不动动手脚，心里就痒痒。俗话讲得好，战马拴在槽头上要掉膘，刀枪放在仓库里会生锈。彭医生，我不能天天这样吃松活饭呀！”

彭医生说：

“王班长，放心吧，你的伤很快就会好的。”

我也插了一句：

“你要越着急，就越好得慢。”

王德民幸好没有伤着骨头，只过了十多天，就快长平了，但周围的肉还是红嫩嫩的。他说，痛是不痛了，就是还有点子痒。

这天行军的时候，他在路上碰到彭医生，就哀求地说：

“彭医生，伤口好了，该让我出院了吧！”

“你就是医院的人，还出到哪里去？”

“回炊事班呀！”

彭医生摇了摇头，说：

“还不行，过几天再讲。”

这天到了宿营地，我想先给王德民去换药。走进屋里一看，人不见了，找了好几个地方也没有找到。我想起他早就说要回炊事班，一定是到伙房去了。我刚走到伙房门口，只听得里面闹嚷嚷的，王德民大着声音说：

“我这个伙夫头，领导不了你们啦？”

只听得另一个声音在说：

“这是院长和政委的命令：你的伤没有全好以前，不许你工作。”

我走了进去，对王德民说：

“要给你换药，我到处都没有找到你，就猜你准是上这里来了。跟我走，换药！”

王德民看到我好像看到了援兵一样，对我说：

“你看，我要切菜，他们把菜刀藏起来了；我要担水，他们不给我扁担；我要烧火，他们连灶门口都不让我走拢去，这像什么话！”

我看他急得那个样，实在忍不住笑了，我说：

“还是先去上药吧，莫把胡子急白了！”

王德民无可奈何地摸了摸胡子，跟着我走了。

| 第十七章 |

一

阳光照射在连绵起伏的群山上。春风吹拂着葱绿的森林，发出沙沙的响声。

我们登上一个长满小松树的山坡，行军队伍又停下来了。奇怪，刚刚在前面休息过，怎么才走了这么点点路，又休息了呢？我正想去打听打听，只听得坐在大树下边的看护长在喊：

“兰伢，过来！”

我连忙跑过去问：

“看护长，有事吗？”

看护长把我拉到她面前，指着我的裤子生气地说：

“你看，烂得这个样子，肉都快露出来了。女伢伢，也不怕羞。”

她说罢，从口袋里拿出一个针线包，戴上老花眼镜，一针一线地给我缝补起来。她一边缝，一边说：

"衣衫破了要及早补。这么大的人了，还不会照料自己。"

她刚刚给我补好裤子，小刘像只小老虎似的，腾腾腾地走来了。他的军上衣的五粒扣子，掉得只剩下了一粒，风一吹，两边的衣角被掀了起来，露出了里面的蓝小褂。我看见他，就大声问：

"小刘，怎么又休息了？"

"前面的桥被白匪军拆掉了。"小刘一边走一边回答。

"刘伢，到这里来！"看护长抬起头来，对小刘大声喊道。

小刘停住了，看见看护长手里拿着针线，知道又是要给他钉扣子，就把军上衣扇了两下，笑着说：

"看护长，不用钉啦，天热了，没有扣子凉快得多！"

看护长把两手重重地往膝盖上一放，用命令的口气说：

"少啰唆！快把衣衫脱下来！"

小刘眏了眏眼睛，狡黠地说：

"没有扣子，拿什么钉呵？"

"我有。"看护长说着，从挎包里拿出了一包大大小小的扣子。

小刘再没有话说了，只得把军衣脱下来，送到看护长的手里。

小刘趁着看护长给他钉扣子的机会，坐在草地上，对着一棵饭碗粗的小松树掷小石子。他一连投出十几个石子，个个都中在树干上。陈真梅看得出了神，伸出大拇指称赞说：

"小刘，眼力真好！"

我也用敬佩的眼光望着小刘说：

"指哪里打哪里，百发百中的神枪手。上了战场，这样打才过瘾哩！"

柳莹对这件事特别感兴趣，连忙凑近小刘身边问：

"小刘，你参军以后，总共打死了多少敌人？"

小刘把手一甩，满不在乎地说：

“谁还记这个数目呵？”

我想起有一次小刘偶然跟我说过，他打死的敌人都入了账的，忙插嘴说：

“小刘，这还要保守秘密呀？”

小刘望着我们，不好意思地笑了笑说：

“要等我查查账本才晓得！”

说罢，小刘从口袋里掏出了一个小红本本。我一把抢了过来，翻开第一页，上面有一面用红铅笔画的镰刀斧头的党旗，党旗下面，歪歪扭扭地写着这样一句话：“坚决争取做一个光荣的共产党员。”再翻几页，上面画了许多大小不一的“正”字。我指着那些“正”字问：

“这就是账吧？”

小刘点了点头。

“这么多呀！”陈真梅接过本子，就一五一十地数了起来。“唷，真不少，三十一个。”

“你真不简单，怪不得大家都喊你神枪手。要是我们都和你一样，那才好呢！”柳莹高声说着，像是有意要叫周围的人都听到她的声音。

小刘腼腆地笑了。

我也从地下捡了几块小石子，朝小松树打去。一连打出十多个，不是偏左，就是偏右，一个也没有打中。我把手里剩下的几个小石子往地下一丢，气恼地说：

“小刘，我怎么就打不中呢？”

小刘又从地上捡起几个小石子，放在手里搓着说：

“打枪跟你们绣花一样，不下工夫，就得不到真本事。平素要根据要领多练习，白天见鸟瞄鸟，见树瞄树，功夫到了家，本事就练出来了。”

我们一个个像小学生听老师讲课一样，聚精会神地听着他的话。等他讲完了，柳莹又说：

“怪不得那次白军、‘团防’偷袭的时候，你一口气就打死了三个敌人！”

“小刘，听王班长讲，在龙家寨战斗中，你一次打死了十个敌人，是不是？”我说。

“这还算多吗？我真恨不得一下子把他们全部消灭光。”小刘说。

陈真梅对小刘的枪法越发感兴趣了，催促他说：

“小刘，你就讲一讲怎么打的吧。”

“这有什么好听的啰？”小刘转过身说。

陈真梅、柳莹和我还是非要他讲不可。小刘不好再推托，两眼定定地望着枪托，小声说了起来：

“那天拂晓前，我们部队从龙家寨撤到官里坪，埋伏在两边的大山上，等待敌人。下午，敌人兵分几路，大摇大摆地来了，走进我们的埋伏圈里。信号枪一响，我们部队就像潮水一样地冲了下去，把敌人打得七零八落，喊爹叫娘。我们营刚冲到山腰中间，有一股敌人抢占了我们对面的小山头，用两挺机枪封锁了我们前进的道路。我们连续往那里冲了几回，都被猛烈的机枪火力堵了回来。这时，营长命令我说：‘通信员，打敌人的机枪。’营长的话刚说完，我端起枪啪啪两枪，敌人那两个机枪射手倒在一边，再也起不来了，机枪成了哑巴。”

“打得好！打得好！”柳莹拍着手说。

陈真梅摆了摆手，要柳莹不要打断小刘的话。

“过了一会儿，敌人那两挺机枪又哒哒哒地响起来了。我一看，原来有几个匪兵上来，代替了那两个死鬼，趴在机枪面前，又朝我们这里扫射了。我火了，心想：好，不怕死，你们就来吧！我啪啪啪几枪，那两挺机枪又哑了。这一下，趴在小山头上的敌人再也不敢靠近机枪了。我对准小山头上的敌人，一枪一个，一连又打倒了六个。这一仗，我不多不少，整整干掉他们十个。”

小刘越说越起劲，说到最后，就像泄了气的皮球，声音也变小了。“自从前年年底调到医院当了这个警卫班长以后，老是夹在队伍中间走，人家打仗，我们只能闻闻火药味。有时，连火药味都闻不到。唉，真是……”

“啊，你这小鬼又发打仗瘾啦！”

小刘扭过头，看见罗政委站在身边，连忙站起来立正，把枪靠在右肋下，挺着胸说：

“报告政委，这不算犯‘自由’[1]吧！”

罗政委拉着小刘在自己的身边坐下来，笑眯眯地问：

“你说呢？”

小刘像个大姑娘一样低着头，满脸通红，不知所措地摆弄着自己的手指。

“你想调到战斗部队去冲呀杀呀，对不对？可不要认为你在医院工作，枪杆子就成了装饰品啦。上回打仗，你这枪不是也发挥了作用吗？”罗政委拍了拍小刘的小马枪说。

看护长拿着钉好了扣子的衣服送来了。小刘接过衣服穿上，对政委不好意思地笑了笑，就一溜烟跑下坡去。

---

[1] 口头语，即自由主义。

二

小刘跑到坡下水沟边正要蹲下去喝水，突然被什么东西绊倒了。他爬起来往地下看了一眼，气呼呼地骂道：

“白狗子，你活着当敌人，死了还绊脚，真是坏到底了！”

这里刚才又没有打仗，哪里来的白军尸体呢？我们好奇地围拢上来。突然，那个尸体呼噜一下，打了个滚，把我们吓了一大跳。小刘把枪栓拉得哗啦一响，厉声喝道：

“起来！”

那个匪兵又动了一下，可是没有起来。他的一双无神的眼睛吃惊地望着我们，一张枯瘦的脸，像黄纸糊的一样。要不是那一对眼睛还能转动，谁会相信他是个活人呢。

“病了吧？”我说。

陈真梅走拢去看了看说：

“怕是饿的。”

小刘在那个匪兵面前蹲下来，两眼圆睁睁地望着他，厉声问：

“你为什么一个人瘫在这里？”

那个匪兵用疑惧的目光望着小刘，有气无力地说：

“我……打摆子……他们就……丢……下我……不管，我两天……没有吃……吃饭……”

小刘仍然大声说：

“活该！谁叫你当国民党，给蒋介石卖命？”

他那张黄纸般的脸，显得更加难看了，浑身哆嗦起来，战战兢兢地说：

“长官，我……我是……被他们抓……抓来的……”

说罢，他那呆滞的眼睛里滚出了几颗泪珠，嘴巴一颤一颤，显然是要哭了，但是没有哭出声来。小刘看到他这个样子，从挎包里拿出一茶缸冷饭递给他说：

“快吃！”

那个匪兵诧异地望着小刘，不敢接这碗饭，好一会儿，他才吃力地坐起接过饭，大口大口地吃起来。

我们都站在旁边看着。

小刘等那个匪兵把饭吃完，又对他说：

“我们是红军，你不要害怕。老老实实讲，你在国民党军队里是干么子的，他们为什么把你丢在这里？”

这个匪兵看到小刘的语气变得温和了，也没有那么害怕了，就慢慢吞吞地讲了起来。原来他是云南宣威人，也是贫苦家庭出身，去年被国民党抓了壮丁，编在一个机枪连当了号兵。在国民党军队里，他受尽了折磨。最近，他们部队开到这里来堵截红军，他因为打摆子走不动，匪连长就把他丢在这里不管了。说到这里，他愤恨地骂起来：

“我操你国民党十八辈祖宗，不给吃，不给喝，病了也不给医，走不动了就丢下不管，狼心狗肺的家伙！”

“你叫什么名字？”小刘问。

那个匪兵望着小刘回答说：

“刘小夭。”

小刘又问：

“你今年多大年纪了？”

“十八。”

小刘蹲下身，对他讲起红军的政策，讲起革命的道理来。刘小夭听了小刘的话，疑惧逐渐消除了，激动地抱着小刘的腿说：

“兄弟，让我参加你们的队伍吧！”

小刘望了望我们，才对他说：

“这个事情我做不得主，要请示我们领导才能决定。”

刘小夭刚摇摇晃晃地站起来，两腿一软，差点儿又倒下去。小刘扶住了他说：

“走吧，先让彭医生给你看看病，再去请示院首长。”

三

夕阳的余晖照射在江面上。汹涌澎湃的金沙江，像一条摇摆飞腾的金龙。长长的行军行列，在江畔蜿蜒起伏的高山上行进，耀眼的红旗，在半山腰里的小道上迎风飘扬。

眼看就要渡金沙江了，我们心里都特别兴奋。敌人煞费苦心妄想阻挡我们北上抗日，但是，他们的美梦成了泡影，我们这支英勇的队伍像一股洪流，冲破了一切阻拦，正在滚滚向前奔去。

金沙江的江面有一两里路宽，水流湍急，浪涛滚滚。我们站在江边往前面望去，只见江对岸山峦重重，地势险要，沿着江岸，还有被红军炸塌了的碉堡的残迹。

江心，一个接一个的木筏，载着红军战士向对岸飞快地划去，一匹匹的马和骡子昂着头，跟在木筏后面泅水过江。人喊马叫，夹着哗哗的流水声，整个江面沸腾了。

我们医院在沙滩上停歇待渡。趁着这个空隙，医生们给伤员检查伤口，我们看护就给伤员喂水、洗伤口、换药。

夜幕降临了。

河边，在雄壮动人的歌声里，燃起了成千个火炬，在稍带凉意的河风里摇曳，宛如天上的繁星，闪闪烁烁，荧光四射，照亮了半边天。

柳莹站起身，望着江边耀眼的火光，惊叹地说：

“这多像火龙呀！金沙江是金龙，我们的火龙和金龙会师了！”

刚刚检查完医院渡河准备工作的罗政委听到柳莹的话，转过头来说：

“龙跟龙不一样。金龙装腔作势，看起来吓死人，在红军的脚底下，就变成小毛虫啦！”

我着急地问：

“政委，渡河尽是一些木筏子，怎么不多搞些船呢？”

“船？蒋介石怕我们渡江，早都把船藏起来了。木筏子还是我们前卫部队自己编的哩！”罗政委回答说。

我又问：

“那我们什么时候才能过去？”

罗政委转过身面对大家说：

“人多筏少，明天清早才轮到我们医院过河。同志们，今天晚上好好休息休息吧！”

面对着汹涌澎湃的金沙江，面对着夜渡的动人景象，我们没有一丝睡意，三人一堆、五人一起地坐在沙滩上谈笑、唱歌。

柳莹唱着歌，突然转过头喊了声“刘小天”，就把手套在嘴边，的的哒哒地唱起来。

刘小天飞快地跑过来，从身上取下那支系着红绸子的亮晶晶的小铜号，的的哒哒地轻声吹着。他一边吹，身子还一边摇晃，那神态，把我们都逗笑了。

刘小夭现在已经是我们医院的司号员了。他的病已经治好了。开头几天，他拘束得很，行军的时候总是紧紧跟在小刘后边，一步也不落下，部队一停下来，他就主动找些事情做，可是不多讲话，也不敢靠近我们，心里就像被好多张硬壳子纸包住了一样，看不透他到底有些什么想法。几天以后，他就合群了，一天到晚跟我们一起说说笑笑，做这做那，快活得很。他做事满勤快，除了吹号，旁的事情，他只要能够做的，都抢着做。大家也都喜欢他，热心地帮助他。

刘小夭刚在沙滩上坐下，小刘手里拿着顶八角帽和一套灰军装走过来，对他说：

"这是司务长刚才给你领来的，快换上吧！"

刘小夭站起身，双手接过了军衣军帽，不好意思地说：

"过去我给国民党吹号，过来才几天，吃你们的，穿你们的，这多不好！"

小刘手一甩，纠正他的话说：

"是我们的，也是你的。你当了红军，为人民服务，我们就是一根藤上结的瓜，苦在一起，甜在一堆，不要分什么你我，知道吧？"

刘小夭把那顶摘了帽徽的国民党的军帽取了下来，塞进挎包里，把八角帽端端正正地戴在头上。

小刘瞪着两眼望着刘小夭的挎包，气呼呼地说：

"你还想当国民党？！"

刘小夭没有想到小刘来了这么一句，赶忙解释说：

"红军是我的救命恩人，我报恩不尽，哪里还当什么国民党？我留着这项破帽子，是想日后缝补衣服用。"

"哼，屁股露在外边也不要这样的肮脏布来补。"小刘说。

刘小夭脸上像泼了盆猪血，一下红到了脖颈上。他思索了一下，从挎包里拿出那顶国民党的军帽，啪的一声丢在地下，狠狠地吐了一口唾沫，说：

“肮脏布，见鬼去吧！”

我们看着，都笑了起来。

四

我们在金沙江畔的沙滩上睡了一夜，第二天天麻麻亮，就开始渡江了。

直属队和别的单位都是用木筏过渡。医院分配到了两只渡船，我们就用这两只船来回摆渡。

朦朦胧胧的晨雾笼罩着江面，微风阵阵吹来，使人感到格外凉爽。我们把担架抬到船上安顿好，就开船了。

渡船在湍急的激流里忽上忽下，忽左忽右，就像一个跳动的皮球。小刘直起腰站在船头上，望着对岸连绵不断的山峰。刘小夭穿着一件单衣，劲头十足地帮助艄公摇橹。我坐在船头上，望着滚滚的江水出神。

浪更大了。一个浪头把我们的渡船高高地抛起，又猛地落了下去，接着就两边颠簸起来。刘小夭一边起劲地摇橹，一边嗨呀嗨地喊着。

渡船划到江心，只听得一个伤员在船舱里大喊：

“船舱穿孔了！”

我和小刘连忙跑进去，掀开仓舱板一看，几个碗大的洞，咕咕咕咕，水直往船里灌，水沫溅了我们一身。刘小夭放下桨跑过来，急得直喊：“怎么得了，怎么得了！”

小刘连想都顾不得想，拿过自己的那个小包袱就往漏洞上堵去。我和刘小夭一见，也拿起自己的小包袱，堵在另外的漏洞上。

这是一只老得没了牙的破船，有好几处地方的木头都朽了，经水一冲，漏洞一下扩大了。我们三个小包袱凑在一起也不解决问题，水还在从洞里灌进来。船上的伤员一见这情况，纷纷把自己的包袱、被单递了过来。我和刘小夭正要伸手去接，小刘大声说：

“不要把伤员的东西打湿了。”

说罢，他把身子往下一蹲，就坐在漏洞上，我和两个轻伤员连忙用木瓢、茶缸往外舀水，刘小夭走到船头，拿起橹使劲地摇。

我们的渡船顺利地渡过了波涛滚滚的金沙江。小刘从船舱里站起来，他浑身湿漉漉的，水直往下滴。

| 第十八章 |

一

渡过金沙江，浓雾渐渐散去，天空挂起了五彩缤纷的锦幕。我跨上一个小坡，向前远远望去，只见连绵不断的冰山雪岭，在阳光的映射下闪烁着万道金光。簇拥在半山腰间的朵朵白云，一会儿像一条条飘动的绸带，一会儿又集积在一起，变成朵朵盛开的莲花，一会儿又化作一头头奇形怪状的猛兽……这就是大雪山，就是那渺无人迹、飞鸟不过的大雪山。

一看到这番景象，行军队伍里顿时活跃起来。小刘指着冰山雪岭说：

“嗨，那不是棉花山吗，下半截绿的是苗，上半截那白的是棉桃。”

柳莹紧接着说：

“不，那是白糖山。山上好厚一层都是白糖，等上了山，请你们吃个饱！”

这里的气候，跟我们湖南大不相同，现在正是四月，穿单衣都觉得热。我一看到山上还是满山的积雪，就情不自禁地说：

“到山上去凉快凉快，那才舒服哩！”

过了金沙江，只走了几十里路，我们就在山脚下的一个小村子里宿营了。严院长告诉我们说，在这里要停一天半，做过雪山的准备。

这天傍晚，我舂完米回来，看到堂屋里围了一大堆人，王德民、小刘、陈真梅、柳莹、刘小夭……都在那里。我挤过去一看，有个缠着黑头巾、身穿黑褂子的老人正在说话。

“这座雪山，世世代代没人敢过。”白胡子老头缓慢地扫视了大家一眼，干咳几声，又接着说：“雪山上有九弯十八洞，洞洞有妖精。咳……咳！说起那妖精，真是吓死人呀，穿白衣，戴白帽，全身一片白，连耳朵、眉毛、眼睛都是白的……”

我故意问了一句：

“妖精吃人吗？”

“嘿，怎么不吃人？不过不用牙齿嚼，只要吸一口气，人就圆圆实实地进了它的肚子。它要是呼地吹一口气，就能把你推出几里路远。”

我偷眼看看小刘，小刘漫不经心地擦他那支亮闪闪的小马枪；看看王德民，王德民背向老头，正津津有味地吧嗒他的旱烟杆。

老头又继续讲道：

“人是不敢过的。听老辈子的人讲，只有唐僧往西天取经的时候，有孙大圣保护，把九弯十八洞的妖精都打败了，才过了这雪山。”

王德民等老头讲完了，转过脸来，磕掉烟灰，不慌不忙地说：

“老人家，小小孙猴子过得去的地方，我们红军更不在话下，就是孙猴子过不去的地方，我们也能闯过去。”

老头疑惑地打量着王德民，停了一阵，才摇着头说：

“红军是人，孙大圣是仙，那怎么比得？红军先生，你们是好人，我才好心好意劝你们……”

小刘把擦得乌黑发亮的小马枪往肩上一送，瓮声瓮气地对老头说：

“明天我们就上雪山。到了那里，我捉几个妖精下来给你老人家看看好不好？”

王德民也凑在老头跟前说：

“这里既是唐僧取经的路，说不定还会碰上牛魔王哩！我倒想见见这个牛魔王，看他到底有多大的本事。”

柳莹扑哧一声笑了，说：

“老人家，等我们捉了牛魔王，杀了给你做下酒菜。”

老头的白胡子都抖动起来了。他瞪了我们一眼，低着脑壳，双手合十，嘴里在念着什么。

二

这天天不亮，我们就向大雪山进发了。到山脚下，红艳艳的太阳已经挂在半空。

一眼望去，但见山峦此起彼伏，尖顶插入云霄。峡谷里，朵朵浮云，随着和风飞到这里，飘到那里，远远看去，就像一片无边无际的云海。矮山坡上野花盛开，彩蝶飞舞。

骄阳似火，天气闷热。小刘敞开军衣扇着风，嘴里不停地说：

“热死人，热死人！”

我指着上面白皑皑的山峰笑着说：

“快些走，头前就有歇凉的地方了。”

耸立在我们面前的，是白皑皑的雪山。抬起头，才能看到烟雾弥漫的峰顶。在那“之”字形的狭窄的山道上，红旗飘扬，歌声回荡，我们这支红色队伍在迅速前进。

陈真梅挺着大肚子、拄着根竹棍走上来了。我跨过去问：

“真梅姐，要上雪山了，走得动吗？”

陈真梅头一扬：

“都有两条腿，你们走得动我就走得动。”

我想：一个人走都难，你肚子里还带着个人呢。可是话到嘴边，我又咽了下去，这不是开玩笑的时候啊！

我们两个人一路说，一路走。走了不远，只见满山都是树木，密密麻麻地伸向远方。有些树上长满了青苔，碗口粗的蟒藤紧缠着树干。一股流泉汩汩地打我们脚边流过，黄澄澄的像是茶水。柳莹舀了一洋磁缸，刚喝了一口，鼻子眼睛皱成一团，呸的一下吐了出来。王德民担着伙食担子从我们身边经过，到水涧边看了看说：

“这是千百年积下的烂树叶子沤出来的仙人茶，怎么喝得？喝水要看看水的颜色。”

山溪的汩汩声，猿猴的鸣叫声，和从我们行军行列里发出来的谈笑声，组成了优美的大合唱，使得这座恬静的大森林里，顿时充满了生气。

再往前走，根本就分不出哪里是路，哪里不是路了。山坡陡得像刀劈的一样，人从上边走，稍向前一倾，鼻子就能挨到土，前面人的脚跟，能踩到后一个人的头发。担架连的同志抬着沉重的担架走这样的陡路，当然更加吃力了。罗政委、严院长、彭医生和看护都一起帮助抬担架。

半山腰上锣鸣鼓响，红旗飘扬。我抬起头看了看，原来是军团政治部宣传队正在那里做宣传鼓动工作。

一个比我大不了多少的女宣传员，看见王德民挑着担子过来了，就打响竹板唱起来：

这个同志像周仓，
不扛刀来不扛枪，
担着一副伙食担，
忽悠忽悠走得慌。

另一个胖乎乎的女宣传员紧接着唱：

叫周仓，
莫着慌，
留着劲来慢慢上，
免得半途叫爹娘。

“这些小家伙真厉害，在我老王的江边上卖起水来了！”

王德民说着，哈哈地笑了起来，然后手往脸上抹了一把汗，担着伙食担子，呼扇呼扇地往前走得更有劲了。

我们几个女看护走上去，那个小宣传员又打响竹板唱开了：

打竹板，笑盈盈，
面前来了群女英雄，
十字药包肩上挎，
两腿如飞往前奔。

又往前走了不远，只见路旁矗立着几棵古松。在这里，我们看到了大自然的分界线：松树枝的下半截还是翡青翠绿，生气勃勃，但是上半截的枝叶全干枯了，上面挂着一串串的冰凌。

我们一越过这条奇妙的分界线，马上就像进入了另一个天地。阵阵寒风夹杂着雪粒，像一簇簇钢针似的在我们的脸上、手上乱扎，还钻进我们的衣领里，凉到骨髓里。头发下半截的冰雪变成了小冰葫芦，裤腿、衣角冻成了冰块，一迈脚就咔啦啦地响。我脚上的草鞋早就被雪水浸湿了，脚趾头麻木得好像不是长在自己的脚上一样，踩在雪里，不晓得是冷是热。

山势更加陡峭，道路溜滑。看护长手里拄着根棍子，喘着粗气上来了。

“看护长，走这样的陡坡路很费劲吧？”我笑着问她。

看护长把眼睛一鼓，强打精神地回答说：

“费劲不费劲，也不会落在你们这些伢伢的后边。”

我又往上爬了一段，越来越感到吃力。再一看看护长，只见她张着嘴，呼哧呼哧地喘着气，脸上的汗珠一串串地往下掉。我连忙走到她的身后边，两手撑住她的腰使劲往上推。看护长扭过脸来问我：

“兰伢，你这是做么子？”

“推车呀！”我说。

正在这时候，只听得的的哒哒的，一头驮着药箱的骡子上来了，看护长连忙过去拖住了骡子尾巴，又扭头对我说：“兰伢，来，拖着骡子尾巴走。”

我大声回答说：

“看护长，你先走吧，我等等真梅姐。”

看护长拖着骡子尾巴上去了。我望着她的背影，心想：这样艰难的路程，对她这位五十多岁的老人来说，多么不容易啊。她不是靠体力，而完全是靠自己的坚强意志坚持下来的。

在山腰的时候，看着山顶好像并不太远，但走了这样久，距离好像一点也没有缩短。我望着山顶呼哧呼哧地喘着气，自言自语地骂了一句：

“这个死山真高！”

“小鬼，你说山高，我说人高。”

我回头一看，原来是罗政委。他身上横七竖八地背着好几个挎包，都是帮别人背的。

“人怎么会有山高呢？”我不明白罗政委的意思，反问了一句。

“嗨！”罗政委边走边回答说，“山是死的，人是活的呀！再高的山，我们也能把它踩在脚板心下。”

我回头往下一看，果真，浮云、山峰都在我们的脚底下。前面的部队，正在蜿蜒曲折地往山巅蠕动。这真是一幅壮丽的图画。看到这番景象，我走得更加起劲了。

阳光从云层里透过来，失掉了它固有的强烈的热力，倒像是惨淡的月光，无力地照在雪山上，映射出刺眼的光芒。

风在呼啸，雪在飞旋。

山上的路都是我们在雪里踩出来的，有的地方，路两边的积雪比人还要高一个头，走在里面就像钻雪洞一样。路被前面的部队踩来踩去，变成了光滑的冰道，我们走在上面老跌跤，担架队更费劲。罗政委领着警卫班的同志用刺刀在冰道上戳窟窿。后面的人就踏着这些窟窿一步一喘气地往上爬。

空气越来越稀薄了，胸上像压着一块大石头一样，走几步就要喘一阵，有好多人都呕吐了。彭医生跑前跑后，不是给这个嘴里塞几粒仁丹，就是给那个喂点救急水。他一边走，还一边喊：

“同志们，喝点辣椒水，鼓劲往上爬呀！”

彭医生的这句话提醒了我们。我喝了点辣椒水，增加了些热量，不恶心了，走路也有劲一些了。

“这是什么鬼地方，天下难找！”小刘一边跟在罗政委身后戳冰窟窿，一边咬着牙齿骂。

“天下难找的地方都被我们找到了，这还不好？”

罗政委的眉毛胡子都结上了一层冰花，他一边戳冰窟窿，一边精神奕奕地鼓励大家：“同志们，加油上呀，翻过雪山就是胜利。”

山顶背后突然飞来几大块乌云，遮住了那半明半暗的太阳。

狂风怒吼，把那千年的积雪，和天上纷纷飘落下来的雪花混搅在一起，就像大海里的巨浪，一阵赶一阵，一层压一层。

整个白皑皑的雪山，一下子变成了黑灰色的、混混沌沌的恐怖世界，凄厉的狂风怒卷着，核桃大的冰雹噼里啪啦地打在我们头上，打得我们两眼直冒金花。

柳莹扶着陈真梅，上气不接下气地上来了。我连忙过去搀住了陈真梅，对柳莹说：

“你歇一歇，我来搀她吧！”

陈真梅的脸色差不多跟雪一样白了，两条腿微微地颤动，好像随时随地就会倒下来似的。她用乞求的眼光望着我说：

“小兰，我想稍微坐一下子再走！哪怕是一分钟……”

在这个空气稀薄的雪山上是停不得的，刚才我就亲眼看到一个同志端端正正地靠坐在雪堆上闭上了眼睛，再也没有起来。想到这情况，我紧紧搀住她大声说：

“不能坐下，一坐下就坐地成佛了！”

我的话还没有落音，她两腿一软，就在雪地上坐下了。我用劲地把她从地上拖起来，往前走。一阵狂风发出骇人的吼叫声，把我们吹得一仰一合。陈真梅身子随着狂风往下边倒去，我也站立不住，跟她一起倒了下去。

我们两个人一下就栽到了下边一个雪坑里。我紧紧地抱着陈真梅，拼命挣扎，哪知越挣扎，身子越往下沉。罗政委和小刘费了很大的劲，才把我们拉上来。

罗政委看着陈真梅那苍白的脸，眉毛紧皱起来了。小刘一句话没有说，背上陈真梅就往前走。

罗政委望着我又问：

“你怎么样？”

我笑着回答说：

“跌到雪坑里，不痛不痒，没得关系。”

柳莹也笑着说：

“要是没得人把你们拉上来，看你有没有关系！”

小刘背着陈真梅踉踉跄跄地往前走。越接近山顶，越不好走，空气更稀薄了，每走一步，他就要停一停，大口大口地喘着气，再摇摇晃晃地迈出第二步。我紧跟在小刘的背后，只恨自己不能给他帮什么忙。

陈真梅也急促地喘着气，无力地恳求说：

“小刘，放下我！”

“快，快放下，快放下！”

只听得严院长在后面大声喊着。我以为是喊小刘呢，回头一看，原来是喊王德民。他担着那沉重的伙食担子，被狂风吹得陀螺似的转起来。

王德民两手抓住行军锅的锅沿，费了好大劲才站稳了脚：

“院长，这口锅我担了它一年多，给红军出过不少力，我不能丢掉它。我还要把它担到抗日前线去，煮一锅大米饭给一方面军的老大哥吃哩！”

“到山顶了，同志们，我们快到山顶了！”柳莹兴奋地喊了起来。

我往顶峰上看去，只见上面一面鲜艳夺目的大红旗，被风吹得呼啦啦飘，好像是在向我们招手。

“同志们，大家看看山顶上那面大红旗吧！红旗啊！它象征着延安，象征党中央。贺老总和任政委在红旗下站着朝我们挥手呢！首长说：翻过雪山，就是胜利！我们要跟着红旗走到抗日前线，走到延安，跟党中央毛主席会师！”

罗政委以坚定的神态，烈火一般的语言，鼓舞我们前进。行军队伍一下像在进行爬山比赛一样，走得更快了。

我们终于登上了山顶。

我站立在山顶上，鸟瞰脚下，只见千里冰雪，银峰耸立，人在天上，云在脚下，祖国辽阔秀丽的河山，尽收眼底。这时，我心里特别开阔、舒畅。我们祖国的河山是多么雄伟，秀丽啊！

可是，山顶上的空气稀薄得逼人。我觉得头上像是顶了个大磨盘似的，摇摇晃晃快站不住了。这时候，小刘背着陈真梅实在走不动了，我和柳莹就过去搀住了陈真梅吃力地往山下走。到了半山腰，头上才轻松了些，呼吸也慢慢均匀起来。

柳莹一边给陈真梅拍打身上的积雪，一边兴奋地说：

“我的天，总算过来了！”

我看着柳莹那一身雪，笑着说：

“过是过来了，可是你也成了个雪菩萨！”

柳莹咯咯地笑了起来，指着我说：

“你也不例外呀，真像山下那个白胡子老头讲的，成了白雪妖精啦！”

| 第十九章 |

一

我们接连翻过了几座荒无人烟的大雪山，又走进了重叠连绵、怪石起伏的石峰丛里。这里没有一棵树木，没有一株草，没有飞鸟，也没有山泉……满眼都是光秃秃的石头。在那石壁缝里，偶尔伸出一丛枯黄的狼牙刺。

我们头顶着火热的太阳，脚踩着滚烫的石头，像被闷在大蒸笼里一样。空气干燥得仿佛划一根火柴就会燃烧起来。有些人的草鞋磨得通了底，有的人干脆打着赤脚，脚上烫得起了血泡。可是个个都还是打起精神，不停地往前走着。

雪山上冷得能把人冻成冰块，石山上又热得能把人烤成焦炭。康藏高原的气候变幻莫测，常常在一天里边，经历四个季节。

刘小夭吹起了休息号，大家都找背阴的地方休息了。警卫班有些战士把枪往头下一枕，就睡着了；有的背靠着石头，就打开了呼噜。也正是在这种情况下，伤员们更需要周到细致的照顾。我们尽管又累、又热、又饿，总是跑前跑后去照拂伤员，一直到把所有的伤员都照看了一遍，才找个地方歇下来。

小刘这个小伙子真是铁打的一样，在行军的时候尽忙着帮助人，休息号一响，没见他坐下来，不晓得又蹦到哪里做么子去了。

王德民有个老习惯，一坐下就先抽袋烟。烟叶子早就没有了，他随手在路旁扯几片枯草叶子，放在手心里搓搓，装进烟锅里，摸出火镰，打燃火绒，大口大口地吸起来。

柳莹热得呼呼直喘气，问道：

“王胡子班长，这就是孙猴子过的那个火焰山吧？”

王德民摸了摸胡子，所答非所问地说：

“火焰山怕么子？孙猴子能过，莫非我们就过不了？”

我用舌头舔了舔嘴唇说：

“火焰山倒不怕，就是口干得起了壳啦！”

“谁吃谁吃？”刘小夭手拿着两个红艳艳的野果，一手挥着脸上的汗珠，从山那边喊着跑过来。

我们个个都口干得不得了，可是这两个野果，在我们几个人的手里传过来递过去，谁也不肯要。

“你吃了没有？”刘小夭问小刘。

“吃了！”小刘回答说。

“么子味？”柳莹又问。

“哎呀，好吃得很。”小刘连说带比画。“酸溜溜、水津津的，一吞到肚里，口不干了，肚子也不饿了，比王母娘娘的仙桃还要好吃得多。”

刘小夭听得入了神，嘴巴一张一张，喉咙也在跳动，好像那果子已经吃到他的嘴里了。

果子只两个，小刘不好分配，只好叫大家来决定。我们推来推去，最后推给了看护长和陈真梅。给看护长，不只因为她年岁大，还因为她这一路上起早睡晚，照顾伤员，帮助同志，特别辛苦。分给陈真梅，是因为她怀了孕。

陈真梅接过果子没有吃，给了伤员，看护长也没有吃，给了刘小天。我们能够体会到看护长的想法：刘小天参军不久，在政治上应该多帮助他，在生活上也应该尽先照顾他。

刘小天接过果子，不管三七二十一，一下就丢进了嘴里。

“呸！呸！呸！”刘小天才咬了两口，又把野果全吐了出来，眉毛眼睛挤做一堆。

小刘直愣愣地鼓着两个大眼睛，张嘴结舌地说不出一句话来。其实，这果子是苦是甜，他哪里尝过？休息号一吹，他就满山遍野去找吃的，好容易找到了这么两个小野果，一心想让给同志们吃，才扯了个谎。

小刘呆呆地站了一阵，走到刘小天跟前说：

“走，我们去找水！”

说罢，小刘就和刘小天一起走了。

二

天上没有一片云，地面没有一丝风，骄阳似火，好像硬是想把我们烤死在这光秃秃的石山上。

这天出发的时候，我们千方百计要带上些水走，可是怎么也找不到盛水的家具，只好把毛巾放在水里浸透了塞在洋磁缸里。有的同志用竹筒盛了些水带着，但是，这点水全给伤员喝也不够。从天蒙蒙亮直到中午，我们没有喝到一滴水，嘴唇干得脱了一层皮，肚子里也像着了火似的。人们渴得咬着嘴唇，紧握着拳头，艰难地向前迈动着脚步。

一个躺在担架上的伤员手抓着胸口，吃力地喊着：

“水，水，看护，给我一点点水。”

哪里还有水？我急得十指抓心，没有法子，只好把那已经拧了好多次水的湿毛巾敷在他的嘴上。

我在药包里翻来覆去地搜索着，怎么也搜不出一点解渴的东西。我干脆拎起药包往下一倒，哪想倒滚出来了一个药瓶子，里面还有小半瓶彭医生制的仁丹。看样子这座石山一时半时也走不出去，这点点仁丹可不能轻易动。

罗政委和严院长正在路旁站着，关切地望着从自己身边过去的伤员和医院工作人员。这些天来，我们这两个院首长瘦多了，眼窝有酒盅深。

我忙从药包里摸出那小半瓶仁丹，送到他们面前说：

“首长，吃了吧！仁丹能够除暑解渴，醒脑提神……”

“这小鬼，”罗政委对我笑了笑，可是没有伸手来接，“你倒给我上起卫生课了！哈哈。”

严院长还是眼睁睁地望着行军的行列，好像没听见我说话一样。

我把那小半瓶仁丹倒出来，分作两份，又向严院长身边靠了靠，大声说：

“院长，吃仁丹！”

“仁丹，”严院长回头看了我一眼，“留给伤员吃！”

我把那些仁丹都塞到罗政委手里，意思是让罗政委去动员严院长吃，让他们一人吃一半。我还说：

“首长，吃吧，药包里还有哩！”

正说着，后面来了一副担架，躺在担架上的伤员“水呀！水呀！”地喊着。罗政委从我手里接过仁丹，一粒一粒地放进那伤员的干燥的嘴里。

三

越走越热，越走越渴了。在我过去的生活里，有过挨饿的经历，可是并不知道没有水喝是什么滋味。这时候我才感觉到：在世界上，似乎没有比水更贵重的东西了！哪怕有一滴水湿一湿干裂的嘴唇，也是莫大的享受。

到了休息的时候，王德民连烟都不想抽了。陈真梅像一摊湿泥似的倒在地上，鼓着的肚子微微颤动着，虽说她总是抿着嘴，没有一句泄气的话，没有一声呻吟，可是谁都看得出，她是以一种什么样的毅力，在克制着痛苦的熬煎。平素好说好笑的柳莹，这时候也变成哑巴了。只有小刘总是鲜蹦活跳的，任什么也拴不住他的手脚。这时候，他又出了新点子。只见他脱下被汗水浸透的上衣，用手使劲拧着，汗水一滴一滴地掉进洋磁碗里。他端起碗来抿了一口，突然像发现了奇迹似的喊起来：

“嗨！真解渴！这下有办法了！”

“真的？”我急忙跑过去，“我尝尝！”

我从小刘手里接过碗来，用舌尖在碗里抿了点，只觉得又酸又咸，半天都说不出话来。

罗政委过来了，他瞟了我一眼，对大家说：

“同志们，忍耐一下，下了山，一找到村庄，就有水喝了。”

小刘一蹦，用手一拍大腿，接上说：

“对了！找到了村庄，有的是水，要喝多少有多少，想泡在水里洗个澡也行！”

王德民两道卧蚕眉往上一扬，旱烟杆往上一挥：

“我们要能像封神榜上的哪吒，脚上装起风火轮，一眨眼，就到了大江边上，只怕你肚子小，还怕口干呀！”

罗政委笑了：

“这不难。将来革命胜利了，每人装上一个，想到哪里，吱的一声就飞去了！”

“政委，人要是真能飞，那可好了。”柳莹眉飞色舞地说。

小刘用帽子扇了几下，眉头一皱，一本正经地说：

“人能飞？那不成神仙了！无产阶级是不信神的，对不对？刘小夭！”

正尖起耳朵听得出神的刘小夭，连忙表示同意小刘的意见，“对对对！”

“说得对，我们无产阶级不信神！”罗政委舔了舔干燥的嘴唇，绘声绘色地说，“不过，有些现在看起来只有神才能做得到的事情，到了将来也许我们都能够做到的。只要革命成功了，人民当了家做了主，我们的国家也强大起来了，那个时候，你不相信能飞吗？能飞的！我们有汽车、有火车，有轮船，如果你嫌这些都慢，那还有飞机。只嗡嗡几声，就到了你要到的地方了。你们说，这不比哪吒的风火轮还强百倍吗？”

大家被罗政委说得哈哈大笑。这一笑，疲劳和干渴的程度好像减轻了许多。

“政委，打垮蒋光头，打垮小日本，到底还要多少年？”刘小夭问。

罗政委思索了一下，才笑着回答说：

“我不是算命先生。到底哪年哪月哪日革命胜利，那算不准。但是我认为，有党中央、毛主席英明正确的领导，有毛主席亲手培育起来的英勇顽强的工农红军，还有我们的部队走到哪里都能得到广大人民群众的拥护和大力支援，总之，有这样好的党，有这样好的领导，有这样好的军队和这样好的人民群众，你们说，革命胜利的到来还能远吗？！”

罗政委刚讲完，大家七嘴八舌信心百倍地说：“有毛主席他们这样好的领导，革命胜利肯定很快就会到来！”

“依我看得十五年。”小刘说。

王德民摸了摸胡子：

“十五年？我老王可就得拄拐棍了。政委，早一点不行吗？”

“这全靠大家努力了。大家拧成一股绳，跟着毛主席，一个劲地往前奔，革命胜利就来得早。”罗政委一双明亮的眼睛扫视着大家。

王德民严肃地说：

“政委，我老王这一百多斤早就交给革命了。前人栽树，后人吃果，只要是革命成功了，我老王就是看不到革命胜利，也心甘情愿，没半句怨言！”

小刘在掰着手指头算年纪，一张兴奋的脸像花红果子一样，两只黑亮亮的眼睛充满着乐观、自豪的神情：

“政委，打十五年算，我也只有三十三岁，还正是壮年哩！”

罗政委充满感情地向这个一团火似的年轻战士看了一眼，又说：

“大家想想，将来革命成功了，你们都做什么？”

“我还是当红军，还是做看护工作。”我连想都没想就回答了。

“老了呢？”刘小夭问。

“像看护长一样，当婆婆红军。”

“婆婆红军？哈哈！新名词。”罗政委笑了，“小鬼，看样子，你这一辈子是不想离开红军了，是吗？”

“政委，”我疑惑不解地问，“难道你舍得离开红军？”

“我倒不一定。”罗政委兴奋地说，“将来革命胜利了，国家搞建设，到处都要人。到了那时候，组织上也许会派我到工厂去，也许会派我到矿山去，也许会派我到农村去办集体农庄。一句话，党需要我干什么，我就干什么！”

“我要当演员，跳红军舞，演红军戏，政委你看好不好？”柳莹调皮地把头一歪，望着罗政委说。

“要得，我同意。”罗政委又拍了拍小刘的肩膀，“小刘，你呢？”

“我和他们的想法不一样。你知道，政委，我没有进过一天学堂门，西瓜大的字还不够一车装。革命胜利了，我要读书，要读好多好多的书。书读好了，我就挎上水壶，带上干粮，背着篷帐，和工人一起到雪山、石头山上来修铁路。将来，铁路修通了，六月天，把雪山的雪运到别的地方去做冰水喝，把石头山的石头打烂，运到全国各地去砌房子。我听人家讲过，石头房子最好，冬暖夏凉，还结实。政委，你说对不对？”

小刘，这个淳朴的青年战士，是个不善于倾吐自己感情的人，这一次突然说了这么多的话，而且说得这样自然，这样真切，这样有感情。小刘的精神世界是多么深远，多么广阔！在这个十八岁的青年战士的心灵里，在这样艰难的时刻，他想的是革命的胜利，是将来建设的远景。他这饱满的革命热情，远大的革命理想，坚定不移的革命信心，是多么强烈而又深刻地感染着人！

四

我们围着罗政委天上地下的越说越有劲，只有陈真梅一个人坐在一旁，始终没有插嘴，偶尔笑一笑。她是个“哑巴吃粑粑——心中有数”的人，心里和大家一样明亮，只是不爱多讲话而已。微微一笑，就算是表示了内心的反响了。后边上来一副担架，走到罗政委面前停住了。前面的那个担架员指着担架上的伤员，对罗政委说：

“政委，田指导员渴得昏过去了，怎么办？”

罗政委转过头来问我：

“小兰，还有仁丹吗？”

我无可奈何地说：

“没有了！”

罗政委又转身对大家说：

“谁还有仁丹？”

大家都说没有。

陈真梅站起身，从挎包里拿出一个洋磁碗，不声不响地走到离我们不远的地方，躲到一个大石头后面去了。

“真梅姐做么子去了？”

我怀着疑惑的心情，悄悄地走了过去，在她的背后蹲下来，看她到底做什么。

只见陈真梅低着头，解开衣扣，右手握住奶头，左手端着药碗，使劲在奶峰上揉着，挤着，一滴滴的奶汁慢慢地掉进药碗里。

“真梅姐，你这是做什么？”我问她。

她猛地转过头来，看了我一眼说：

“这有什么好看的。莫管我，有用就是了。”

挤了一阵，她把衣扣扣好，端着不多一点奶汁，走到渴昏了的田指导员跟前，用断了半截的小勺子，一匙一匙地喂进他的嘴里。田指导员张着干渴的嘴，贪馋地吸吮着。当他清醒过来，睁开眼睛，看见蹲在自己身边挺着肚子的陈真梅和碗里的奶汁以后，他呼地坐了起来，伸着一双颤抖的手，发疯似的喊道：

“给我，碗……给我！”

他夺过陈真梅的药碗，由于过分激动，话都说不圆了。

“同志，你……这是奶……奶，不…是…是水。”田指导员的眼里，滚出了亮晶晶的泪珠，手哆嗦得更厉害了。啪的一声，药碗掉在石头上，剩下的一点奶汁，顺着石板往下流。不一会儿，被太阳烤得焦干，留下一道白色的印子。

越来越多的伤员渴得昏迷过去。有的担架员也渴得支持不住了，抬着担架走着走着，噗通一声倒在地上。

严院长双手叉在腰上，抬起头，凝视着瓦蓝瓦蓝的天空，凝视着那灼灼逼人的骄阳。正在这时候，远远地有个人骑着马飞也似地奔来。他身上横一个竖一个的挂着五六个军用水壶，冲着我们大声喊道：

“同志们，水来了！”

“水来了！水来了！”大伙儿也都随声喊起来。

罗政委和严院长朝着那个骑马的战士快步迎了上去。

那个骑马的战士纵身跳下马来，把六个碰得叮当叮当响的水壶，送到严院长的手里说：

“首长，总共是六壶水，请收下。”

严院长生怕壶里的水洒出来，小心翼翼的双手捧过水壶，才问：

“哪里来的？”

“前卫部队弄的。藏民卡住了水口子，我们只灌了六壶水，送给贺总指挥和任政委。首长说你们医院有伤员，更需要水，他们一口也没有喝，就让我送到你们这里来了！”

一听得贺总指挥和任政委派人给我们送来了水，担架上的伤员，一个个睁大了眼睛。

罗政委向前一步，紧紧握住那个骑兵通信员的手，激动地说：

“我们留下四壶，这两壶请你带回去给总指挥部的首长。请你转告首长：我们医院的全体同志感谢首长亲切的关怀！”

严院长就把两壶水递给那个骑兵通信员。骑兵通信员摇摇手，为难地说：

“首长交代了，不让把水带回去！”

罗政委把那两壶水硬塞到骑兵通信员的手里，大声说：

“这是我们医院全体伤员和工作人员的意见！”

“对，这是我们大家的意见！”石山上响起了激动的喊声。

骑兵通信员望着我们这一张张激动的脸孔，只得接过水壶挂在身上。他转过马头，跳上马背，两腿一夹，马儿四蹄腾空，卷起团团尘雾，马蹄下闪出了点点的火花。

院首长商量了一下，决定分三壶水给伤员喝，一壶水给医院的工作人员喝。

我端着水壶走到每个伤员面前，一边把水倒进他们的茶缸里，一边说：

“同志，喝点水吧，这是总指挥部首长送来的水，喝了再也不会口干了！”

田指导员端着盛了水的茶缸，半天不肯张嘴，好一会儿，才吃力地说：

“首长们自己都没有喝，我怎么喝得下哩！”

他说着说着，一颗颗的眼泪扑簌簌地掉到了茶缸里。

给工作人员的那壶水，罗政委把它倒在洋磁碗里，让大家轮着喝。

洋磁碗在我们的手里传送着。每个人都生怕自己喝多了，碗刚刚沾到嘴边，湿一湿焦干的嘴唇，又马上递给旁人。

这一点点水根本谈不到解渴，但是，对我们说来，比喝了一桶水还顶事。这是贺总指挥、任政委他们的一片心意呵！

五

我们眼巴巴地望着前面，直到太阳下了山，才看到山坡下有一些房屋。

这是一个藏民居住的寨子。一进寨，只见家家门上都落了锁，连个人影子都看不见。藏民受了国民党的欺骗愚弄，不了解红军的政策，在我们到来之前，就跑到山上去了。我们就只好在他们房子的周围露营。我们除了留下一些人安置伤员，其余的人就马上分头出去找水。

寨子下边有条干枯了的小河沟，挖进去好深，连点湿气都没有。我们在寨子背后的山上，发现了一条尺把宽的引水沟，里面也没有水，可是沟里有些潮湿，显然不久以前还有水从这里流过。我们顺着引水沟往上找，走了不远，连引水沟也没有了。这到底是怎么一回事呢？我疑惑地问罗政委，才知道是有人把水源破坏了。

我们怎么也不死心，回到寨子里，马上又提着水壶，拿着脸盆，四处去找水。

我找到一个房子背后，看见地上有个黑洞洞的口子，那不是井吗？我飞跑过去，捡了块小石头投进井里，半天也听不到水的回声，我心里就凉了半截。但是，我还不死心，又把小刘喊了来。

小刘仔细看了一会儿，解下绑带系在自己腰上，就对我说：

“这是藏民储水用的井，说不定还有水。我下去看看！”

我把小刘放了下去。过了一阵，我对着井里问：

“有水吗？”

没有听见回答。

过了一阵，我又问：

“有水吗？”

“有湿泥巴！”小刘在井下答话了。

在这个时候，有一点湿泥巴也是好的呀！我找了两个人到井口边，小刘一连用脸盆送了几大盆湿泥巴上来。我们用纱布包着湿泥用劲挤，累得满头大汗，才挤出了四碗稠糊糊的泥水。

“送三碗给伤员吧！”小刘提议说。

我们给伤员送去了三碗，医生、看护、炊事员等许多人就只有一碗了。这一来，我们就不能用嘴喝，只能用舌头舔舔罢了。这总算是第二次喝到了水。

疲劳和饥渴，把我们带进了梦乡。

清脆的起床号声，震动着寂静的山谷，催醒了红军战士，也唤起了山后边火辣辣的骄阳。

山谷里，小道上，一片红旗招展，人喊马嘶，我们的队伍又开始了新的征程。

我们走出寨子不远，小刘拉了刘小夭一把，指着左边说：

“我们靠那边一点走，顺便找找水。”

严院长点了点头说：

“也好，只是不要走丢了！”

走出寨子十多里路，小刘和刘小夭突然从一块大岩石后面闪了出来。小刘跑到严院长跟前，兴奋地说：

“院长，那边发现有几截笕槽！”

王德民插嘴说：

“有笕槽必定有水！”

听说可能有水，大家都兴奋地围了拢来。严院长说：

“看看去！”大家都跟着小刘和刘小夭走去。

翻过一个小岩坡，果然看到山上有长长的一段笕槽，但是在山腰那里断了好长一截，从上面的笕槽里出来手指大的一股泉水，流到岩石上，溅起了毛毛飞沫。

“有水，有水！”小刘大声喊着。

“山上有水，伤员有水喝了！”看护长一脸的欢喜，打着眼罩望着山腰。

王德民放下伙食担子，笑哈哈地望着山腰。

柳莹兴奋地唱着，不眨眼地望着山腰。

我高兴得紧紧抱着看护长：

“看护长，这一回呀，让每个人都喝上半桶水，看还渴不渴！”

严院长站在一块岩石上，看了看山腰，立即下了命令：

“大家不要乱动！”

我真是丈二和尚摸不着头脑，山上连一个鬼影子都没有，严院长为什么不赶快让大家上去提水呢？

看护长从严院长的脸色里，预感到眼前将要发生什么事情，她端端正正地站在严院长面前说：

“院长，让我先上去看看吧！”

严院长还没有答话，王德民把旱烟袋往腰上一插说：

“院长，还是我去吧！”

严院长望着这两位上了年岁的同志，没有做声。正站在我旁边的小刘，这时候把乌黑发亮的小马枪往肩上一推，上前给严院长敬了个礼，激昂地说：

“院长，这是我的责任，我去！”

随着小刘的说话声，是一片“我去”、“我去”的声音。在这震天的喊声里，有医生，有看护，有炊事员，有警卫班的战士，有男的，也有女的。但最响的，还是小刘的声音。

严院长用信任的眼光望着小刘，一字一字地说：

“刘民生，你去！”

小刘转身对王德民说：

“老班长，你把大铁锅端出来，准备接水吧！”

王德民兴致勃勃地回答说：

“好，我马上准备。”

小刘哗啦一声，拉开枪栓，压进一排子弹，把枪大背在肩上。他正要走，我见他的草鞋耳子脱了，连忙拉住他，刷的一声，从自己的衣襟上撕下一小缕布条，蹲下给他把草鞋系好。小刘感谢地看了我一眼，就像只小老虎一样地往山腰奔去。

警卫班的几个战士往前跑了不远，原地散开，枪口对着山腰，做好战斗的准备。

大家都紧张地望着正在向山腰飞奔而去的小刘，我的心也像在擂鼓一样，急促地跳动。

小刘活像一只灵巧的燕子，一边往上跑，一边把拆散了的笕槽一截一截地接起来。当他快跑到半山腰的时候，突然从上面打下来几枪，子弹在他的身前身后冒起一股股的灰尘。我们都正在为他担心哩，只见他把头上的八角帽往后一推，前进得更快了。

“趴下，刘民生，快趴下！”罗政委在山脚下高声喊着。

小刘为了使同志们能喝到水，使部队顺利地通过这缺水地区，哪里还考虑个人的安危？面前即使是刀山，是火海，他也会毫不犹豫地闯过去。可不是吗，上面的枪声响得更激烈了，他还是一股劲地往山腰上奔去，好像根本没有听到枪响一样。他离山腰溅起水花的地方越来越近了，一百米，五十米，三十米，十米……他终于抓到了最后一截笕槽，正在往一起安了。正在这时，山顶上砰砰又是几枪，随着这尖利的枪声，小刘倒下了。我全身一怔，呼吸也变得急促起来。可是紧接着，他又颤巍巍地支撑着爬起来，身子斜扑到岩石上，两手紧紧抱住了那最后一截笕槽。

白花花的泉水，从小刘的怀里通过笕槽，流到了王德民守着的那口大行军锅里，溅起了细细的水花。

王德民舀了一碗水，送到了我的面前。我颤颤波波地接过碗，啪的一声，掉到了岩石上。水流了，那用小刘的鲜血换来的水流了。一颗颗晶莹的热泪，扑簌簌地从我的眼眶里滚了出来，落到岩石上，和刚才倒掉的那碗水混到了一起。……

大家本来口干得难受，如今遭到袭击，小刘也被打伤了，这更是火上加油，一个个摩拳擦掌：

“首长，我们要为小刘报仇！”

警卫班的战士和其他有枪的同志，也都把枪端在手里，望着罗政委和严院长说：

“首长，打吧！”

刘小夭拿着军号放在嘴边边上：

“首长，吹冲锋号吧！”

严院长和罗政委对望了一下。

罗政委严肃地望了我们一眼，压住心头的悲痛说：

“打？和谁打？藏族人民是我们的兄弟，不是我们的敌人，他们现在不了解我们，我们正应该使他们了解，能用枪杆对付他们吗？”

我们听了罗政委的话，忍住了心头的怒火。山上打下来的子弹，从我们的头上、身边吱吱地飞过。又有两个战士倒下了。

严院长跟罗政委低声商量了几句，就跨上大青骡子，直奔总指挥部而去。

罗政委铁青着脸，尽量控制着自己的感情，命令大家不要乱动。他自己比谁都着急，解开了衣扣，握着拳头，望着山顶上。

大家在等待着他的命令。

“同志们！”罗政委把手一挥，“枪口一律朝天——放！”乒乒乓乓，炒爆豆一般的枪声响彻山谷，子弹笔直地飞向天空。

“刘小天，吹冲锋号，可是谁也不许动！”罗政委下了第二道命令。

刘小天用尽他的全部力气吹响了军号。高亢的号声，更增加了这紧张的气氛。过了一阵，山上的枪声稀落下来了。

严院长带着通司[1]和总部警卫连，满身大汗地从总指挥部回来了。他命令警卫班停止射击！通过通司，向山上的藏民喊话，说明我们是北上抗日的红军，交代我们的民族政策，解除他们的疑虑。

通司喊了一阵话，我们忽然看见十几个藏民背着枪，往山下走来。走在前面的那个中年人，头上戴着一顶黑色的毡帽，身上穿着深红色的楚巴[2]，腰上斜挎着一把带花套的刀子，肩上背着支双筒枪。他们往下走了不远，只听得几个汉人在上面大声吼叫：

[1] 通司：翻译

[2] 楚巴：藏民的一种服装。

“回来，不准下山去，要不就开枪了！”

那些藏民没有理会上面汉人的喊话，仍然大步地往山下走。只听得山顶上啪的打来一枪，一个藏民倒下了。

走在前面的那个中年藏民，马上举起枪来，对上面连打了两枪，大喊一声，就带领那些藏民往山顶上冲去。

严院长看到这情况，随即带着通司和警卫连跑上山去。

被破坏了的笕槽，完全接好了。泉水通过笕槽，畅通无阻地流了下来。

大家端着碗，大口大口地喝水。立时响起一片咕嘟咕嘟的喝水声。

担架员灌满一壶壶的水，给伤员放在担架上。

没有水壶的同志，用毛巾、衣服沾湿储水。

阳光的威力也似乎小了。

水，哗哗地流着……

六

严院长和几个藏民用担架抬着小刘下来了。彭医生亲手给他打了几针强心剂。我在担架旁边蹲下来，给他洗涤那血迹斑斑的伤口。

小刘微闭着眼睛，安详地躺在担架上。他那被水浸湿了的军衣和血肉粘在一起，被水泡湿了的头发，像一块黑缎子一样贴在前额上。那张黑红色的脸，变成了一张白纸，胸脯急促地起伏跳动，嘴唇干得裂开了一条条小血口子。到现在，他自己还没有喝上一口水呢。

那个穿着深红色楚巴的中年藏民，通过通司正在向严院长叙述事情的经过。原来，当红军快要到达这里的时候，来了几个国民党特务，和寨主勾结在一起，对他们进行欺骗宣传，强迫他们撤出寨子，破坏水源，袭击红军。小刘就是被一个国民党特务亲手打伤的。刚才我们好几个人被打伤了，我们没有采取报复行动，只对天上打枪，他们就感到很奇怪，听了通司的喊话以后，才知道自己上了当。他们刚要下山来，国民党特务在山上开了枪。等到那个中年藏民带领其他藏民冲上山去，那几个特务见势不妙，就逃跑了。

听说那几个特务逃跑了，刘小夭走到严院长面前，悲愤地说：

“院长，让我去追那几个家伙吧！”

那个中年藏民对通司说了几句什么，通司又扭头对严院长说：

“他说他们有人追去了，那几个家伙跑不掉的。”

罗政委像慈母般地把自己的一床夹被叠成枕头，垫在小刘的头下，轻声地说：

“小刘，怎么样？……”

小刘浑身痛苦地痉挛着，半天才睁开了眼睛。当他看到同志们手里端着一碗碗的水，当他看到站在自己身边的首长、同志们和藏民，他的脸上浮起一丝微笑，眼睛里闪烁着兴奋而愉快的光芒。他紧紧握住了罗政委伸过去的手，勉强挣扎着起来，倒在罗政委的怀里。

“政委，水……水……给贺……总指挥、任……任政委送了吗？”

“你放心，已经给首长送去了。”罗政委激动地回答。

“后面的部队喝上了吗？”小刘又问。

“正在喝哩！”罗政委大声地说。

“政委，”小刘的眼睛睁得更大、更明亮了，“我……我向……党提出的……请求……”

他的话是一个字一个字吐出来的。虽然他说话很困难，但这些埋在心坎里的珍珠一样的话，好像非吐出来不可。

罗政委知道小刘的意思，紧紧抱着他，坚定而又温和地说：

“刘民生同志，你完全具备了一个共产党员的条件。院党委同意接收你加入中国共产党。”

“是党把……我……教育……成人。我一定……要为党……献出……一切。”

在小刘的脸上，表现出一种难以克制的紧张、兴奋的情绪。他向大家扫了一眼，艰难地说：

“首长……同志们……多保重，顺……利到达……抗日前线……和一方面军……会了师，见……见了毛主席，代我……向他……老人家问……问个好！”

我坐在地，侧着身子，将泉水一匙一匙往小刘的嘴里喂。他眼睛眨了两下，就紧紧地闭上了，头往下一歪，喂进他嘴里的水又流了出来。

彭医生仔细地听着小刘的心脏。他默默地站了起来，紧绷着脸，从牙缝里挤出了一句可怕的话：

“不要喂了！”

我像什么也没有听到，呆呆地望着他，一匙匙的泉水喂到小刘紧闭着的嘴上，一线线的泉水顺着小刘的腮帮，一滴一滴地流到地上。

太阳钻进了云层里。大地突然变得暗淡无光。

笕槽里的水，还在我们身边哗哗地流着。

想不到这个在革命队伍里受过千锤百炼，在党的抚育下长大的“小鬼”，这个从来不知道什么叫困难、什么叫危险的革命战士，在这里永远闭上了眼睛。在这短暂的一生里，他挨过多少连阴雨，走过多少泥泞路，趟过多少急水滩……现在，他，这个十八岁的红军战士，还没有来得及看到革命的胜利，就在这艰难的万里长征的道路上，为了同志，为了集体，

为了光辉灿烂的社会主义和共产主义理想，献出了宝贵的生命。

我含着热泪，打开小刘留下的小包袱。里面一个记着打死敌人数目字的红本本，一件只有一只半袖子的军衣。一年多以前，我在回刘家的路上绊了一跤，竹丫枝刺破了我的手腕，小刘不就是从这件军衣上撕下半截袖子，给我包扎伤口的吗！我拿着这件军衣，情不自禁地哭了起来。

罗政委摘下了军帽，严院长摘下了军帽，同志们摘下了军帽，那些藏民也含着眼泪低着头，默默地站在小刘的遗体旁边。

罗政委望着悲痛哭泣的人群，沉重地说：

“同志们，眼泪不是对革命烈士最好的纪念！我们应该牢牢记住，刘民生同志的牺牲，是国民党挑拨汉藏两族人民之间的团结的又一笔血债！同志们！刘民生同志死了吗？没有。这样的人，他永远活在我们的心中，活在全国人民的心中。他的精神，将鼓舞我们更勇敢地战斗，更勇敢地前进。”

罗政委的一席话，像一把火炬，照亮了我们的心。

我用衣袖擦干了眼泪，站起来。

彭医生、看护长、陈真梅……站在一起，脸上都露出一种刚毅的神色。

柳莹在山坡下找来了一束野花，肃穆地放在小刘的身边。

王德民拿着他那旱烟杆，坐在一块大石头上发呆。过了一会儿，他默默地走到罗政委身边，细声地说：

“政委，给小刘立块碑吧！”

“立，应当立。”罗政委停顿了一下，用手指指自己的胸前，“碑就立在我们的心坎上。”

那个中年藏民激动地从自己身上脱下了宽大的楚巴，盖在小刘的身上。深红色的楚巴，在阳光的照射下，红光闪闪，像是一丛盛开的鲜花。

这是藏民的一片心意。

那两个恶毒地挑拨民族关系、袭击红军、打死小刘的国民党特务，被几个藏民扭住送来了。严院长正要吩咐什么，那个中年藏民用他手里的双筒枪，叭叭两声打了出去，那两个国民党特务像死狗一样，倒在小刘的遗体面前。

| 第二十章 |

一

五月初，我们二方面军二、六军团，分两路从云南边界的最后一个县城中甸出发，左翼为二军团，经德荣、巴安、白玉奔甘孜。经过将近两个月的艰苦行军，我们两个军团在甘孜会合了。我们从甘孜的东谷出发，翻过查尔寺山，就进入了草地。

绿色的草原，像一个无边无际的大海。阵阵微风掠过，绿草一摇一摆的，掀起了翻滚的波浪。几只老鹰扑展着翅膀，在大草原边缘的上空盘旋。

一进入草地，各个单位把大大小小的红旗都打开了。如同一道红色的激流，冲进了这碧绿的海洋，涌起朵朵红色的浪花。太阳匆忙地从地平线上冒出头来，露出惊奇的眼光，迎接远方的来客。

刘小夭往前走了几步，满面笑容地转过头来问王德民说：

“王班长，走出这个大草地，就快跟一方面军会师了吧？”

王德民睁着两只大眼睛说：

“小鬼，告诉你，思想上要做好准备，前边还有不少拦路虎啰！”

刘小夭摆出架势，右腿往前一伸：

“管他什么拦路龙，拦路虎，全都把它踩在脚底下。”

一听刘小夭说到会师，柳莹的劲头来了。她抓住我的手，摇晃了几下说：

“跟一方面军会了师，那就热闹了。小兰，你说对不对？”

“那还用讲？”我也兴奋地回答，“到那时，只怕我们会喜癫了。”

刘小夭又凑到王德民的身边问：

“王班长，跟一方面军会了师，我们能不能见到毛主席？”

“当然能见到。”我毫不犹豫地代替王德民作了回答，“说不定毛主席还会请我们到他那里去做客哩！”

刘小夭惊喜得张大了嘴，轻声地说：

“毛主席真要见到了我们，会问一些什么话？”

我偏起脑壳想了想，就认真地说：

“他看到你，先就会问：你就是那个被红军救了命，以后又当了红军号兵的刘小夭同志吗？”

刘小夭啪的一声，立正挺胸站着，精神抖擞地回答说：

“是的，我就是那个刘小夭。”

柳莹也装出一副正正经经的样子问：

“你在红军里满意吗？”

刘小夭的眉毛紧皱着，犹豫了一下，又说：

“满意！可是我要求主席发给我一支枪，到抗日前线去打日本鬼子。有了枪，我也会跟小刘一样，消灭许多敌人……”

“那你的号呢，还吹不吹？”王德民回转身来望着刘小夭问。

“吹呀！又吹号，又打仗。”刘小夭仍然认真地回答。

“嘿，一个顶两个，要得！”王德民笑着说，“放心吧，刘小夭，到了抗日前线，不怕没有仗打。”

王德民这一说，我们的谈论也更热烈了，从日本鬼子的猖狂谈到蒋介石的卖国，从我们现在的行军谈到上抗日前线。谈着谈着，行军也似乎轻松得多了。

天气越来越热了。大阳任性地向这茫茫的草原，喷射着炽烈的火焰，晒得小沟里的水烫得像开水似的。四周一丝风也没有，我身上的单军衣已经被汗水浸湿，头发被阳光晒得像着了火似的，胸口也像被什么东西堵住了一样，闷得透不过气来。

赵云胜扶着陈真梅，吃力地走来了。

陈真梅的肚子越来越大了。进入草地的前一天，组织上就让赵云胜跟我们医院一起走，好让他照顾陈真梅。医院的工作人员和伤员也都关心陈真梅，处处帮助她。可是，艰难的行程对她来说，还是比别人吃力得多。

这时，陈真梅脸上的汗水就像一条条小河似的往下流，身子一摇一晃。我走近她身边问：

“真梅姐，累吧？”

陈真梅喘着气回答说：

“累倒不累，就是太热，身上都晒出油来了！”

我从头上取下八角帽，一边给她扇风，一边说：

“莫急，等下老天爷就会给你撑把大伞的。”

说着说着，西北角上推过来几堆乌云，遮住了灼热的太阳。云层越聚越厚，越压越低。冷风呼呼叫着，茫茫的大雾铺天盖地，笼罩着荒凉的草原。闪电在聚满了黑云的上空呼啦呼啦地燃烧，发出吓人的响声。空气中一股潮湿的泥土气味直冲鼻孔。

赵云胜抬头望着阴沉沉的天空说：

“要下雨了，糟糕，连个躲雨的地方都没有。”

我把斜挎在身上的被单取下来，盖在陈真梅的身上说：

“披上吧，莫冻了！”

我的话刚说完，暴雨哗啦哗啦地泼下来了。雨水从头上一直流到脚底下，我们身上湿得没有一根干纱。

暴雨冷风一吹，又变成了李子大的冰雹，噼里啪啦地打下来，打在我的头上、身上，痛得我眼里直冒金星。我又手紧抱着头，跌跌撞撞地往前走。

王德民从行军锅里拿出个洋磁盆，盖到了陈真梅的头上。冰雹打在洋磁盆上，发出叮叮当当的响声。

我回头一看，实在忍不住笑，说：

“嘿，这比打锣鼓还好听！”

王德民也笑着说：

“这叫一举两得，又挡了冰雹，又听了音乐。”

过了一阵，压在头顶上的乌云渐渐散开，风停雨息，火热的太阳又钻出来了。我们水淋淋的衣服被太阳一晒，每个人的身上都升起了一缕缕白色的气团，和草地上蒸发出来的雾气融合在一起，好像揭开了一个大蒸笼的盖子一样。

陈真梅叹了口气说：

“这是么子背时气候啰？”

“这就叫摆气候。”王德民回答说，“冷起来冷得要死，热起来又热得要命。”

看护长手里拄着根棍子走上来，她看见陈真梅就关切地问：

“赵梅，怎么样？”

“跟前两天差不多。”陈真梅小声回答说。

看护长拿出手巾给她擦着脸上的小汗珠，嘱咐说：

“往后有么子不同的感觉，马上告诉我。”

陈真梅点点头。

看护长转头看着赵云胜，两手一拱，满面堆笑地说：

“赵师傅，恭喜恭喜，你又要做爹爹了！”

赵云胜苦笑了一下说：

“唉，这是么子喜啊！”

我接上说：

“当然是喜嘛！”

“当然是喜！”

我回头一看，重复我的话的，原来是罗政委。他从后面赶上来，望着赵云胜、陈真梅笑了笑，兴致勃勃地说：

“这不光是你们两个人的喜事，也是我们红军的喜事。过不了好久，我们又要增加一名小红军了！”

陈真梅羞怯地低下了头。赵云胜也显得有些不好意思地笑了。

“快了吧？”罗政委扭头问看护长。

“快了！”看护长微笑着点了点头，“就在这几天。”

罗政委一边走，又低声嘱咐看护长说：

“你们要多照顾照顾她。这个同志帮助别人很热心，就是不大会照顾自己。”

过了不久，只见院部通信员牵来了一匹骡子，要陈真梅骑上。陈真梅看了看骡子，又转过身来摇头说：

“不，政委的体质也不好，还是让他自己骑吧，我能走！”

通信员说：

“政委的骡子反正不是给这个骑，就是给那个骑，他自己是不肯骑的。你就骑吧！”

陈真梅还是摇头。

通信员急了，把缰绳塞到赵云胜的手里，对陈真梅说：

“政委说了，一定要你骑上。”

看护长知道罗政委的心意，也劝陈真梅说：

“真梅，你快临产了，身子要紧呀！”

赵云胜见首长这样关怀他们，眼眶里滚动着泪珠，激动地对陈真梅说：

“真梅，首长爱护你，你就骑吧！”

看护长和我把陈真梅扶上骡子，赵云胜牵着骡子在前面走着。

二

太阳挨近了远处的小山头，西边天边上现出了一大片火烧云，把绿色的草原照得金光灿灿。

部队宿营了。大家都在忙着烧火、煮饭，有的在布置睡觉的地方，草原上顿时像一个闹市。

前两天在草地上，我们除了看见各种各样的草以外，有时也能见到矮树林。但是这里，不仅没有树林，连一棵小树都没有看见。我们就只好找个地势较高的地方，搭起帐篷，把伤员安置在里面。

刚吃过“饭”，刺骨的冷风又呼呼刮起来了。我们想烧团火烤烤，但随身带的柴火已经烧光了，四周又都是湿漉漉的烂草，也点不着。我们就在伤员帐篷旁边垫了些杂草，一个挨一个地躺下来，把被单盖在身上，你抱着我的脚，我抱着她的腿来取暖。

柳莹躺在我身边，浑身不停地哆嗦，咯咯咯地笑着说：

“嗨，今天晚上我们都得升‘团长’了。”

她这句话把人弄糊涂了。我不解地问：

“当么子团长？”

柳莹把身子缩成一团说：

“这不是当‘团长’吗？”

我们都哈哈笑了。

睡到半夜，我突然被一阵哗啦哗啦的响声惊醒了。我迷迷糊糊地坐起来，只觉得浑身湿漉漉的，地上也尽是水。我再一看四周，黑得什么也看不见，只听到暴雨的哗哗声。我用手摸着旁边的人，大声喊道：

“落雨了，快躲雨！”

喊完这句话，我自己都觉得好笑，往哪里去躲雨呢？连一棵树都没有。我把挎包紧紧抱在怀里，呆呆地站着，任大雨往身上淋。在滂沱大雨中，我听得看护长在大喊：

“赶快看看伤员去！”

我连忙往帐篷门口跑。突然在漆黑的天空里划过了一道闪电，照亮了半边天。随即又响起了震耳欲聋的雷声。借着蓝色的闪电光，只见担架连的同志正把雨布、被单，往只蒙了一层布的帐篷架子上搭去。罗政委、严院长领着几个人，在帐篷四周的地上用手刨水沟。

风越刮越猛，雨越下越大，冰雹一个接一个地打下来。只见罗政委那高大的身影往帐篷口上一站，大声喊道：

“大家都站到帐篷门口来，挡住风雨！”

我们听罗政委这一喊，都往帐篷门口拥去。霎时间，在所有的帐篷门口都筑起一道挡风遮雨的人墙。

我和柳莹并肩站在一个帐篷门口，夹着冰碴的雨水直往我们身上泼个不住。风一刮，人冻得不停地颤抖。

柳莹碰了碰我，发抖地说：

“小兰，你……你……在做……么子？”

“筛糠呀，你呢？”我开玩笑地说。

“我的上牙跟下牙闹……闹……不团结，正在打……打……架哩！”柳莹说罢，也咯咯地笑了起来。

风雨更大了，我浑身都冻得麻木了。只听得田指导员在帐篷里大喊：

“我们都腾出地方来了，你们快进来吧！”

又听得另一个伤员在里面喊：

“快进来呀！你们不肯进来，我们也要出来一起陪你们淋雨！”

伤员们七嘴八舌地喊着，招呼我们进去。但是，这个帐篷里都是重伤员，挤得连翻身都很困难，我们怎么能再往里边挤呢？

好容易顶到天边露出了鱼肚色，暴风雨才停息下来。

三

我们进入草地，已经整整十天了。

黑暗笼罩着草原，几颗半明半暗的星星，在远处的天空里闪烁。辽阔的草地上，生起了一堆堆的篝火。红色、白色和深蓝色的火苗，在微风里一伸一缩，就像无数块彩绸在微微抖动。红军战士的歌声、谈笑声，随着微风在夜空里荡漾，给这荒凉的草原带来了生气。

我从伤员帐篷里钻出来，拿起挎包和米袋子，就朝篝火堆走去。我拍拍挎包，里面有一把白天行军的时候摘的野草；我摸摸米袋子，里面只剩下一小把青稞麦粉了。我心里想：在走出这大草地之前，这是最后一餐吃掺麦粉的野草了。从甘孜出发的时候，我们每人分到了三四斤青稞麦粉，原想有了这些青稞麦粉，多掺拌些野草，总可以吃七八天，也许能碰到人家还可以补充些粮食。现在，十天过去了，大多数同志带的粮食都已经吃光了。可是从早到晚，看到的仍然是草原，草原，草原根本没有人家，更不要说补充粮食了。谁知道还要走几天才能看到人家呢？这一点点麦粉还是留着，到最困难的时候吃吧！想到这里，我又把米袋子卷起来，放进挎包的角角里。

陈真梅在一堆篝火旁坐着，望着通红的火苗出神。赵云胜蹲在她身边，把筷子伸进放在火堆上的洋磁缸里搅动着，一团团白色的热气直往上冒。我走过去，在火堆旁边蹲下来，问赵云胜：

“今天给真梅姐吃么子呀？”

“大黄叶子。”

赵云胜一边说，一边从米袋子里抓了一小撮麦粉放到洋磁缸里。

“这又不是炒菜放盐。”我说，“真梅姐是孕妇，你怎么就放这么一点点麦粉？”

陈真梅怕赵云胜再往洋磁缸里倒麦粉，忙一把接过米袋子说：

“够了够了。这都是同志们省出来给我的，不能一餐就吃光了。”

我连忙从挎包里拿出米袋子，把剩下的一点点麦粉，全倒进她的洋磁缸里，转身就走。陈真梅急得大声喊起来：“小兰！小兰！”我头也不回地跑掉了。

“快到这里来，小兰！”柳莹也在不远的地方大声喊我。

只见她那边的一堆篝火旁，围坐着十几个人，正在兴致勃勃地谈论什么。火堆上用石头架着一个洋磁盆。火苗舔着盆底，盆里发出嗞嗞的响声，散发出一股草涩味。

王德民往盆底下塞了两根干柴，抬起头来，见我来了，他就问：

“小兰，饿不饿？”

“不饿！”我说，“就是一肚子的蛤蟆造反了，咕咕咕、咕咕咕地叫个不停！”

王德民哈哈笑着说：

“好，我来给你平反！”

我从火堆里抽出一根燃着了的柴一照，原来是一大盆茴茴草。这是一种“高级”的野草，不苦也不臭，只是很娇气，都长在土质肥沃的地方。进入草地以前，我们还经常可以吃到，进了草地，还没有见过面。

一看见煮了这么多茴茴草，我就高兴地问：

“哪里找来的？”

柳莹回答说：

“这是王班长跟刘小夭的功劳，他两个在小河沟上找来的。”

王德民正要说什么，罗政委悄悄地走来，插在我们中间坐下了。他扫了我们一眼，问这问那，我们的话也更多了。

我突然发现罗政委这些天来瘦多了，和在龙家寨见到他的时候相比，完全是两个人。我两眼定定地望着他说：

“政委，看你瘦得像根干柴棍子啦！”

罗政委看看自己身上，爽朗地笑了起来：

“瘦了更好。瘦子一身轻，行军走得快！”

王德民拨了拨火堆，接过罗政委的话说：

“对呀，孙悟空一身轻巧，一个斤斗翻得十万八千里。要是个大胖子，一个斤斗翻不出二尺远。”

罗政委端详着王德民，又一把拉过他的手，摸着他的手腕子，惊讶地说：

“老王，俗话讲，荒旱三年，饿不死厨子。你这个伙头军怎么搞的，比我还瘦？”

王德民的面貌也确实大大地变了样：四方脸变成了长条条，胡子比先前更黑更长，脸上的皱纹也似乎更多更密了。只有那双眼睛没有什么改变，仍然是又圆又大，炯炯有神。他被罗政委的关切所感动，现出坚定的神态回答说：

“政委，身上的肉是少了一点，可这骨头架子倒是更硬实了。”

罗政委把衣袖往上一卷，伸出紧握着的拳头，也显得有些激动地说：

“对，越是困难的环境，就越能锻炼我们无产阶级的硬骨头。”

沉默了一阵，王德民站起身来，用筷子在盆里搅了几下，面对大家说：

“吃吧，清炖野味做好啦！”

我们夹着煮熟了的茵茵草放到洋磁缸里，大口大口地吃起来，像吃什么山珍海味一样。

罗政委望着我们问：

“嘿，你们这是吃什么呀？这么津津有味！”

“哈哈！”王德民用洋磁碗盛了一碗，送到罗政委的手里说：“今天打牙祭[1]，清炖野味。来，政委，你也尝尝。”

---

[1] 打牙祭：即吃荤。

罗政委接过洋磁碗，夹了一筷子茴茴草送进嘴里嚼了几下，连连夸奖说：

“名不虚传，王胡子的手艺不错。”

柳莹用筷子有节奏地敲着洋磁碗，手舞足蹈地念起快板来：

茴茴草呀茴茴草，
你是宝中宝，
渴的时候你能把渴解，
饿了还能把肚饱。

王德民接着柳莹念的韵补充一句：

可惜就是太少了。

罗政委拨了拨火堆，接着大声说：

“是呀，太少了，吃得不过瘾。好！我们换换样，我请你们吃红烧牛肉！”

我惊异地问：

“哪里来的牛肉？”

罗政委说罢，就从脚上脱下牛皮草鞋，递到刘小夭手里说：

“拿去洗洗吧！”

刘小夭接过牛皮草鞋，一蹦一跳地拿到水沟里洗去了。

这种牛皮鞋是路过甘孜的时候，藏民慰劳我们的。大多数同志的牛皮草鞋早就穿烂了，只有罗政委的这双穿得久，但是现在也已经穿底了。

刘小夭提着洗干净了的牛皮草鞋回来了。王德民接过去，用菜刀把它砍烂，放在洋磁缸里煮起来，煮了好久才煮熟了。王德民让刘小夭给陈真梅送去了两块，我们每人也都分一小条条。我津津有味地嚼着，念起快板来：

茴茴草，
香又甜；
煮牛皮，
胜过年。

柳莹望着王德民笑着说：

“要是放点盐，那就更好吃了！”

我也舔了舔舌头说：

“真的，我们好像有十天没有尝过盐味了！”

王德民用筷子指着我的鼻子说：

“怎么，馋了？好，出了草地，我给你们用一锅油炸咸盐吃，看你们过瘾不过瘾！”

这真是一顿丰盛的晚餐。吃完了，罗政委提议说：

“我们开个文娱晚会好不好？”

“好！”

大家一致赞成罗政委的提议。篝火旁边的文娱晚会开始了。湖南人唱花鼓戏，江西人唱采茶戏，云南人唱花灯，贵州人跳苗族舞，还有什么快板、山歌、武术等等，五花八门，好不热闹。

节目演完了，柳莹站起身说：“来个大合唱吧！”说罢，她正正经经地举起手里的筷子：“炮火连天响，一……二”一声喊，我们跟着唱起来：

炮火连天响，

战号频吹决战在今朝。

我们少年先锋队，

英勇武装上前线。

用我们的刺刀、枪炮、头颅和热血，

嘿！用我们的刺刀、枪炮、头颅和热血，

坚决与敌决死战。

……

| 第二十一章 |

一

我们进入草地的第十二天，大家的粮食都吃尽了，体力一天天弱下去，行动也越来越困难了。可是，这个大草地就好像真的没有边一样，我们还是看不到房屋，看不到人烟。

天黑了一阵，我们才宿营。草地上又生起了一堆堆的篝火，我们围坐在火边煮“饭”，谈笑。看护长坐在陈真梅的旁边，正借着那摇曳的火光，全神贯注地在缝补什么东西。

我挤在陈真梅和看护长的中间坐下，低声对陈真梅说：

“真梅姐，你怎么还不把毛毛生下来？”

看护长抬起头来，伸手轻轻拧了拧我的脸笑着说：

“不懂事的伢伢，生毛毛怎么能性急？瓜熟蒂落，到时候自然就会生下来嘛！”

陈真梅紧皱着眉毛说：

“到有人烟的地方生才好。在这个见不到边的大草地上，生下来可怎么办？”

看护长右手往膝盖上一放，习惯地把老花眼镜往上推了推，望着陈真梅，宽慰地说：

“那怕什么？再困难，我们也要把伢伢带出草地。真梅，你放心，带伢伢我有经验。只要我做得到的事情，你尽管找我。”

我紧紧挨着陈真梅，把右手搭在她的肩上，也说：

“你愁么子？行军的时候，我帮你背毛毛！”

看护长又耐心地讲了许多话来宽慰陈真梅。陈真梅的眉毛渐渐舒展开了，和我们一起，无忧无虑地谈笑着。独有赵云胜默默地坐在一边，老是不说话。我想：他又要行军，又要照顾陈真梅，也许是累得他不想多说话了。

突然，他双手抱着肚子，蜷缩身子倒在地上，口里发出无力的呻吟。坐在他旁边的陈真梅慌了手脚，弯下腰去大喊：

“云胜，怎么啦？云胜！”

严院长慌忙起身走过去，把赵云胜搀扶起来。这时候，赵云胜脸色发乌，嘴唇发紫，喉咙里咕咚咕咚响了几声，吃的青草都吐了出来，额上的虚汗涔涔地往下流。严院长看到他这个样子，就说：

“可能又是吃草中毒了！”

陈真梅急得双手发颤，俯下身子，接连地喊着：

“云胜！云胜！”

严院长吩咐刘小夭说：

“你赶快到彭医生那里去把胶皮管拿来，给他洗胃。”

刘小夭跑步走了。

严院长把赵云胜靠放在自己的腿上，仔细看了看他的脸色和舌头，又问陈真梅：

“他今天吃了什么草？”

陈真梅哽哽咽咽地回答说：

“早晨，他把牛耳刀大黄叶子选出来，先给我煮起吃了。他自己吃的，都是些不认得的草。”

严院长的眉毛皱成一堆，用责备的口吻对赵云胜说：

“你怎么早不讲呢？”

陈真梅替赵云胜回答说：

“下午他就说肚子有点胀痛。我要他找彭医生看看，他说小毛病，没得关系……他就是这样，有了病不愿意告诉别人。”

赵云胜的脸色更加难看了，牙齿嚼得咯吱咯吱响。他身子抽搐着，吃力地对严院长说：

“首长，我们北上抗日一定……会胜利……革命……一定会……胜利，我……恐怕看……看不到……那……一天了……”

严院长紧紧握住他的手，宽慰他说：

“赵师傅，不要这样讲。你会好的！”

赵云胜的呼吸越来越短促，额上的汗珠也越来越密了。陈真梅抱着他的身子轻声地哭了。

“真梅，”赵云胜定定地望着陈真梅，低声地说：“不要……伤心……一定……要……要坚持……革命……到底……革命……成功以后……要……要……把小宝接……接……接回来。”

陈真梅眼睛里噙满泪水，点了点头，嘴唇动了动，没有说出话来。

赵云胜又断断续续地说：

“孩子……生……生下……以后，要好好…带出……草地，等他……

他……长……大了……”

说到这里，赵云胜的头往严院长的腿边一歪，就闭上了眼睛。陈真梅哇的一声抱着赵云胜号啕大哭起来。我们直挺挺地站立在旁边，也都流下了眼泪。

半边月遮没在浓黑色的云层里。冷风又呼呼地叫着。火苗在夜风里摇晃着，照着赵云胜苍白的脸。

罗政委、彭医生、看护长、刘小夭急匆匆地跑来了。他们看到这情况，都低下了头。

罗政委在赵云胜的遗体面前蹲下来，把他身上的军衣扯了扯，又把八角帽正了正，才扶起陈真梅激动地说：

“真梅同志，革命是免不得牺牲的。没有革命者的流血流汗，劳动人民就得不到翻身；没有革命者的牺牲，一个新的中国就不会到来。赵云胜同志牺牲了，他已经为革命献出了一切。他没有完成的事业，将由我们这些活着的人来继续完成。人死不能复生，过分的悲伤会阻碍我们前进。真梅同志，坚强起来吧！”

陈真梅用衣袖擦干了眼泪，又把头发往上一理，两眼望着熊熊的火苗像宣誓一样地说：

“首长，放心吧，有党的教育和帮助，我的腰板在任何时候也不会弯下去的。”

起来，饥寒交迫的奴隶……

人群里，不知是谁用低而有力的声音唱起了这支鼓舞了千百万人昂起头、挺起胸来英勇战斗的庄严的歌曲。紧接着，大家都不约而同地一起唱了起来：

起来，全世界受苦的人！

满腔的热血已经沸腾，

要为真理而斗争！

……

陈真梅昂起头，挺起胸，像一尊塑像一样地站立着。歌声越唱声音越高，越唱越有力，她激动得浑身都随着歌声在微微颤动。

团结起来到明天，

英特纳雄耐尔就一定要实现！

……

我们手挽着手，这从内心迸发出来的歌声把我们紧紧连在了一起。歌声伴着夜风，汇成一股巨大的音响，划破夜空，飘向远方。

二

陈真梅骑在骡子背上。她的一双红肿的眼睛，定定地望着前面，眼睛里闪烁着坚强的光芒。我给她牵着缰绳，骡子一颠一颠地往前面移动。

她坐在骡子上的神态，甚至比往常显得更有精神，为的是不让别人看出她内心的悲痛。如果不注意看她的那双有些红肿的眼睛，谁会相信她在个人生活上刚刚遭遇到极大的不幸呵！

我们蹚过了一条小河，骑在骡子背上的陈真梅，用一种商量的口吻对我说：

“小兰，让我下来走吧！”

我看着她那大肚子，连连摇头回答说：

“你不能下来，真梅姐！”

陈真梅不说什么了。我牵着缰绳，又大步往前走去。

太阳在灰色的云层里时隐时现，微弱的阳光透过云雾射到了草地上。

我扭头一看陈真梅，只见她弓着腰，双手紧紧抓住骡子的鬃毛，整个身子几乎是趴在骡子背上。她紧蹙着眉毛，咬着嘴唇，现出很痛苦的样子。我停住脚步，惊愕地问：

“真梅姐，怎么啦？”

陈真梅有气无力地回答说：

“没……没有什么。”

我以为她是由于想念已经死去的丈夫而悲痛，也就没有再问下去了。过了不久，听得她用又小又急的声调喊着：

“停下，小兰，快停下，我要下来！”

我着急地回答说：

“你不能下来！不能下来！”

“快停下！”她喊的声音更大了。

我没有停下，反而牵着骡子走得更快了。我走了不远，偷眼一看，只见陈真梅吃力地侧着身子，脚就往下跨。我连忙走拢去，双手使劲撑住她，装作生气的样子说：

“你怎么不听话呢！肚子这么大了，怎么能走？”

看护长和柳莹上来了。我像看到了援兵一样，大声招呼看护长：

“看护长，快来，真梅姐又要下来走。”

看护长听到我的喊声，慌忙走到骡子跟前，看了看陈真梅，一句话没有说，就把她扶下骡子。柳莹也过来帮助看护长搀住了陈真梅。

“来，”看护长指着路旁的一个草丛对柳莹说，“赶快把她搀到那边去。”

我把骡子的缰绳搭到鞍子上，就跑过去帮忙。我们七手八脚地把陈真梅搀到路旁比人还深的草丛里，在地上垫了几件衣衫，把她扶放在上面。柳莹还用两个被单蒙在外边，把草丛遮起来。

陈真梅的牙齿咬得咯吱咯吱响，手在草地上乱抓，浑身痉挛着，额上汗珠成串地往下流……

“柳莹！”正在紧张忙碌的看护长吩咐说，“你去叫王班长烧盆开水，越快越好。”

柳莹刚走，看护长又吩咐我说：

“兰伢，你去把我放在路边上的那个小包袱拿来！”

我嗯了一声，连头也没有敢回，就往外边走了。

我拿着小包袱回来，只见草丛外面停着许多人，议论纷纷。原来，他们听说有人要生孩子，都在这里焦急地等待着这个新生命的诞生。

我打开那个小包袱一看，里面有一套旧军装改成的小衣衫，另外，还有几块大小不一的布片。我心里暗想：在艰苦的长途行军中，工作又这样繁忙，看护长还挤出时间为这个即将出生的小生命准备了这么多东西。这位老人想得多周到啊！

柳莹端着开水回来了。看护长接过开水，放在身边，两只眼睛呆呆地望着陈真梅。我们都静下来，陈真梅那又粗又急的呼吸声听得清清楚楚。

不多一会儿，“哇……哇……”地响起了几声清脆的婴儿哭声。陈真梅长长地吐了一口气，眼眶里涌出了几颗激动的泪花。她用兴奋得发颤的手从看护长手里接过已经包裹好了的婴儿连连吻着：

“我的伢伢，我的宝贝……”

看护长望着陈真梅和她手里的婴儿，甜蜜地笑了。我们也都笑了。

柳莹抚摸着婴儿的小脸，细声对我说：

“多漂亮的小姑娘呵，圆圆脸，高鼻梁，大眼睛，真像她妈妈！”

我心里一高兴，巴不得把这个好消息赶快传播出去，就连忙往外跑。我的头还刚刚露出草丛，就听得王德民在路边大喊：

“鬼丫头，快过来！”

我笑眯眯地走了过去。王德民迎上来，迫不及待地轻声问我：

“嗳，生的金童，还是玉女？”

没有等我开口，刘小夭就自作聪明地回答说：

“肚子那么大，一定是个男的。”

警卫班的战士周健新也附和着说：

“对，生个男孩好！”

“你们呀，思想里还是男女不平权。生男生女不都一样嘛！”我故意不明不白地回答。

王德民急了，眉毛一皱，大声说：

“我们不是重男轻女。你这丫头，尽讲一些没油没盐没滋味的话。到底是生个男的还是女的，快讲吧！”

我一字一顿地大声说：

“是女的，你们不喜欢吗？”

“好呀！我们又增加了个女红军。”王德民摸着胡子哈哈笑起来，然后从挎包里拿出一个包袱皮递到我的手里说，“拿去吧，包小丫头！”

我拖长声调说：

“看护长早给她包好了！”

王德民又说：

“那就做屎片尿片吧，拿去总会有用的。”

周健新在挎包里摸了半天，摸出一个小调羹递到我的手里说：

“没有什么好送的，就把这个给小女红军吧！”

看护长搀着陈真梅，柳莹抱着小毛毛从草丛里出来了。聚集在路旁的人都围拢来，抢着看这个刚刚降生的小生命。

罗政委、严院长也闻讯赶来。严院长送给小毛毛一条新毛巾，罗政委把一小包青稞麦粉，送到了陈真梅的手里。柳莹惊奇地问：

“政委，你这时候怎么还有麦粉？”

严院长回答说：

“这是政委特意为这个小红军留下来的。”

罗政委从柳莹手里接过小毛毛，望着她激动地说：

“小丫头，你可真不简单呀！还在你妈妈的肚子里，就跟着红军走千山、涉万水。如今，我们进入了这渺无人烟的草地，许许多多的困难摆在我们面前，你呢，就在这最困难的时候出世了。好，小丫头，你真有骨气！”说到这里，政委亲了亲小毛毛，又说：“是呀，困难怕什么，我们红军一定能够战胜它，对吧？等我们跟一方面军会了师，见了毛主席，我们再好好开个庆祝大会，你也参加，好不好呀？”

罗政委的话说得这么幽默，我们大家都高兴地笑了。

陈真梅草地生孩子的消息迅速传开了。我们刚一到宿营地，许多单位还派了代表来问候，送这送那。我们也像过节一样地快活，把伤员安置好了以后，就坐在篝火旁边围着陈真梅和小毛毛兴致勃勃地谈笑。

陈真梅挨着看护长躺在草地上，一直很少讲话，在此之前，她还有些发愁，怕把孩子带不出这个茫茫的草地。现在看到同志们一个个这榜样热情关心她，她的顾虑消除了。有了这样好的同志，还有什么不放心的呢？

“政委，”王德民笑呵呵地说，“我们给这个小红军取个名字吧！”

柳莹也快活地说：

“对，政委，你给取个名吧！”

王德民的建议引起了我们的兴趣，空气更加活跃起来。

“名字要取得顺嘴、好听，还要有意义，千万不要花呀、莲呀这类俗里俗气的名字……”

我的话还没说完，刘小天眼皮一翻，从地上蹦起来说：

“这小毛毛的妈妈受尽了千辛万苦才生下了她，就叫她苦妹吧！”

“要不得！”王德民连连摇头说，“我们现在吃苦正是为了将来的甜。将来革命成功了，伢伢长大了，又做工，又学习，过的日子无忧无虑，还叫么子苦妹的，多不好听。政委，还是你给取个名字吧！”

“对，政委，还是你取吧。”陈真梅说。

罗政委微笑着站立起来，兴奋地说：

“好，我给她取个名，叫红红吧！这有三个理由。第一个理由：全家革命，都是红军；第二个理由：她长大了还要继承父亲没有完成的事业；第三个理由：她是陈真梅的孩子，也是红军的孩子。”

罗政委的话刚说完，大家都异口同声地说：

“红红，这个名字好！”

我们正谈得兴高采烈，一个背着短枪的红军战士手里端着个洋磁碗走拢来问：

“生小孩的同志在哪里？”

我指着陈真梅说：

“就是她，么子事？”

那个同志把手里的洋磁碗和一个小纸包送到陈真梅手里说：

“这是一碗麦粉，这是一块酥油，是贺总指挥跟任政委从甘孜带来，一直舍不得吃的。他们刚才听说你生了小孩，就派我送来。”

陈真梅刚刚接过麦粉和酥油，那个同志又从挎包里拿出三件小孩衣服说：

“这是任政委自己小孩的衣服，也送给这个小毛毛穿。”

那个同志说完，就转身走了。

深蓝色的夜空显得又宽又高，稠密的星星闪烁着，火堆也烧得更旺了。

陈真梅手里捧着首长送来的礼物，眼睛里噙着泪水，半天说不出一句话来。

三

红红能够睁开眼睛了。

她全身都裹在布包里，只露出一个小脸在外边。这小家伙真不老实，布片包紧一点，她就哭叫，声音又尖又亮；布片包松一点，她那两个红嫩嫩的小手就伸出来乱拍乱打。

陈真梅还躺在担架上，小红红呢，经常是你抱了我抱，我抱了他抱，在许多人的手里传来传去。红红一出现在哪里，哪里就特别活跃，给行军的队伍带来了许多乐趣。

今天，是我们进入草地的第十五天。太阳当顶的时候，行军队伍在一个小树林里休息了。

我把小红红从警卫班的周健新手里接过来，只见她的小嘴一抿一抿的，头向两边摆动，就抱到陈真梅的担架跟前：

“她要吃奶了，你看，嘴在动哩！”

陈真梅接过小红红，解开衣扣，就给她喂奶。小红红嘴一动一动地吸吮着。吸了好久，也许是没有吸出奶水来吧，她嘴一松，放开喉咙大哭起来。我连忙跑过去轻轻拍着她的身子说：

“红红、红红快莫哭，红红、红红快莫哭！”

陈真梅也连连往她身上拍打。但她越哭声音越大，那张小脸憋得通红。

陈真梅无可奈何地瞪了她一眼，气恼地说：

“死鬼，一会儿又要吃，哪有这么多奶给你吃。”

看护长听得小红红的哭声，连忙跑过来，从陈真梅手里接过红红，打了几个悠悠，一边轻轻往她身上拍打，一边“呵，乖乖，莫哭……”地念着。真灵，她这样哄逗了一会儿，小红红果然不哭了。

看护长抱着小红红走了不远，小家伙又哇哇地大哭起来了。看护长又用老办法来哄逗，还是止不住哭。看护长走到陈真梅的担架跟前，从米袋子里抓了一小把青稞麦粉放进洋磁缸里，又伸手去拿水壶。陈真梅无力地说：

“壶里的水刚才都给伤员喝了。”

我一连又问了好几个人，他们的水壶里也都一滴水也没有了。草地上的生水又不能喝，生下来才几天的小伢没有水，干麦粉怎么吃得进呢？我正在发愁，只见看护长抓了一点麦粉放进嘴里嚼了嚼，一小口一小口地喂进了小红红的嘴里。小红红的嘴巴一动一动，看起来还吃得蛮有味道哩！

我呆呆地望着头发斑白的看护长，心里涌上了一种异样的感觉。自从陈真梅生小孩以后，看护长操心最大，既像长辈，又像保姆，大人的事情她管，小孩的事情她也管。行军途中，她只要一听到小红红的哭声，就飞快地赶来，不是给她喂水，就是给她喂麦粉糊糊。晚上在草地上露营，她生怕小红红受了潮湿，经常把她放在自己的胸膛上睡觉；有时，还半夜半夜地坐着，把小红红抱在怀里睡觉。对陈真梅，她也是问寒问暖，什么事情都想得十分周到、妥帖。要不是看护长，有许多事情，陈真梅真不知道要怎样办哩！

四

糟糕的是，陈真梅又发起高烧来了。

她生小孩以后，由于缺乏营养，再加上小孩的拖累，身体已经瘦弱不堪，头发掉得稀稀落落，如今又发高烧，这使我们大家都非常着急，看护长让我跟着照顾她。

谁也没有粮食了，唯一饱肚的东西就是这草地上的野草。病号一天天地增加，掉队的人越来越多了。人们只盼望快些到达有人烟的地方，补充一些粮食再走。严院长也告诉我们说，到达阿坝还有两天的路程，但是，这两天的路程真难呀！

有许多担架员也病倒了。担架员不够，医院从罗政委、严院长到警卫班、炊事班，都帮助抬担架。陈真梅的担架，现在就是刘小夭跟警卫班的周健新抬着。

这天，从清早出发一直到下午，倾盆大雨下个不停。

刘小夭抬着担架正在上坡，我看见他身子一歪一歪的，显然有些支持不住了。我正要走上去帮忙，他扑通一声，就倒在地上。抬在后面的周健新用力顶住了担架，陈真梅才没有摔下来。我赶忙跑到刘小夭身边，蹲了下来问：

“病了吗？”

刘小夭紧闭着眼睛，没有回答。周健新放下担架，也在刘小夭面前蹲下来看了看说：

“是饿昏了！”

烧得昏昏迷迷的陈真梅，吃力地坐起来，用她那双发颤的手，从放在担架上的挎包里，拿出个洋磁缸子，递到我的手里说：

“小兰，把这点麦粉糊糊喂给他吃了吧！”

我两眼望着洋磁缸，真是接也不好，不接也不好，为难地说：

“这是小红红一天的饭，吃光了，小红红吃什么？还是另外想办法吧！”

陈真梅吃力地说：

“还能想什么办法？快拿去吧！”

我无可奈何地接过洋磁缸，把那一点点麦粉糊糊喂到了刘小夭的口里。陈真梅还好像忘了自己的病，把身子移过来，扶住了刘小夭。

刘小夭醒过来了，擦了擦眼睛，艰难地爬起来，又伸手抓担架杠。我扯住他，命令地说：

“你歇歇气吧，我来抬！”

刘小夭刚坐下来，陈真梅又挣扎着往担架外边爬。我跑过去拦住了她，大声问：

“真梅姐，你要做什么？”

陈真梅推开我的手，激动地说：

“让我下来走。”

“你癫了呀！烧得这个样子怎么能走？”我一边说一边把她往担架上

推，“快些上担架吧，我抬得起你。”

正在这时候，彭医生赶上来了。他把陈真梅扶上担架，就对周健新说：

“走！”

说罢，他就把担架放上了肩，迈脚往前走了。我连忙过去，从陈真梅手里接过小红红，扶住刘小夭，跟在担架后面走。

看彭医生那干脆利索的样子，好像他没有一点疲劳的感觉。我仔细观看，就察觉出他是用了很大的毅力才装出这副不疲劳的样子来的。他那本来就很瘦的脸，更显得瘦了，颧骨高高地突了出来，眼窝深深地陷了进去。他的两条腿虽然迈动得很快，但在不停地打战。

雨停了。草原上又被朦胧的黑幕笼罩住。掉在队伍后面的人互相搀扶着，迈着沉重艰难的步伐，在被雨水浸泡着的草地上行进。

在飒飒的冷风中，我看到前面又出现了摇曳的火光，高兴地指着说：

“彭医生，你看，到宿营地了！”

我们加快了脚步往前走。

“到了，到了，把你们盼到了。”

说这话的原来是罗政委。他在一个小坡上远远看到我们，连忙跑下来接替了彭医生。

正围坐在火边上的人看见陈真梅的担架上来了，都转了拢来。看护长从我手里接过了小红红，王德民端着碗开水送到了陈真梅的面前。

陈真梅看到这一张张疲惫、坚毅而又热情的面孔，感情激动地说：

“政委，我连累了大家！”

没有等罗政委开口，彭医生就接上说：

“都是革命同志，怎么是连累呢？不要东想西想吧，身体要紧呀！”

陈真梅望了望抱在看护长手里的小红红，又说：

“不光我，还有这个伢伢，也给大家添了不少麻烦。”

罗政委右手一挥，哈哈地笑了：

“把小红红带出草地，这不光是你一个人的事，也是我们大家的责任。在这渺无人烟的草地上，我们不仅克服了重重难以想象的困难，而且还把这样一个刚刚生下来的小孩带出了草地。你说，这件事的意义不是很重大吗？”

罗政委的话，说得我们的心情都更加开朗了。

| 第二十二章 |

一

朦胧的雾气渐渐散去，西边天上缀满五色缤纷的彩霞，天总算晴了。

隐隐约约的山，隐隐约约的树，隐隐约约的房屋，构成了一幅变幻莫测的图画。大森林的左侧，露出了高大宏伟的喇嘛寺，金黄色的尖顶在彩霞的照射下，闪烁着奇光异彩。

经过十七天的艰苦行军，我们终于到达了阿坝。这是我们进入草地以后看到的第一个村子。上级指示我们在这里休整几天，筹集粮食，准备继续过草地。这天一宿营，我们头一件事就是分头出去找粮食。

我拿着个空米袋子，一边往外走，一边心里暗想：这里是个村庄，总可以设法买到一些粮食的。只要有了粮食，不管这个大草地还要走多少天，也难不住我们。

我一路上碰到很多找粮食的红军战士，可是没有看到一个老百姓。那一栋栋用木头架起来的泥顶房子，也都紧闭着门。藏民还不了解我们的民族政策，在我们到来之前，就躲藏起来了。

一直走到了村子的尽头，才见有一栋房屋半开着门。我轻轻推开门，刚走进去，就闻到了一股牛屎的臭味[1]。我攀上梯子走进屋里，地板上横七竖八地摆着几个破了的大木瓢和背水的小桶。我忙从屋里走了出来。

走到门外，正好碰到柳莹。我问她找到了粮食没有，她把一条空米袋子伸到我面前，苦笑了一下。我挽住她的手臂，到旁处去找粮食。

我们绕到屋背后的打麦场上，只见场上堆着一大堆麦秸，连忙跑过去，在麦秸里翻寻起来。

我们两个发现麦秸上还有些没有打净的麦粒，就像找到了什么宝贝一样，把这些麦秸翻了又翻，捶了又捶，东一粒西一粒地捡起来。我们把那一大堆麦秸足足捶了三遍才住手。回到宿营地，我们把粮食倒在一起，估摸有两三斤，我和柳莹对半分了。我们总算有了点粮食。但是听严院长说，这个大草地下一段的路程比前一段更远，这点点粮食怎么够呢？我急得坐卧不安。

第二天天刚亮，我又起来出去找粮食。我独自一人来到一个大庙门口，只见庙门虚掩。走了进去，里面黑糊糊，阴森森的，一尊肥头大耳的胖菩萨，袒露着胸脯和肚子，笑呵呵地坐在布满灰尘的佛殿上，两边还立着许多各式各样的小菩萨。我走到那胖菩萨的面前，拍拍它那个大肚子开心地说："弥勒佛呀弥陀佛，我们都在为粮食发愁。你呢，吃得这样胖，你到底吃了些么子好东西呀？"这一拍不打紧，只听得啪的一声响，不知道发生了什么事。我爬上案台，转到菩萨的背后，见它的腰上掉下了一块木板，

[1] 藏民住的房子是下面关牲口，上面住人。

露出一个碗口大的洞，从洞里流出了好些麦粒。我用劲在菩萨的腰上连拍了几下，从洞里又断断续续流出了一些麦子。我小心翼翼地把掉在案台上的麦粒捡起来，差不多凑了一洋磁碗。虽然麦粒大都被虫蛀空了，总比野草强得多呀。我还想在别的菩萨身上再找一下，但是庙里所有的菩萨，一个个都被我拍到了，再也没有找出麦子来。我直埋怨做菩萨的人，为什么不在所有菩萨的肚子里都装上一些麦子呢。

我走出庙门，来到一个大房子门口，地下摆着几个装满了青稞麦子的大木瓢，一个高个子的同志正在给另外几个同志分青稞麦子，我走了拢去，羡慕地问：

“同志，你们这是哪里弄来的？”

“跑了好远买来的！”那个高个子的同志望着我，又笑眯眯地问：“小鬼，你有了多少粮食呀？”

我把米袋子往他面前一伸：

“喏，都在这里！”

他接过我的米袋子掂了掂，摇摇头笑了起来：

“小鬼呀小鬼，这点点粮食还不够塞牙缝哩！下面这段草地听说要走二十多天，你这点粮食怎么够吃？”

“我们匀出一点来给这个小鬼吧！”旁边另一个同志提议说。

“对，我们给你一点吧！”那个高个子同志说罢，就从木瓢里舀了四碗，灌到了我的米袋子里。

我扯住他的手，着急地说：

“这怎么行呢？你们自己也不多呀！”

他推开我的手，在我的头上摸了摸，满不在乎地说：

“拿去吧，我们每人少吃一口，这点粮食就匀出来了！”

我接过米袋子，满怀感激地谢过了他们。我不知道他们的名字，只知道他们是红军战士，是我们的阶级弟兄。其实，又何必问他们的名字呢！在我们红军部队里，同志间的互相帮助是最平常不过的事情。

接着我又东捡西拾地弄了一些麦子。出发的前一天晚上，我把这些麦子炒了炒，又找了两块石板把它磨碎，装进米袋子里，连皮带渣的总共有五六斤。睡觉的时候，我把这个装满了粮食的米袋子抱在怀里，心想：有了这些粮食，多掺和些草来吃，完全可以渡过下一段草地，和一方面军会师了。想到这里，我就安心地睡着了。

二

我们从阿坝出发，走了几天干草地以后，就踏上了水草地。

水草地的地面很特殊，上面软下面也软。地面长满了青草，草根盘结牵连，人走在上面，晃悠晃悠，黑水冒着蜂窝一样的泡沫，稀泥盖过了脚面，就像走在布包着的水豆腐上面一样。人一过去，草团又还了原，几乎看不出原先走过的印迹。

我刚扶着一个伤员走过那个黑水把草都淹没了的烂泥坑，只听得后面响起了一个急促的声音：

“糟糕糟糕，马陷下去了！”

我回头一看，原来是给伤员驮粮食的那匹黄马四只脚陷到了烂泥坑里。那黄马吓慌了，发出长长的嘶叫声，头一扬一扬的，尽力往上挣扎，但是越挣扎越往下陷。马夫急得扯住缰绳用力往上拖，也拖不上来。

“粮食……”

我急得喊了一声，连忙向马陷落的地方跑过去。正在这时候，只见看护长跌跌绊绊地跑来，一下跳到那个陷坑里，把搭在马背上的米袋子一条条地拿下来往上丢。刚丢上几条，马就被泥浆淹到了背部，看护长的两只脚也陷下去了，黑泥浆溅得她脸上、手上都是，身子还在渐渐往下陷。急得我大声喊起来：

“看护长！看护长！快快上来！”

看护长紧抿着嘴，伸手插到泥浆里，抓起一条条的米袋子，接二连三地往上丢。等到米袋子全部丢上去，马完全沉下去了，泥浆也陷到了她的腰部。急得我真想哭了。王德民听见我的喊声，担着伙食担子从后边飞也似的赶上来，放下担子，像走悬索似地往前走了几步，站在一个草墩子上，向看护长伸出了一只大手：

“来，扯住！”

看护长身子往前一倾，扯住王德民那只有力的手用力往上蹦，可是怎么也蹦不上来，扯得王德民踩破了草墩子，脚也陷下去了。我和马夫急得也要跳下陷坑去抢救，王德民大喊了一声：

“下来不得！”

泥浆淹到了看护长的胸部，她大张着嘴，直出粗气，汗水从她的脸上滚下来。王德民猛一下回过头来，对我说：

“小蓝！快把绑带抛下来！”我毛手毛脚地把绑带接好抛了过去，王德民抓住，使出最大力气猛地向前一蹿，身子倒卧在湿泥上，把绑带系在看护长的腋下。我和马夫抓住绑带的另一头，用力往上拉，有些吊着胳膊的伤员也过来帮忙。拉了十几分钟，也没有把看护长拉上来。

看护长吃力地拔出脚来，探索着，踩到了刚刚陷下去的马背上，身子往上一撑，我们几个用力一拉，才把她拉上来了。

王德民就势一滚，也爬到了厚草墩上。

看护长的脸上、手上、头发上和口里、鼻子里都塞满了泥巴。我拿着毛巾给她擦，再一看王德民，他也变成一个泥菩萨了。

看护长闭着眼，呼哧呼哧喘着，好一阵才缓过气来。她腾地伸出手来，抓住一条沾满稀泥的米袋子问马夫：

“麦粉湿了吧？”

马夫一边用布擦着米袋子上的泥巴，一边回答说：

“不要紧，只湿了外边一层。”

这时候我才出了口长气，对看护长说：

“好险！为了这些粮食，你差点把命都送了！”

她微微一笑说：

“送我一条命也值得。这些粮食到了紧要关头，能救活多少条命呀！”

马夫也走过来，满怀感激地对她说：

“谢谢你啦，看护长！”

看护长摇摇头，指着王德民和他周围的人说：

“你还是谢谢他们吧！要不是他们，我可就陷在泥坑里上不来了！”

我们把米袋子分背在各人身上，又往前走了。

三

茫茫的大雾笼罩着草地，几步以外就什么也看不清了。后面的人紧紧跟着前面的人，往前移动。

我搀着一个吊着左胳膊的伤员往前走着。前面传来了话：

“注意，要过桥了！”

一座用几根圆滚滚的树干拼起来的木桥，出现在我们面前。这是前卫部队临时搭成的，木头上面还留着刀斧的痕迹。桥下面是浑浊的河水，看起来还不浅哩！我停了下来，把米袋子往左肩上移了移，紧紧搀住他，就往木桥上走去。

他的手滚烫滚烫的，身子也颤动起来了。我一边扶住他小心翼翼地往前走，一边说：

“你有些发烧，到前面找医生给你看看吧！”

他刚想说什么，但是只说出了一个“不”字，就猛烈地咳嗽起来，脸涨得通红通红。咳嗽停下来以后，他抬起脚步，又继续往前走。突然，他的身子往旁边一斜，我心里一阵紧张，两手用力拖住了他，两个人一起跌在桥板上，幸好没有掉下河去，但是搭在肩上的那袋粮食，扑通一声掉进了河里。浑浊的河水翻滚着，米袋子在旋涡里转了几下，就急速地向下沉去，再也看不到了。

像大海里翻了船，像从高楼上失了足，我不知道该怎么办好。在阿坝，从打过的麦秸中收捡来的粮食，从菩萨肚子里掏出来的粮食，那不知姓名的同志送给我的粮食，一路上舍不得吃，为的是要渡过这个茫茫的草地，和同志们一起到达抗日前线。但现在，这宝贵的粮食全掉了，一粒也没有剩下！

那个伤员见我呆呆地站住了，惊讶地问：

“什么东西掉进河里了？”

我连忙回答说：

“什么东西也没有掉！”

走在后面的看护长，看见我们刚从桥板上起来，就问：

“怎么两个人一起跌倒了？”

我回答说：

“这个同志病了。”

看护长摸了摸那个伤员的前额，然后又扶着他说：

“走吧，彭医生就在前面，让他给你看看。”

看护长扭过头来，看到我那焦虑的眼神和紧皱着的眉头，就对我问：

“怎么，兰伢，跌痛了吧？”

“没有，只是……”我刚想把掉了米袋子的事情讲出来，又猛然停住了。不能，我心里暗想，绝不能惊动同志们。

“走吧！”看护长对我说了一声，就搀着那个伤员往前走了。

我望了一下残酷无情的河水，眼睛里含着泪花，拖着沉重的脚步往前走。我急得像油煎火燎，万箭穿心。在这艰苦的征途上，我和同志们一起接受了前所未有的严重考验，克服了许多难以想象的困难，终于坚持下来了。但是现在，在这紧要关头，却把宝贵的粮食全掉了。在这里，粮食就是生命呀，没有它，就难渡过这一望无际的草地。当然，如果我说一声我的粮食全掉了，同志们马上就会伸出友谊的手，他们自己的米袋子里哪怕只剩下一星星，一点点，也要捧出一些来送给我。但是，现在谁的粮食也不多，我能忍心吃他们的吗？不，我一定要挺下去。

我走到路旁一个草很深的地方，看看没有人注意我，就蹲下来，扯了几把烂草，塞进了挎包里。挎包塞得鼓鼓的，好像里面真有不少粮食一样。

晚上到了宿营地，看护长发觉我身上少了一点什么东西，沉思了一阵，就问：

“兰伢，你的粮食呢？”

我的脸突然像刚被大火烤过一样，热辣辣的。我强装镇静地拍拍挎包说：

“这不是吗？”

看护长又疑惑地问：

“怎么装到挎包里了？”

我回答说：

“米袋子烂了几个眼，放在挎包里保险一些。”

草地上又生起了一堆堆的篝火。

大家都在用洋磁缸子煮“饭”吃，我也把在路上掐来的一些野草扯碎，放进洋磁缸里煮起来。

王德民正在用行军锅给伤员煮饭。他往我的洋磁缸里看了一眼，就说，

“兰丫头，怎么净吃草，不掺点麦粉？”

我忙说：

“王班长，你不是讲过，要细水长流吗？路程还有这么远，省着慢慢吃嘛！”

“哈哈！”王德民满面堆笑地望着我说，“你这丫头满会过日子了，不简单啦！”

罗政委从自己的洋磁缸里，倒了半碗麦粉野草糊糊到我的碗里说：

“要有打算，不过也不能光吃草呀！来，先在我这里吃一点吧！”

不吃吧，又怕他们检查我的挎包，露出真相，我只好接过来吃了。

四

三天过去了，我的秘密一直没有被揭破，但是，净吃草，全身软得像没有骨头一样，老想呕吐，行军也更加吃力了。我强打起精神往前走。

柳莹从背后搀着个伤员走上来，望着我这个蹒跚的样子，惊奇地问：

“小兰，好久没有跟收容队打过交道了，怎么今天又掉了这么远？”

我不自然地笑了笑，指着那裂开了口子的脚背说：

“脚上长嘴巴了。你呢？又在后面收容伤员呀？”

“嗯，快些跟上来吧，就要到宿营地了！”柳莹说完，就搀着那个伤员大步往前走了。

我也勉强跨开大步往前走。走着走着，一个踉跄，就倒在地下。我刚要爬起来，突然看到地上有两条小牛皮。啊，是我的眼睛看花了吧，地下哪会有牛皮捡呢？我把它捡起来放在手里摸一摸，又放到鼻子跟前闻一闻，实实在在是牛皮呀。我心里一豁亮，沉重的双脚也好像轻快了一些。

在这个时候，两条牛皮对我来说真是比什么都要紧。我用刀子在牛皮上划了记号，每回吃多少。到了宿营地，我把它放到火里烧一烧，就按照计划来吃。这样又对付了两天。

为了不让同志们发觉我的粮食掉了，每天到宿营地，同志们煮“饭”吃的时候，我就借故走开，等别人都吃完了，我再偷偷地随便煮些野草来充饥。

这天，太阳还挂在西边的小山头上，我们就宿营了。

给伤员开过“饭”以后，大家都几个人一堆，用洋磁缸在火堆上煮“饭”吃。我没有往火堆面前走，一个人又跑过一边去了。

天完全黑下来了。我把刚才采来的野草洗了洗，放进洋磁缸里，就拿到担架连的火堆边上去煮。

洋磁缸里的野草腾腾直冒热气。看护长从伤员帐篷里出来，看见我在这里，就走拢来，笑眯眯地问：

“兰伢，你一个人悄悄在这里煮么子东西吃啰？”

“煮的好东西，我不给你看。”

我连忙伸出右手，用手板盖在洋磁缸上，热气冲到我的手上，痛得我忍不住。我将右手缩了回来，又连忙伸出左手去盖。看护长笑了笑说：

“好，我不看你的，莫把你的手烫熟了！”

看护长在我身边坐了下来，睁大眼睛盯住我。也许她是从我的眼神里看出了问题，又试探地说：

“兰伢，你不是说米袋子烂了吗？拿来，我给你缝几针。”

我忙说：

“缝它做么子，放在挎包里一样！”

“不，”看护长突然命令似地说，“兰伢，把挎包给我！”

“看护长，你要挎包做么子呀？”

“我定要看看！”看护长伸手就来夺我的挎包。

“我偏不给你看！不给你看！”我慌张了，连忙用手按住了挎包。

看护长不由分说，一把夺过我的挎包，打开一看，里面尽是枯草。她一怔，就说：

“兰伢，你这是为什么？”

“看护长……”我倒在看护长的怀里，哽哽咽咽地说不出话来了。过了好大一阵，才断断续续地把掉了粮食的真情实况告诉了她。

看护长听着，脸色变得沉重起来。她双手抚摸着我的脸，眼睛里涌出了泪水，难过地说：

“你怎么不早告诉我？兰伢，我们红军是个革命大家庭，你的粮食掉了，大家能看着你饿倒在草地里吗？”

她从自己的米袋子里，抓了一把青稞麦粉放到我的洋磁缸里说：

“嗳，先吃一点吧，等下再让大家帮助帮助你。”

我吃完饭，大家都围坐在篝火旁边的时候，看护长把我掉粮食的事情跟大家讲了。霎时，坐在火边的人这个一把，那个一把，把青稞麦粉往我

面前送来。我不好推让，只得扯起衣襟接起来。

“只要我们活着，就不能让你饿死在草地里。”陈真梅也抓了一撮粉子放到我的碗里，又在碗里加了点水，“嗯，喝了吧！”

我怎么好意思吃一个产妇的粮食呢？我不吃。陈真梅拿着碗就往我嘴里灌。

正在这时候，一个拄着拐杖的伤员也端着一洋磁碗麦粉，对我说：

“小兰，这是我们全体伤员送给你的，收下吧！”

不管他怎样说，我还是不肯收。那个伤员也不跟我讲了，就把那碗麦粉倒进了我的衣襟里。

说也怪，我丢失粮食的事，像一阵风似的传开了。第二天清早，我见到政治部主任甘泗淇同志。他问：

“小鬼，是你丢失了粮食吗？”

“嗯。”我低下了头。

“那你吃什么呵？”

“吃草。”

“吃草？”甘主任笑眯眯地看着我，慢慢解开他的干粮袋，抓了一大把青稞粉，“光吃草怎么成？来，给你！”

政治部里旁的同志看见甘主任和我谈话，都慢慢围拢来了。当他们听说我的一点粮食掉到河里，被水冲走了，就纷纷把挎包、干粮袋解下来，这个一撮那个一把，抓青稞粉给我。

“小鬼，给你！”

“给你，小鬼！”

我摘下帽子接着。全政治部同志，每个人都给我抓了一撮青稞粉。真是“众人拾柴火焰高”，一人一撮就是二斤多。我的眼泪索落落地流下来，什么话也说不出来。

五

从阿坝出发，我们又已经在草地上连续行军十八天了。

这天，部队到达宿营地，罗政委、严院长和我们一起在给伤员搭帐篷，王德民过来了。他站在严院长面前，只是搓手，一句话也不说。严院长定定地望着王德民问：

“一点也没有了吗？”

王德民皱着眉毛低声说：

“总共只有一碗，放到锅里看都看不见。”

严院长又转过头望了望罗政委。他们两个人的眉毛都皱起来了。

我知道王德民说的又是粮食。两天以前，伤员的粮食就一粒也没有了，我们工作人员都把自己剩下的全部粮食交出来给了伤员。但是，我们的“家底子”都不厚，又能凑多少呢？伤员用这些粮食掺野草吃了两天，又吃完了。

“我们工作人员好办，没有粮食掺就吃净草，但怎么能让伤员吃净草呢？”罗政委焦虑地说。

一个躺在草地上休息的伤员听见罗政委的话，两手撑在地上，吃力地坐起来大声说：

“政委，我有办法！”

我们都不约而同地走到这个伤员的跟前，等待他说出他的办法。他望了望我们，用手指着他旁边正在吃草的骡子说：

“把它杀了吧！”

罗政委和严院长连连摇头。

严院长弯下腰，指着伤员那缠着绷带的腿说：

“你的伤口还没有好，把骡子杀了，你怎么行军？”

伤员好像是为了证明自己可以走路，吃力地站了起来，他的脚刚刚移动了两步，身子就往一边倒去。我们几个人赶快伸手扶住了他。

他喘了几口气，面对着罗政委、严院长说：

“首长，放心吧，我能走。万一走不动，我爬也要爬出草地，爬到抗日前线去。”

旁边另外一个伤员也对罗政委、严院长说：

“杀我骑的那匹吧！我的伤势轻，走路不成问题！”

罗政委被伤员的话所感动，提高声音说：

“伤员的骡子都不能杀，粮食我们再另外想办法解决！”

腿上缠着绷带的那个伤员双手战栗起来了。他涨红着脸说：

“这草地上还能想出什么办法？首长，为了使大家都能够走出草地，还是不要考虑我一个人吧！”

我的心情也像起伏的波涛一样，我们的伤员是一些多么坚强的战士呵！他们的身体虽然负了伤，但是他们都有一颗火热的心，在任何艰苦的情况下，他们把个人的安危、个人的生死置之度外，想到的只是自己的同志，只是革命的利益。正在这时候，一个身上挎着盒子枪的年轻战士，担着两大块马肉朝这里走来了。我一眼就认出了这个人是贺老总的警卫员，他走到两位院首长面前敬了个礼，指着马肉说：

“这是贺总指挥派我给伤员同志送来的！”

严院长连忙从警卫员身上接过马肉，交给王德民，轻轻拍了拍警卫员的肩膀问：

“哪里来的马肉？”

警卫员往周围看了看，附着严院长的耳朵小声说：

“贺老总把自己的马杀了，把好一些的肉选下来，让我送来给伤员吃！”

接着，他又从口袋里拿出一个小纸包说：

“这一点点盐，还是任政委从云南带来的。他听说医院没有洗伤口的药了，就要我把这点盐也给你拿来。”

伤员们非常感动。一个伤员激动地对警卫员说：

“首长的身体要紧，千万不能饿了他们。”

旁边的一个伤员也说：

“没有粮食，我们就吃草，不能让首长挨饿。还是把马肉给首长们带回去吧！”

警卫员显出为难的神情说：

“你们还是收下吧，又带回去，首长不会同意的。”

伤员们还是议论纷纷。

警卫员附着严院长的耳朵说了几句话。严院长点头笑了笑，兴奋地对伤员们说：

“告诉大家一个好消息：总部的首长等一下还要亲自来看望你们。”

伤员们情不自禁地欢呼起来。

月亮更加明亮了，繁星闪烁着，就像在天上挂起了千万盏灯。

篝火在夜风里摇曳着……

六

太阳刚出山，我们就从草地上爬了起来。浩浩荡荡的队伍，又踏上茫茫的草地继续前进。走到中午了，火热的骄阳把一望无际的草地晒得热气腾腾。大家又热又饿，迈着沉重的脚步艰难地往前走着。

王德民挑着伙食担子，汗流满面地走在我后面，突然问我：

“小兰，你说这片大草地好不好？”

我不耐烦地说：“好么子啰！荒无人烟，连个能吃的草都很少有，走了快二十天还没走完，把人都快饿死啦！”

王德民慢吞吞地说：

“你认为不好，难道一点儿用也没有吗？”

“有么子用啰？”

“有用！你看这草地成年累月的烂草，积下了多厚的肥呀！将来革命胜利了，把部队带到这里来开荒种田，能收多少粮食啊！你看，这乌黑的土壤，不用上肥料，都能年年保丰收！到那时候，金黄色的谷子堆成了山，我用这口行军锅每天煮一大锅白米饭给你吃，看你还饿不饿。”

严院长说：“老王，你倒是很有远见的，还想到将来。你说的对！革命是不断向前发展的，一个革命者，共产党人，就要站得高，看得远，要看到光明的前程，要有远大的理想。我们要从国民党反动派的手里，把全国整个政权夺过来，把国家的命运全部掌握在劳动人民的手里。到那时我们就放手发动群众，好好地建设我们伟大的祖国，领导全国人民打土豪、分田地，建设工厂，建设农村，开矿山，修铁路……比如说，这茫茫的草原吧，就是我们征服的对象。”

听严院长这么一说，我可高兴啦！我说：

“到那时，这片草地要是能把它搬到湖南去倒是不错，种出来能收多少大米啊，能养活多少穷人啊！”

王德民和我并排走着，他侧过头来说：

“你这个伢伢，尽讲些办不到的事，这样大的草地能搬到湖南去吗？要就地取材，哪里对我们有利，对我们方便，就在那里搞建设嘛！知道吧？”

我回答说：“反正这里荒无人烟，在这里开荒种田很困难。”

王德民可很坚定，他说：“困难怕什么！我们的党，我们的军队经历了多少千辛万苦，不都是在极端艰难困苦中壮大起来的吗？世上无难事，只怕有心人，没有攻不破的坚，没有克服不了的困难，任何困难在共产党人面前都会低头。兰伢子，你说说看，能难得住我们吗？”

“对！难不住我们这支英勇顽强的人民军队，等革命胜利了，我一定扛上红旗跟部队到这里来征服这片大草原。”

走着说着，远远望着前卫部队又支起了帐篷，我高兴地对王德民说：“王班长，前面又到了宿营地了。”

草地上虽然遍地都是野草，但是能吃的草很少。再加上走在前面的同志们已经寻过了好几遍，能吃的草就剩下不多了。这天，王德民把大家找来的草收集在一起，煮了不到半锅。只有这一点点，怎么分呢？我们只得又到处去找。

我和柳莹在小水沟边发现了不少像青萝卜一样的东西，就挖了满满两挎包回来，交给了王德民。王德民一看，摇摇头说：

“这是么子？不晓得能不能吃。”

柳莹忙说：

“试试看吧。那个水沟边上还有，要是吃得，等一下再去扯。”

王德民把“青萝卜”切成片片，放进洋磁盆里煮起来。煮了一阵，盆里腾腾直冒热气。柳莹用筷子夹了一块正要尝，王德民啪地往她手上打了一下，她夹着的那块“青萝卜”就掉进了盆里。王德民睁大眼睛瞪着她说：

“我这厨子师傅还没有尝味道，你怎么就动起手来了？”

王德民说罢，自己夹起了一块“青萝卜”，往口里送去。陈真梅见了，一把抓住他的手说：

“王班长，让我先尝吧！”

不管饥饿对我们的威胁多么大，只要有一点点能吃的东西，我们个个都是你推我让，首先考虑到的是别的同志，但是，对这种不知道能不能吃的东西，谁也不愿意让旁的同志先尝。我心里也想，要是王德民、陈真梅、柳莹他们中了毒，那怎么行？想到这里，我就大声说：

“我找来的东西，应该我先尝。”

说着，我把王德民夹着的那块“青萝卜”抢过来，放进嘴里嚼了几下，就吞下去了。我用手在喉咙上推了推，做出一个滑稽样子笑着说：

“香喷喷的，真好吃！”

虽然我的话说得这样轻松，但并没有使大家感到轻松。他们一个个目不转睛地望着我，说笑声都停止了。

“青萝卜”吃下去不到一餐饭的工夫，我就觉得有些恶心、想吐，接着肚子痛了。王德民一看我的脸色，就站起来说：

“我去找彭医生来！”我还装作无所谓的样子说：“不要紧，过一阵子就会好的。”

王德民刚走了几步，彭医生匆匆走来了。我肚子痛得像刀子在里面绞一样。为了不让同志们着急，我用了最大的毅力克制着。彭医生看了看盆里的“青萝卜”，又看了看我的脸色，果断地说：

“洗胃！”

王德民扶住我，彭医生从药包里拿出胶皮管伸进我的口里，柳莹就抓住胶皮管的口子，往我肚子里面灌水。水汩汩地灌了进去，又哗哗地流了出来，慢慢地，我模模糊糊地昏迷过去了。

我醒过来的时候，已经是第二天清早了。睁开眼睛一看，才发觉我是躺在看护长的怀里。

看护长看见我醒来了，右手连连摸着我的脸，滚烫的眼泪扑簌簌地掉在我的脸上，用高兴得发颤的声音说：

“小兰，小兰醒来了……”

正盘腿坐在火边煮“饭”的柳莹猛地一下跳起，扑到我的身边高兴地抱住了我：

“小兰，我真怕你会进鬼门关哩！”

我两手撑在看护长的腿上坐起来，揉了揉眼睛，又看了四周，才想起了昨天晚上吃了毒草中毒的事情。我微微一笑，望着看护长和柳莹说：

“到了鬼门关，阎罗王嫌我小，不肯收。哼，不收更好，我还是回来干革命。”

看护长的嘴角一颤一颤，紧紧把我搂在怀里，感情激动地喊了声：

“兰伢！”

柳莹端了碗冒着热气的野草，送到我的手里说：

“小兰，吃一点吧，队伍马上又要出发了。”

我心里直想呕吐，什么也不想吃。我把那碗野草放到一边，笑笑说：

“昨天晚上吃得太饱了，不想吃了！”

吃过早“饭”，部队又出发了。扛着枪的战士、抬着伤员的担架、驮着各种东西的马匹，在我们身边走过。

看护长跟担架连在一起。柳莹把我的挎包背在自己身上，又紧紧搀扶住我说：

“走吧，小兰！”

我费了好大的劲才站起来，两条腿不停地打战，身子老是摇摆。我被柳莹搀扶着，默默地往前走。

太阳如火，我们就像背着个大火盆在前进。地上的水被太阳蒸发，热气直往上喷，使人更加窒闷。走了不远，我觉得两只脚也好像被谁拖住了一样，抬不起来了。

“小兰，走不动了吧？”柳莹停下来，看到我这个吃力的样子，关切地说，“我来背你！”

“不，”我强打精神地往前走了几步，回过头说，“我能走。”

我急促地喘息着，眼睛里金星乱飞，脑子里嗡呀嗡呀地鸣响，蔚蓝色的天空，碧绿的草地，都好像在打转，两腿也更加酸软，巴不得立即就地坐下来，歇息一会儿。不知怎么，罗政委说的“前进一步，就是春暖花开，后退一步，就是冰雪严寒”这句话，在我脑子里冒出来了。一想到这句话，我又扬起头，挺起胸，大步往前走去。

没有柴，火是燃不了多久的。我又坚持着往前走了一阵，只觉得两眼发黑，身子一歪，就倒在地上了……

我模模糊糊地好像是趴在一个人的背上，摇摇晃晃地往前面移动。我想看看背我的是谁，但眼睛好像被什么东西粘住了一样，怎么也睁不开。过了好一阵，忽然，我听得有个带着恳求声调的尖声音说：

“政委，我来背吧！”

我听出来了，这是柳莹的声音。这么说，背我的这个人就是罗政委了。罗政委身体这样弱，加上这些天来又饿又累，空身走路都很吃力，怎么能让他来背我呢？这时，我好像做了什么不应该做的事情一样，只恨自己，牙齿紧紧地咬着嘴唇。我用最大的力气激动地喊：

“政委，快放下我！”

不知道罗政委是故意不理我呢，还是我的声音太小，他没有听见。我又用劲连喊了几声，仍然没有什么反应。我想从罗政委的背上跳下来自己走，但是身子软得像团棉花一样，一动都不能动了。

不知道又走了多远，罗政委呼哧呼哧地喘着气，把我轻轻放在地下，用湿毛巾给我擦了擦脸，又把水壶送到我的嘴边说：

"小兰，喝口水吧！"

我喝了几口水，喉咙里湿润润的，心里也凉爽了许多。我勉强睁开了眼睛，望着正在大口大口喘气的罗政委，就挣扎着要站起来。罗政委看见，把手里的水壶交给柳莹，扶着我说：

"小兰，你病了，不能走！"

这样无力，原来我是病了呀！我的脑子里又闪过了从烂眼公公家里跑出来当红军的情景，闪过了我和陈真梅、温素琴千辛万苦找队伍的情景，也闪过了长征以来跋山涉水、万里行军的情景。在我参加红军这一年多的时间里，由于党和部队的教育，由于同志们的热情帮助，也由于自己的坚持，使我和大家一起克服了重重困难，走过了这么长一段艰难的路程。现在，眼看我们就要跨出这茫茫的草地，到达抗日前线，投入新的战斗中去了，偏偏在这最后的紧要关头得了病，这是多么急人的事情呵！

柳莹连忙扶着我坐下来，拉着我的手说：

"小兰，你放心，我们一定要把你背出草地！"

"背出草地"这几个字，就像一把锋利的刀子刺在我的心坎上。我推开了柳莹的手，眼睛直直地望着前面。

明亮的太阳挂在天空的中央，几片白云缓缓游动。高亢嘹亮的军号声又响起来了。

严院长汗流满面地跑了过来，站在一个小土坡上，挥动手臂，兴奋地大声喊道：

“再走四十里就出草地了。走出草地，跟一方面军会师的日子不远了。坚持到底，就是胜利。走吧，同志们！”

“走吧，同志们！”

同志们都跟着兴奋地喊起来。队伍顿时就像在进行一场竞走的比赛一样，飞快地往前走。

我抬起头来一看，北边出现了几个黑黝黝的山峰，几个小得像蜻蜓一样的鸟在遥远的天边上翱翔。我全身的血管都好像要跳出来了，鼻子一酸，泪水扑簌簌地流了下来。我猛地一下站起来，也大喊了一声“走吧，同志们”，就迈着大步往前面跨去。

晚霞映照着绿色的山林。各种各样的鸟发出清脆悦耳的叫声，在我们的头顶上飞过。顿时，我觉得天明朗了，身子也轻快得多了。虽然眼前还是人烟稀少的藏民地区，和大草地的荒凉景象已经大不相同。在山林的尽头，稀稀落落地立着几栋藏民居住的泥顶房子，小山坡上远远地偶尔能够看到成群的牛羊，地里金黄金黄的麦子，沉甸甸地低下头来，随风摇摆，墨绿墨绿的豌豆苗上，长满了饱满的豆荚。看到这一番景象，我的心里感到格外新鲜、亲切。

柳莹敲响了洋磁缸，王德民用锅铲碰打着行军锅，看护长和我挥舞着八角帽，躺在担架上的伤员也要我们把他扶起来看着前面。我们叫呀、唱呀、跳呀，行军行列顿时变成了一条欢乐翻腾的巨龙。

陈真梅抱着小红红，在这个人面前晃一下，在那个人面前晃一下，高兴得不知如何是好。小红红也好像懂事一样，张开嘴巴，直望着我们笑。

红旗呼啦啦地飘着。红旗象征着毛主席，红旗象征着以毛主席为首的党中央，它引导我们走出了一望无际的草地，现在，又在引导我们走向新的胜利。

丨第二十三章丨

一

我们走出水草地，又经过几天的连续行军，到达了甘肃南部的一个小集镇——哈达铺。

这一天，天空显得格外高爽，我们浑身上下披上了一层暖烘烘的阳光。一走进镇里，只见墙上和店铺门口都写着“拥护红军北上抗日”、“欢迎红军到我家里住”等标语。狭窄的街道上，男女老少打着小旗，喊着“中国共产党万岁！”“红军万岁！”“毛主席万岁！”的口号，夹道欢迎我们。有的老乡还热情地把各种吃的东西送到我们的手里。

我正在左顾右盼地往前走哩，一个满头白发的老大娘一把拉住我，把两个熟鸡蛋往我手里塞。我不肯接，老大娘瓮声瓮气地说：“客气啥？好娃儿，咋，快拿起吃！”

我们红军有红军的纪律呀，怎么能随便收老百姓的东西呢？不管她怎么说，我还是不肯接她的鸡蛋。

还有几个老乡把烧饼、花红果子……往柳莹、刘小天的手里塞，也被他们谢绝了。几个老乡把陈真梅拉到队伍外边，硬把各种各样吃的东西塞到小红红的手里。小红红两只手乱拍乱打，张开嘴咯咯咯地笑个不停。我的心里甜滋滋的，觉得真像回到了我们湘西的老根据地一样。

有两个头上扎着羊肚子手巾的老乡，领着我们医院里的人走进了一栋高大的瓦屋里。

屋子里打扫得干干净净，地面上整整齐齐地铺着麦秸，桌子上放着一桶桶直冒热气的开水。我们刚刚把伤员安顿好，王德民就站在院子里大喊“开饭了”。我奇怪今天的饭怎么做得这样快？一问王德民，才知道原来打前站的同志一到这里，老乡就抢着帮助我们把饭做好了。

这天晚上，我们吃的是面糊糊，里面一点野草都没有掺。这是我们从过了金沙江、离开中甸到现在，第一次吃不掺野草的饭。一端起饭碗，我们就大口大口地吃起来。

第二天上午，我跟彭医生出去给一个老乡看病，回来的时候，在街头小铺里买了一把烟叶。

走进院里，一见王德民，我把烟叶藏在身后，兴冲冲地走到他面前，眨着眼睛大声问：

“王班长，你猜我手里拿的么子？”

王德民连看也不看地说：

“还不是老乡给的鸡蛋，你看，你犯了纪律啦！”

“造谣，我什么时候犯过纪律呀？”我把烟叶子拿出来，在他面前晃着，又说，“你看，这是么子东西？”

王德民的脸上顿时有了笑容。他一手接烟叶，一手从腰上取下旱烟杆，问我：

“鬼丫头，哪里来的？”

“买的！”

王德民在阶矶上坐下来，撕下一小片烟叶，用手捏碎了，装了一锅，吧嗒吧嗒地吸起来，嘴里吐出一个一个的烟圈，连连称道说：

“真过瘾！真过瘾！”

正在这个时候，一个炊事员提着一大篮子羊肉、猪肉和白菜，从外边走进来。王德民忙站起身来问：

“嘿，哪来的这么多的菜？”

炊事员回答说：

“院长要我买的，说是今天打牙祭。”

王德民把旱烟杆往阶矶的石头上敲了两下，插在腰上，把衣袖一卷，就说：“走。”

罗政委跟严院长说着话从右边的病房里走出来，看见王德民正在卷衣袖，就问：

“老王，做什么去？”

王德民停住了，回答说：

“今天不是打牙祭吗？早些动手做菜去。政委、院长，看我老王显显身手吧！”

严院长走到王德民面前说：

“今天你就不要插手了，休息休息吧！”

弄得王德民莫名其妙。

罗政委和严院长两个人只是笑。王德民皱着眉头，两只手不停地在围裙上面搓。

罗政委拍了拍王德民的肩膀，让他在阶矶上坐下来，不慌不忙地说：

“王德民同志，这一路上，你实在辛苦。今天要让你做一回客人。”

王德民又从腰里把旱烟杆掏出来，在手里挥一下，粗声粗气地说：

“政委，这话从哪里讲起。讲辛苦，你们不比我更辛苦吗？”

“伙头军。”罗政委挨近了王德民，眼睛笑得眯成了一条线。“今天是我最后一次叫你伙头军啦！明天你就走，到连里去当指导员去。这是政治部的命令。”

原来是这么一回事呀。

我呆呆地望着王德民，许多事情一齐涌上心头。从我参军那天在路上碰到他的时候起，到现在快两年了。在这样长一段时间里，他不仅像一个长辈一样地在生活上关怀我，帮助我，而且还在政治上给了我很大的启发和教育。他那爽朗的笑声，他那幽默的语言，他那动人的故事，无形中给了我巨大的影响，给了我无穷无尽的力量。现在把他调走，我实在舍不得。但是他调到新的工作岗位上去，能够起更大的作用，我怎么能不为他高兴呢？我就大声说：

“你当了几年见习指导员，也应当转正了！”

王德民没有笑，沉默了一阵，还是摇着头说：

“政委，院长，这不是子弹当炮弹，脸盆当菜锅用吗？首长，锅碗瓢甑、油盐酱醋这一行，我还马马虎虎能够对付。当个指导员，管百多号人，要做好政治思想工作，我怎么干得了呢？”

“干得了，干得了。”罗政委拍着他的肩膀说，“一回生，二回熟，只要听党的话，走群众路线，踏实肯干，工作就一定会干好的。”

严院长又说：

“领导上这样决定，就是相信你能够胜任这个工作。王德民同志，去吧，在新的工作岗位上更好地发挥你的作用。”

王德民站起身来，睫毛向上一展，两只眼睛睁得又圆又大，过了好大一阵，才激动地望着两位院首长说：

“好，我去，坚决服从组织分配！”

二

我们离开哈达铺，经西和、武山之间东进，沿途粉碎了国民党军队的围堵，连克成县、康县、两当、徽县，到达通渭，随后又继续向会宁进军。

这天，太阳偏西不久，部队就宿营了。我们在一个敞坪里集合，严院长出现在队伍面前，兴奋地对我们说：

“同志们，我们要到家了。明天，我们就要跟一方面军老大哥胜利会师啦！”

我听了这话，心里扑通扑通地猛跳，浑身也激动得哆嗦起来。这正是一直蕴藏在我们心里的最强烈的愿望。从去年十一月离开湘鄂根据地开始长征的那天起，在战斗最激烈、最残酷的时候，在爬雪山、过草地的时候，在跟饥饿、寒冷和病魔作斗争的时候，我们始终坚信有那么一天：在党中央和毛主席的直接领导下，高举革命的红旗，把日本帝国主义赶出中国去，把革命的烈火烧遍全中国。现在，我们日夜盼望的时刻就要到来了，怎么能不使人兴奋呢？这时，整个队伍都欢腾起来了。

一散会，我们都忙碌起来，一个个兴高采烈地做会师前的准备工作，有的剪头洗澡，有的擦拭武器，有的准备礼物。

看护长头发梳得整整齐齐，身上罩上了一件半新的黑色单衣，腰上扎着根宽皮带，绑腿一直打到膝盖下。这一打扮，她显得又年轻，又精神，要不是她眼角上的又细又密的皱纹和那头花白的头发，真还会以为她是个青年人哩。

陈真梅抱着小红红，这个屋里出，那个屋里进，兴奋得站也不是，坐也不是。记得快出草地的时候，陈真梅瘦得成了皮包骨，头发也差不多脱落了一半。现在，她的脸红红润润的，乌黑的头发又长得密密的了。特别使人高兴的是小红红长得又白又胖。这天，陈真梅给她穿上了一身刚刚做好的新花衣衫，衬得那红嫩的小脸更加逗人喜欢了。

我刚从病房里出来，只见柳莹匆匆跑来了。她一句话没有说，拖住我就往外边走。来到了一个敞坪，只见许多人围在那里，不知道是在干什么。柳莹一边喊着："喂，让一让！"一边拉着我就往人群里挤。

我们挤进去一看，只见敞坪中间摆着一门披红挂彩的大山炮，炮身擦得闪闪发光。一个大个子战士拿着一张"向一方面军老大哥学习"的标语正在往炮身上贴。我兴奋地指着那门炮说：

"嘿，真带劲！"

柳莹指着右边说：

"看，那里还有好几门哩！就是去年在桃子溪战斗中缴获的那些炮吧？"

柳莹说罢，就往右边挤去。我正要跟她挤过去，往炮身上贴标语的那个大个子转过身来。我定睛一看，不由得怔住了：这个人好面熟啊。想了一想，我就高兴地大喊：

"吴三明！"

吴三明听得有人喊他，就朝我这里走来。他站在我面前，上下打量着我，好像不认识似的。我走近一步，仰起头望着他问：

"怎么，不认得啦？"

吴三明猛然伸出手来，紧紧握住了我的手，惊喜地说：

“小兰，是你呀！嘿，一年多不见，个子又长高了！”

我向他说：

“你出院以后，不是回家去了吗，什么时候参加红军的？”

吴三明回答说：

“一离开医院，我就像离开了家一样，心里特别难受，脚上就像吊了块大石头，走也走不动了。我想，我们那里是白区，回去以后，国民党那些狗日的也不会让我过安生日子的，说不定又会被抓去当兵。我又想到红军这样好，越想越留恋。我没有回家，就在半路上参加了十八师，部队到了贵州，就调到炮兵营来了。”

我们正在说话，只见李志刚兴冲冲地走过来了。他穿着一身整洁的军装，肩上挎着盒子枪。他那黑红色的脸上冒着热气，胸部挺得直直的，嘿，多么精神。我急忙跑过去喊：

“李连长！”

吴三明转头一看，笑着对我说：

“过年的黄历没用场了……”

“什么？”我问。

“他早就是我们的营长了！”

李志刚停住脚，端详了一下，摸着我的头，又惊又喜地说：

“小兰，想不到你这小鬼也走出了草地！”

我头一偏，一本正经地说：

“是呀，我这个穿的开裆裤缝起来没有几天的小鬼，也走出草地啦！”

李志刚嘿嘿笑着说：

“你这个小鬼嘴巴真厉害，过了这样久的事情还记得。”

我指着那些披红挂彩的大山炮，说：

“打扮得多漂亮，真像是新娘子上轿啦。”

李志刚惬意地说：

“这是送给一方面军老大哥的礼物，当然要打扮得漂亮些。”

李志刚又仔细打量了我一番，眯缝着眼睛说：

“小兰，你这一打扮，可就显得更小了，快回去梳巴巴头吧！”

我噘着嘴笑了，说：

“你就是讲我像三岁伢伢，也没得关系，如今我再也不怕你不收我了。”

李志刚哈哈笑了起来说：

“如今谁还敢不要你呀！”

三

刚刚升起来的太阳，把它的金黄色的光芒铺到了平坦的田野上，铺到了茂密的树林里，铺到了远处起伏的山冈上。

山崖上，牧歌阵阵；大路上，车马辚辚；树林里，百鸟啼鸣；窑洞里，纺车嗡嗡。这是幸福的土地，这是阳光普照的土地。

各个部队的指挥员都亲自出来指挥队伍。只听得步伐嚓嚓，马蹄哒哒，红军健儿昂首挺胸，高唱军歌，阔步前进。

嚓嚓嚓嚓，一支一百多人的队伍从我们医院行军队伍的背后跑步赶了上来。他们步子走得那样整齐有力，就像一个人走的一样。

“看人家走得多带劲，我们呢？你出左腿，他出右腿，一个人一套。”刘小天羡慕地望着那支队伍说。

严院长叫彭医生走出队列来喊口令。彭医生挺精神地大声喊着

“一二一！一二一！”但是我们的队伍还是稀里哗啦，很不整齐。

罗政委一路走，一路说：

“临阵磨枪赶不上了，以后好好练练吧！”

嚓嚓嚓嚓，一阵整齐有力的脚步声从后面传来。我转头一看，走在最前面的两个人，一个长得高大清秀，另一个长得粗壮结实。那个长得粗壮结实的人好面熟。啊哟！他不是王胡子班长么？我忘了自己在队列里边，一下跑出了行列，冲到他的面前，大声叫起来：

“王班……王指导员！王指导员！”

“谁？王德民？”彭医生也怔住了。

一听说是王德民，我们医院的队顿时骚动起来。正巧响起了休息号声。我们呼的一下向王德民拥过去，一只只手向他伸过去，忙得他伸出两只手来和大家握手。

罗政委也跑过来了。王德民向前走了几步，啪的一声，脚跟碰在一起精神奕奕地敬了个军礼，说：

“政委，你好！”

现在的王德民，和在我们医院时节真是大不相同了，又粗又黑的胡子剃得溜溜光，军装上的扣子扣得熨熨帖帖，八角帽戴得端端正正，腰上还扎了一根又宽又亮的皮带，肩上斜挎着一支盒子枪。几天不见面，完全变了样。不过他那衣袖上、裤腿上，还和他当炊事班长时一样，沾着星星点点的油渍。

“王德民同志，你还舍不得丢开锅碗瓢盆那一套？”罗政委拉着他的手坐下来，指着他衣裤上的油渍说。

在他旁边的连长抢着说：

“我们这个指导员，少不了跑炊事班，还亲手给大家煮饭炒菜……全连战士没有一个不喜欢他的……”

“好了好了！老蔡，莫要王老二卖瓜啦！”王德民阻止蔡连长说下去。

“真话嘛，怎么是王老二卖瓜呢？”陈真梅插话说。

看护长也说：

“强将手下无弱兵，看你们这队伍多精神。”

“王德民同志，”罗政委鼓着两个眼睛，像是发现了什么奇迹似的，“你的胡子上哪儿去了？你不是要留着跟马克思比赛吗？”

“政委，这里头还有个小故事哩！”王德民憨笑了一下说，“前几天宿营的时候，我们连住在一个小村子里，房东是一个上了岁数的白发老婆婆。她看我胡子茸茸的，就说：‘阿弥陀佛，胡子一大把的人，也出来弄枪舞棍。哎呀，你这老人家是被队伍抓来的，还是心甘情愿来的？’我一听说，扑哧笑了。正要解释，老婆婆又说：‘唉！放枪打炮是年轻人干的事。你这土埋半截的人，怎么也干起这个来。’我一寻思：我老王才是个四十几岁的中年汉子，人家就说我老了。好，我就年轻年轻给你们看。当天夜里，我就请理发员把我这黑碴碴的胡子刮了个精光。”

我们都乐了。王德民自己也哈哈大笑起来。

罗政委紧紧抓住王德民的手说：

“人的年轻不在外表。只要永远保持革命朝气，就永远是青年。”

罗政委又看了看站在旁边的看护长，意味深长地说：

“在我们队伍里，就有许多永远年轻的人。”这时，大家的眼睛都集中在王德民和看护长的身上。

罗政委继续说了下去：

“像你，王德民同志，现在就是血气方刚的时节，以后也永远和老字睡不到一个枕头。因为在你身上，有一股青春的活力。有了这股活力，就可以使木材变钢材，子弹变炮弹。好吧，王德民同志，祝你永远保持这股青春的活力。”

王德民望着罗政委说：

“首长放心，我一定不辜负党的希望。”

王德民又走到陈真梅面前，从她手里接过小红红，高高地举了起来说：

“小红红，今天就要会师了。你妈妈把你打扮得这样漂亮，你也蛮高兴吧？”

小红红看见我们一个个这样高兴，也东张西望地张开小嘴直笑。

王德民又转头对陈真梅说：

“将来，革命胜利以后马上就把你的小宝接回来。那时你们娘儿三个就要大团圆了。”

嘹亮的军号声响起来了。王德民向罗政委敬了个礼，就赶回了他自己的队伍，我们也继续往前走了。

一座座挺立着的小山坡在向我们致敬，林木在向我们招手。山坡上放牧牛羊的孩子在向我们微笑，窑洞门口依门张望的老太太在向我们微笑，赶着毛驴从我们身边经过的小伙子在向我们微笑。

总指挥部的一个骑兵通信员骑着马往回飞跑。他一边跑，一边兴奋地大喊：

“看到啦，看到一方面军啦！”

这句话像一阵风一样地传开了，行军的行列顿时沸腾起来。我们像添上了翅膀，迈开两条腿，紧紧往前飞跑。

来到一个山梁跟前，就听得传来了响彻云霄的口号声和欢呼声。我们的队伍一下子散了。我含着热泪，大声喊叫着，奔向沸腾的人群……

四

我们在会宁与一方面军会师以后，一面休整部队，一面深入学习当前的形势，学习抗日救国的道理。通过学习以后，在我们心里燃起的抗日救国的火焰更旺了。决心书、保证书像雪片一样地送到了院部。

刘小夭碰到严院长就说：

“我早就要求上前线去，又吹号，又背枪打仗，这回该批准了吧？”

严院长总是这样回答：

“等着吧！我们就是北上抗日来的！”

我几次向严院长要求说：“让我也上前线去吧！”

严院长也总是笑着回答说：

“组织上会有安排的，放心吧！”

这天下午我正在河边洗衣服，刘小夭匆匆忙忙地跑来说，院首长有事要找我谈谈。

到了院部，严院长和罗政委招呼我坐下。严院长仍然显得很严肃，但是他那双眼睛怎么也掩饰不住他那兴奋的心情。他面对着我，郑重地说：

“小兰，你要调走了！”

“到哪里去？”我站了起来，等待着严院长回答。因为我已经几次向院首长提出了上前线的申请，这回可能是要批准我的申请了。

“回家去。”罗政委让我坐下来，对我神秘地一笑。“你明天就走，和你一起走的还有陈真梅、柳莹和其他几个女同志。”

罗政委把“回家去”三个字说得很重，拖得很长。

“这次不是让你回湖南的那个家，而是让你回到党中央和毛主席住的那里——保安[1]。”罗政委的声音提高了，“党为了培养你们，使你们能够更好地为党、为革命工作，决定调你们到保安去学习。”

我几乎不相信自己的耳朵，但这又的的确确是真的。

我端端正正地站着，像宣誓一样地说：

“我一定不辜负党的希望。”

严院长笑了起来：

“这回该高兴了吧？”

我望了望严院长，又望了望罗政委：

“那你们呢？我们医院呢？”

“我们吗？日本帝国主义自从一九三一年发动‘九一八’事变以后，侵占了我国的东北，又攫取了华北，使我们中国面临着亡国的危险。而蒋介石这个反动家伙，死抱着不抵抗政策，卖国投降，引狼入室，还一心想消灭坚决抗日的中国工农红军。但是，不管日本帝国主义怎样猖狂，不管蒋介石他们一伙怎样无耻，我们红军也要代表全国人民的意志，团结全国抗日民主力量，和民族敌人斗争到底，一定要把日本帝国主义赶出中国去。”政委站了起来，用铿锵有力的声调说：“根据上级的命令，过几天我们就要开赴抗日最前线去！”

我激动地说：“你们都上前线，把我们几个人留在后方学习，那怎么行，我也要求到抗日前线去。”

严院长笑了，说：“学习也是为了更好地工作，也是为了抗日救国嘛！”

---

[1] 保安：在陕西省。党中央在搬到延安以前，住在保安。

第二天清早，陈真梅背上小红红，我和柳莹分背着我们三个的行装，来向严院长、罗政委辞行。严院长、罗政委送我们出来。

秋天的早晨，景色分外迷人。粉红色的荞麦花、紫色的喇叭花、红色的鸡冠花……星星点点的镶嵌在这黄色的土地上。坡下、地头，挺立着一排排英姿勃发的向日葵，微仰着脸，凝视着远方，像是英武的卫兵。

惜别的心情，紧紧地抓住了我们的心。一路上，谁也没有说话，平素好说好笑的柳莹，也突然变得沉默了。

罗政委突然站住了，指着这一片景色，对我们说：

“你们女同志，生来就喜欢花，你们说说，最喜欢哪种花？”

这句话叫罗政委说中了，我们女同志确实喜欢花。可是到底哪种花好，倒没有比较过。我们三个，你看我我看你，一时答不上来。

“政委，你说呢？”柳莹问。

罗政委微微一笑说：

“我说？桃花，红艳艳的，好看，不过，开三四天，被风一吹，就落了，没志气。牵牛花，像个小喇叭，很别致的，不过光开花，不结果。牡丹花，洁白的，深红的，五彩缤纷，不过它像有钱人家的小姐，太娇啦……”

罗政委指着一排挺立着的向日葵接着说：

“要我讲，我最喜欢朝阳花。你们看，它不论在哪里都能开花结果，因为它秆粗根深扎得稳，像青松一样坚忍不拔，在任何时候都经得住狂风暴雨的袭击。它从出土那天就向着太阳。清早，太阳从东方露脸的时候，它就朝着东方，向着朝阳，月月朝阳，永远如此，坚贞不二。”

罗政委说完，严院长又望着我们问：

“你们懂得政委的意思吗？”

我们三个人异口同声地说：

“懂得！懂得！对！朝阳花最美，最坚强。太阳好比共产党，革命战士好比朝阳花。朝阳花需要太阳，就像革命战士需要共产党、需要毛主席一样。革命战士对共产党、对毛主席，要像朝阳花向太阳那样，坚定不移。要永远做党的好战士，做毛主席的好战士，永远跟着党、跟着毛主席。”

严院长、罗政委高兴地握着我们的手说：“好！有志气！望你们三位努力学习，不断地进步，不要辜负了党组织对你们的培养和教育。愿你们在党的温暖的阳光雨露哺育下，茁壮成长！”

我们三个人和严院长、罗政委分手后，走了好远，回头望望，他两个还站在那里，向我们挥手。他们身后的那一排向日葵，也在向我们点头呢。

图书在版编目（CIP）数据

朝阳花／马忆湘著. —北京：中国青年出版社，2012.10
（2022.8重印）
ISBN 978-7-5153-1089-3

Ⅰ.①朝… Ⅱ.①马… Ⅲ.①长篇小说—中国—当代 Ⅳ.①Ⅰ247.5

中国版本图书馆CIP数据核字（2012）第229119号

本版责任编辑：秦婷婷　夏青
书籍设计：瞿中华

出版发行：中国青年出版社
社　　址：北京市东城区东四十二条21号
网　　址：www.cyp.com.cn
电子邮箱：jdzz@cyp.com.cn
编辑中心：010-57350406
营销中心：010-57350370
经　　销：新华书店
印　　刷：北京科信印刷有限公司
规　　格：700mm×1000mm　1/16
印　　张：24
字　　数：270千字
版　　次：2012年12月北京第1版
印　　次：2022年8月北京第2次印刷
定　　价：39.00元

如有印装质量问题，请凭购书发票与质检部联系调换
联系电话：010-57350337